일본문학 속의 기독교 VIII

편자 한국일본기독교문학회

제이앤씨
Publishing Corporation

책머리에

2000년 7월 31일 조사옥, 하태후, 김윤택 교수와 저는 8월 1일 下関지부에서 열리는 「일본 기독교 문학회」에 참석하기 위해 아시아나 비행기에 올랐습니다.

그 심포지엄에는 사토 야스마사(佐藤泰正), 미야사카 사토루(宮坂覚) 등 저명한 학자들이 많이 참석 하셨습니다. 다음날 세미나에서 뛰어난 학자들의 강연을 듣다 보니 우리자신이 너무 왜소 해 지는 것 같았습니다. 우리나라는 크리스천이 25%가 넘는데 비해 0.5%정도인 일본에 이런 기독교 문학회가 그것도 본부 이하 각 지부까지 있다는 것에 충격을 받았습니다. 그 후, 일본의 『吉利支丹文学集1, 2』, 『日本キリスト教史』 등 많은 기독교 서적과 문학작품에 또 한번 놀랐습니다. 『그리스도를 만나다―세례를 받을 때까지―』의 엔도 슈사쿠(遠藤周作), 시이나 린조(椎名麟三) 등의 간증을 읽고 감명을 받았습니다.

일본은 1549년 7월 프란시스코 자비엘이 가고시마에 상륙하여 기독교를 전파한 이후 17세기 전반까지 약 100년간 그의 유업을 이은 '예수회' 회원을 중심으로 수도회의 선교사와 그들에게 협력한 일본인 성직자 및 신자의 노력으로 포교가 활발해졌고 동시에 吉利支丹文学이 탄생하여 발전하였읍니다. 이 吉利支丹文学은 德川幕府의 탄압과 쇄국으로 당시의 일본문학에 큰 영향은 없었지만 서유럽문화의 도입으로 일본정신사에 큰 족적을 남겼고 얼마 안 있어 明治 이후 근대문학에도 영향을 미쳤습니다. 기노시타 모쿠타로(木下杢太郎), 아쿠타가와 류노스케(芥川龍之介) 등은 吉利支丹에서 소재를 얻어 훌륭한 작품을 남기고 있습니다.

모든 면에서 자극을 받은 우리는 일본서 한 알의 밀알을 가져 와 한국에 심었고 뜻을 같이한 회원들이 2002년 2월 23일 충남대학교에 모여 「한국일본기독교문학회」를 발족하게 되었습니다. 그 날 宮坂覚교수의 초청강연은 우리 회원들을 격려시켰으며, 용기를 갖게 했습니다. 그러나 처음과 달리 회원의 모임이나 논문은 점점 줄어들었고, 차츰 사양화되는 분위기여서 안타까웠습니다. 그러나 이번에 회원들의 노고로『한국일본기독교문학연구총서』제8집을 발간하게 되어 진심으로 기쁩니다. 玉稿를 보내주신 회원 여러분과 총서 발간에 힘써주신 李市埈총무이사님 그리고 제이앤씨 출판사 여러분께 감사 드립니다.

학회의 역사가 이제 뿌리를 내리기 시작했으므로 모든 회원들이 사명을 갖고 「일본 기독교 문학회」와 대등한 관계가 되도록 노력 해 주시기를 바랍니다. 우선 학회에 많이 참석하시어 관심을 가져주시기를 거듭 부탁 드립니다.

2011년 2월 28일
한국일본기독교문학회 회장 김 정희

목 차

■

책머리에 • 1

한국일본기독교문학연구총서 【No.8】
일본문학 속의 기독교 VIII

『봉교인의 죽음』의 출전과 소재

김 정 희

Ⅰ. 序論

『봉교인의 죽음』(大正 7·9 「三田文学」)은 芥川龍之介(이하 芥川로 약칭)의 소위 남방(南蛮)·기리시탄 소설의 걸작으로 「기리시탄모노의 북극적인 작품」[1] 이라고 한다. 그러나 무조건의 찬사만은 아니다. 시가 나오야(志賀直哉)는 「줄거리는 좋다고 생각하지만 작중의 다른 인물과 같이 독자까지 모르게 해놓고 끝에 가서 업어치기를 먹이는 방법은 독자의 감상이 그 쪽으로 끌려가도록 최종 장면까지 유지해 가는 절차의 수고가 헛되고 손해다」[2] 라고 다소 비판적이다. 이러한 의견은 『봉교인의 죽음』만이 아니고 그 외 典拠가 있는 작품에 공통적인 경향이 있다. 소설의 소재나 주제를 원전에서 얻을 경우 작품의 구성이나 표현 등에 약간 변화를 주지만 독자성을 발휘하지 않으면 안 된다는 부담이 따른다. 그 결과 자연스러운 감정이 엷어져 필요 이상으로 세부적인 묘사에 기교를 다하는 폐단에 빠지기 쉽다.

『봉교인의 죽음』의 주제에 대해서는 이미 많은 논고에서 「찰나의 감동」이 지적되어 왔다. 그러나 작품에서 유도된 것이 「종교적인 감동」인지, 「예

술적인 감동」인지는 독자의 주관이나 기독교 신자냐 아니냐에 의해 좌우되
기 쉽다.

　미요시 유키오(三好幸雄)는『봉교인의 죽음』에 그려져 있는 것은「그리
스도 신앙에의 종교적 감동도 아니고, 박해를 참고 견딘 순교자의 찬미도
아니다」라고 종교적 감동을 부정하면서「인생의 충실한 순간을 살아가는
행복한 인간과 그 행복한 인간에 대한 그 자신의 감동을 그린 것이다」[3]라
고 논하고 있다. 즉, 비록 짧게 살아도 불꽃처럼 멋지게 아름다움을 남기고
인생을 끝내고 싶은 芥川의 死生観의 표출로 간주하고 있다.[4]

　사사부치 유이치(笹渕友一)氏도,「芥川의 그리스도교와 그리스도교 신
자에 대한 이해의 얕음과 한계가 종교적인 감동에서 예술적인 감동으로
변질 되었다」[5]라고 논하며 본 작품의 종교성에 부정적이다. 이와 같은 관
점은 芥川의 성서와의 접촉 기간, 기독교 정신의 이해도의 추이를 지켜보
는 정도가 타당하리라.

　芥川와 성서와의 관계는 一高 재학 중 친구인 이카와 교(井川恭, 後에
恒藤)로부터 영문성서 "The new Testment"를 받은 것에 의한다. 芥川의
조카인 구즈마키 요시토시(葛巻義敏)에 의하면 芥川가 성서를 숙독하기 시
작한 시기는 1914년(大正3)경이다.[6] 그러나 이 시기 성서와의 접촉은 교양
용·지적 관심에 바탕을 둔 것으로 진정한 신앙심은 없었다. 자결직전에
탈고한『서방의 사람』에 대해서, 芥川는 자기의 성서에 대한 변화의 3단계
에 대해서 논하고 있다.

　　나는 그럭저럭 십 년쯤 전에 예술적으로 그리스도교를—특히 카톨릭교를
　사랑하고 있었다. 長崎의 '일본의 성모 사원'은 아직도 내 기억에 남아 있다.
　이렇게 말하는 나는 기타하라 하쿠슈(北原白秋)氏나 기노시타 모쿠타로(木

下杢太郎)氏가 뿌렸던 씨를 열심히 줍고 있는 까마귀에 지나지 않는다. 그리
고 나서 또한 몇 년 전엔가는 그리스도교를 위해 순교한 그리스도교도들에게
어떤 흥미를 느끼고 있었다. 순교자의 심리는 내게는 모든 광신자의 심리와
같이 병적인 흥미를 주었다. 나는 겨우 요즈음 들어서 네 명의 전기 작가가
우리들에게 전했던 그리스도라는 사람을 사랑하기 시작했다. 그리스도는 지
금의 나에게는 길 가는 나그네처럼 볼 수는 없다.[7]

『봉교인의 죽음』은 「예술적으로 카톨릭교를 사랑하고 순교자의 심리에
병적인 흥미를 느끼고 있던」때이다. 이 시기의 芥川는 나이에 어울리지
않게 이미 인생에 싫증을 느끼고 신의 존재에 회의적이며 그리스도의 생애
나 순교자들의 희생적인 정신을 종교적 차원에서 이해하지 않았다. 겨우
23세 때 芥川는 「왜 이렇게까지 생존을 계속할 필요가 있을까라고 생각해
보았다. 그 다음에 최후로 신에 대한 복수는 자기의 생존을 잃는 것이라고
예상한 적이 있다」[8]고 했다. 따라서 殉敎의 기록도 그 당시는 예술창조를
위한 재료 이상의 의미를 갖지 않은 것 같다.

한편, 종교성을 인정하지 않으면서도 그의 예술성을 높이 평가한 것은
사토 야스마사(佐藤泰正)氏이다. 佐藤氏는 「작자는 지금 무상의 사랑(아카
페)을 묘사하면서도, 맹렬한 불길에 비쳐진 여성의 요염한 나신이라고 하는
매우 에로스적인 장면을 제시했다. 여기에 작자의 더할 나위 없는 소중한
독창성이 있다」[9]고 했다.

이런 다양한 견해는 『봉교인의 죽음』의 주제가 「로오렌조」의 죽음이 殉
敎인지, 여자 의 모성 본능인지, 작가의 미의식과 사생 관에 따라서 다르기
때문이다. 그래서 위의 주장 중 어느 한 개가 주제라고 하는 것보다도 이들
을 융화하여 하나로 만들었다고도 생각할 수가 있다. 이것은 典拠가 있는
작품인 이상 원전이 목적하는 종교적 감동이 전혀 없다고는 할 수 없기

때문이다.

그러나 본 연구의 목적은 원전이 있는 작품을 芥川가 어떻게 자기의 작품에 활용하고 있는가를 고찰하는 것에 있다. 따라서 작품전체를 구성하고 있는 각 부분의 출처와 芥川에 의해 의도적으로 제시된 소재나 원전만을 고찰의 대상으로 하지 않고, 『봉교인의 죽음』이 쓰여 질 때까지 芥川에게 영향을 주었던 당시 지식인들의 관심사와, 어떠한 사조가 芥川의 주위에 소용돌이 치고 있었는지, 일반인에게 읽혀진 서적들, 외국작가나 타인의 영향, 여러 분야의 학문적 지식의 섭취 경로 등에 대해서도 조사해보고 싶다. 이런 연구 없이는 『봉교인의 죽음』의 소재를 정확히 알아내기 어렵고 소재나 典拠의 연구는 극히 표피적으로 끝날 수밖에 없다. 그래서 원전과 대조한 결과 원전에 없는 것은 모두 芥川의 창작일 것이라는 안이한 결론을 내기가 어려워 이점에 주의하면서 다각적인 검토를 하고 소재활용의 실태와 주제와의 관계를 분명히 하고 싶다.

芥川가 남방취미 내지 키리시탄에 대해 흥미를 느끼기 시작한 것은 명치 40년부터 43년경으로 추정된다. 明治시대의 남방 연구는 1888년(明治21)에 주일 영국공사 E. 사토의 천주교 문헌의 수집과 연구에 의해 이 방면의 기초가 되었다. 明治30년대에 이르러 츠보이(坪井) 무라카미(村上) 두 박사의 史学잡지상의 고증에 의해 연구가 계속 진행되었다. 1907년(明治40) 여름, 北原白秋・木下杢太郎는 与謝野寛・平野万里・吉井勇와 함께 九州의 長崎, 天草 등의 키리시탄 유적을 탐방했고, 이 여행은 명치 낭만주의 문학의 한 시기를 구분 지었다. 이와 같은 사조를 반영해서 명치 40년 이후 잡지 「明星」에 왕성하게 남방・기리시탄을 소재로 한 이국정서 넘치는 낭만적인 시가 北原白秋・木下杢太郎 등에 의해 발표되었다. 특히 白秋는 九州 여행의 분위기를 시집 『邪宗門』(명치42)으로, 杢太郎는 희곡 『南蛮

寺門前』(同年)으로 결실을 맺었다. 芥川가 一高에 입학한 것은 1910년(明治43) 9월이다. 芥川도 이 당시의 문예적 조류의 영향을 받고 있었다고 추정된다. 명치43년경『老狂人』(구즈마키 요시토시편『아쿠타가와 류노스케 미정고집』이와나미 서점1968)이 있기 때문이다. 이 작품은 禁教令 시대 순교의 열정을 지닌 미친 노인의 이야기이다. 대정5년『담배와 악마』대정6년『유랑하는 유태인』대정7년『봉교인의 죽음』을 발표한 후 芥川는 자신이 切支丹物의 선구자라고 했다. 대정7년『사종문』대정8년『기리시토호로 상인전』등 계속된 수 편의 切支丹物는 그의 好学과 이국취미의 산물로서 근대 일본문학에 새로운 분야를 개척했다. 여기에는 신무라 이주루(新村出)의『南蛮記』가 다대한 영향을 미쳤다.

  芥川는 大正8년 5월에 長崎를 방문한다.『長崎日錄』은 대정 11년 12일간의 長崎체험이 반영되었다. 芥川의 두 번의 長崎 여행도 크게 융성한 남방・기리시탄 취미의 계속적인 동경이리라.

Ⅱ. 『봉교인의 죽음』의 出典

1.「慶長 訳 Guia do pecador」

  가령 삼 백세의 나이를 먹고, 즐거움이 온 몸에 넘친다 하더라도, 미래의 영원하고 끝없는 즐거움에 비한다면 몽환과 같다.

  이 에피그램은 신무라 이주루(新村出)의『南蛮記』(大正4・8) 수록의「기리시탄판 4종」중,「二 勸善鈔(明治42・6「禪宗」)」의「一 世界 영화의 짧은 것」에서 인용한 것으로 생각된다.

> ······옛부터 수많은 제왕, 다이묘, 쇼군과 같은 사람들이 어떻게 해서 그 지위를 얻었든 간에 며칠 몇 달을 못가서 죽는 일이 많았다. ······ 가령 삼백세의 나이를 먹고, 즐거움이 온 몸에 넘친다 하더라도, 미래의 영원하고 끝없는 즐거움에 비하면 몽환과 같다.[10]

이것은 芥川의 에피그램과 일치한다. 芥川가 이것을 직접 참관한 것은 아니라고 생각하는 이유는 해당서적이 당시 입수하기가 어려운 것이기 때문이다. 또한 芥川가 「慶長 訳 Guia do peca dor」를 직접 인용한 것이 아니라는 반증으로서 新村出는 勸善鈔에서 다음과 같은 설명을 했다.

> 본서는 일본에서는 필시 일서가 된듯하고, 지금 런던의 대영박물관과 파리의 국민도서관에 각각 1부씩을 소장하고 있는 것 외 소장처는 들은바 없고, 게다가 그 파리 국민도서관에 소장된 것은 상권이 없으며 하권 본문의 마지막 부분과 부록 語彙의 처음은 결락되었고, 런던에 있는 것도 하권의 어휘에 페이지가 없다. 로마의 바르베리니 도서관에서 후에 인쇄하여 간행한 본서 하권의 어휘의 단편만 남아 있다. 사토의 일본 예수회 간행 목록에는 있어도 나는 아직 확인하지 못했다. 이와 같이 본서에 1599년(慶長4)이후 증보 간행본이 있다고 하는 것에 대해서도 나는 그 소장자를 모른다.[11]

新村出가 「禪宗」에 발표한 1909년(明治42)은 芥川가 18세로 北原白秋의 낭만시에 매료된 시기였다. 따라서 「禪宗」을 참고로 했던 것보다도 大正4년에 『南蛮記』가 출판되어서 소설을 쓰기 위해 『南蛮記』를 읽고, 『봉교인의 죽음』에 援用했다고 생각된다.

『봉교인의 죽음』의 에피그램이 新村出의 『南蛮記』와 관계가 있다는 것은 이미 요시다 세이이치(吉田精一)·에비이 에이지(海老井英次)氏 등에 의해 지적되었다.

　『봉교인의 죽음』의 에피그램이나 「二」(後記)를 대조·분석 하면서 芥川의 원전의 은닉방법이나 복수의 소재활용의 방식을 알 수가 있었다. 또한 어떤 작품에서 그 출전이나 참고 자료를 분명히 했을 때 실제 활용한 것은 숨기는 경우가 있고 芥川의 다독에 의한 박식의 일부는 타인의 연구성과를 「부분활용」하고 있는 것은 아닌가라는 심증을 강하게 했다. 예를 들면, 『南蛮記』의 영향이 큼에도 불구하고 新村出의 이름은 北原白秋나 木下杢太郎만큼 표면에 내놓고 있지 않다.

2. 「慶長 訳 Imitatione Christi」

　　선의 길에 들어서고자 하는 자는 말씀에 담긴 불가사의한 달콤한 맛을 기억
　　할 것이다.
　　善の道に立ち入りたらん人は、御教にこもる不可思議の甘味を覚ゆべ
　　し。

　중세의 修德書로 이 책의 라틴어이름은 「De Imitatione Christi」이고 일반인에게는 「Imitatio Christi」라고 불리어졌고 세계 각국어로 번역되었다.
　그러나 중세 일본에서는 「De Imitatione Christi」가 아니고 「Contemptus Mundi」(『コンテムツス・ムンヂ』慶長 元年, 1596년)라고 하였다.[12] 이것은 일본에 기독교를 전파한 16세기 선교사들이 포르투갈이나 스페인 출신이고 그들의 모국에서의 통칭이 「Contemptus Mundi」이기 때문이다. 이 사실은 1603년 1월 1일 長崎發의 신부 가브리엘 데 마토스(Gabriel de Matos)의 다음과 같은 보고에 의해 짐작된다.

금년 コンテムツス・ムンヂ(Contemptus Mundi)라는 책을 일본의 언어 및 문자로 인쇄했는데 일본인은 이것을 너무 애용하고 동시에 善用하고 있다.[13]

이 보고서가 연초에 쓰여진 것으로 볼 때 「금년」은 1601년이나 그 다음 해로 추정 되고, 1596년의 출판 이후 1602년까지 인쇄되었다는 것을 알 수 있다. 따라서 「慶長 訳」이라고 한 이상은 『コンテムツス・ムンヂ』나, 国字本인 『こんてむすす・むん地』(慶長14, 1610년)가 출전이라고 할 수 있으리라. 동일의 종교서의 제목이 이처럼 다른 것은 이 종교서의 제1권 제1 장 「DE IMITATIONE CHRISTI ET CONTEMPTU OMUNIVAN VANITATUM MUNDI」라고 하는 긴 타이틀에서 유래한다. 이 라틴어문장을 당시 번역한 『コンテムツス・ムンヂ』를 로마자로 보면, 「Xecaino mimo naqi cotouo iyaxime, von aruji IESU Christouo manabi tatematsuru coto」이다. 따라서 이 표제에는 「세계의 열매도 없는 것을 무시하고」(Contemptus Mundi)와 「예수 그리스도를 본받아서」(De Imitatione Christi)라고 하는 두 개의 중심이 되는 의미가 포함되어 있기 때문이다. 영역본이나 불역본 등에는 「그리스도를 본받아서」가 書名으로 되어 있지만 일본에서는 「세계의 열매도 없는 것을 무시하고」가 표제로 되어 있다. 이 사실을 아네사키 마사하루(姉崎正治)는 「コンテンプツスムンヂ, 即ち捨世録 解説」에서,

　　Contemputus Mundi 즉 『捨世録』은 또 다른 이름 Imitatio Christi 즉 「그리스도를 본받아서」로 세상에 알려졌고, 지금은 コンテンプツス라는 이름은 전혀 사용되지 않고 있다. 그런데 同書가 세상에 나왔을 때는 양쪽의 이름을 倂用하고 있었기 때문에 15세기 말의 版本에는 Tractatus de imitatione christi, sive de contemptu omniorum vanitatum mundi(그리스도를 본받는 것, 즉 세상 일체의 열매도 없는 것을 버리는 篇)로 되어 있다. 그러나 16세기 중반 이후 스페인어의 번역이 나왔을 때는 다른 版도 모두 단지 Contemptus

Mundi 라는 제목이고, 그 書名이 그리스도 云々만으로 된 것은 19세기의 일이다.[14](밑줄은 인용자)

라고 논하고 있다. 즉, 일본에서 이 修德書『イミタチオ・クリスチ』라고 불리어 진 것은 1873년(明治6年) 기독교 해금 이후이기 때문에 「慶長 訳」와 「Imitatione Christi」는 한 조가 될 수 없다.

다음은 姉崎正治 編 「御主 ゼスキリシトを学び奉る經、巻 第一」의 해당 문이다.(切支丹宗教文学)

善の道に立入りたらん人は、御教にこもる不可思議の甘味を覺ゆべし。[15]

이는 芥川의 「立ち入り」와 루비의 「御教」를 제외하고는 일치하고 있다. 이는 姉崎와 芥川가 공통된 소재원을 갖고 있을 가능성을 시사하고 있는 것은 아닐까. 또한 「De」가 생략되어 있는데 이것은 작은 문제가 아니라고 생각한다. 두 번째의 에피그램의 출전은 금후의 연구과제이다.

3. 「二」(後記)

『봉교인의 죽음』이 발표 됐을 때 芥川 자신이 출전이라고 한 『레겐다・오레아』를 둘러싸고 기리시탄 문헌의 연구에 종사하는 사람들 사이에서 일대 센세이션을 일으켰던 것은 주지의 사실이다. 南蛮学에서 처음 듣는 『레겐다・오레아』에 대해서 실로 그럴듯한 해설이 붙여져 있기 때문에 기리시탄모노를 수집하고 있었던 好書家가 500円을 보내 책의 양도를 교섭해왔다. 그러나 『레겐다・오레아』는 架空의 서적임이 芥川에 의해서 밝혀

졌다. 다음은 「二」의 첫 부분이다.

> 내가 소장하고 있는 長崎耶蘇会에서 출판한 책이 있는데, 제목이 「레겐다・오레아」이다. 아마 LEGENDA AUREA의 뜻이리라. 하지만 내용은 반드시 서구의 소위 『黃金伝説』이 아니다. 그 땅의 사도 성인의 언행을 기록함과 더불어 일본의 천주교도가 용맹전진한 사적을 기록하고 그럼으로써 복음전도의 일조가 되었으면 하는 것이다.

작자는 여기서 소재가 된 것이 『黃金伝説』이 아니라고 무심코 사실을 말해버리면서 「二」가 허구라는 것도 분명히 했다. 또 『봉교인의 죽음』은 「일본 聖教徒의 逸事를 구성한 것이지만, 완전히 본인의 상상의 작품」이라고 「특이한 작품 두 점에 대해서」(大正15・1)에서 언급하고 있다.

「레겐다・오레아」와 『黃金伝説』과 芥川의 관계에 대해서 논하겠다. 芥川는 『봉교인의 죽음』의 전거가 「레겐다・오레아」이고, 그것은 「LEGENDA AUREA의 뜻이리라」고 했다. 즉 여기서 架空의 「레겐다・오레아」와 서양의 널리 알려진 "LEGENDA AUREA"와 연결 지으면서 마치 「레겐다・오레아」가 "LEGENDA AUREA"의 国字本 같이 생각하게 하고, 게다가 "LEGENDA AUREA = Golden Legend"의 설명 없이 일거에 『黃金伝説』과 관계의 有無가 문제되고 있다. 이 「LEGENDA AUREA」는 라틴어이기 때문에 그 의미를 모르는 독자는 다음에 『黃金伝説』이 왜 급이 나올까 이해할 수 없다. 여기에 논리상의 비약이 보이지만 이것은 작자의 입장에서 보면 극히 자연스런 발언이고, 이 비약이야 말로 芥川의 原典隱匿의 기법이라고 말할 수 있다. 즉 芥川는 누구보다도 LEGENDA AUREA(라틴어版) = Golden Legend(英国版) 즉 『黃金伝説』, 게다가 그것을 根本으로 한 東京版 『聖人伝』이 사실상 전거이기 때문에 架空의 「레겐다・오레아」와 라틴어版 LEGENDA

AUREA와의 관계를 「아마」라는 애매한 언어로 시사하고 있다. 또한『聖人伝』과『黃金伝説』의 차이도 알고 있었기 때문에 「하지만 내용은 반드시 서구의 소위『黃金伝説』이 아니다」라고 설명했다. 이와 같이 芥川는 말하지 않아도 될 것을 말해버리는 경향이 있다. 이런 의미에서 전거의 탐색에 있어서 긍정적이건 부정적이건 芥川의 제시된 書籍 名은 일단 원전과 긴밀한 관계가 있다고 생각된다.『黃金伝説』은 라틴어로 筆錄한 유럽 중세 聖人伝 의 集大成으로 「서구 전역의 수도원에 들어와 聖人伝 문학의 주요 전거가 되었다」[16] 라틴어의 原著가 세상에 나타나자 在来의 聖人伝集은 곧 驅逐되고 각지에 뿌리를 내리고, 드디어 각 나라 언어로 번역이 속출했다. 이 愛好는 그림·조각 등에 영향을 주어 무수한 예술가가『黃金伝説』에서 소재를 구했고, 그것이 聖人숭배와『黃金伝説』보급에 일조했다.

　『黃金伝説』의 관계를 분명히 하는 芥川의 書簡이다.(하타 토요키치(秦豊吉)(昭和2년2월16일))

> Legenda aurea는 黃金伝説이라는 뜻, Jocobus de Voragine는 13세기 초기의 인물이다. 책의 내용은 나의 「기리시토호로 상인전」과 같은 이야기 정도. 다만 매우 簡古 素朴하다네. 영국에서는 William Caxton의 번역으로 유명하다. 이번 독일에서 나온 책은 근대어로 번역되었는지 어떤지. Caxton은 15세기 경의 인물이기 때문에 이 영어는 상당히 古語이다. 뿐만 아니라 원본에 없는 이야기―예를 들면 크ブ記 등을 보태고 있다. 나는 黃金伝説은 전부 읽지는 않았다. (중략) 그러나 黃金伝説은 여하튼 유명한 책이니까 ゲスタ·ロマノルム와 같이 사 놓아도 좋을 책이라네.

　『봉교인의 죽음』이 발표된 후 10년이 지난 書簡으로 Legenda aurea가 즉『黃金伝説』인 것을 芥川는 충분히 알고 있었던 것이다.『봉교인의 죽음』의 後記인 「二」의 「아마」라는 말은 芥川의 僞裝이다. 당시 새로 출간한 독일어 번역본에 대해서도 관심을 가진 것을 보아도, 『黄金伝説』에 대한 芥川의 興味는 지속적이고 또 보통이 아니었다는 것을 알 수 있다.

　다음 「二」의 밑줄 부분은 다른 소재원이 있는 문장이나 또 시대적인 고증과 모순된 부분이다.

> 　체재는 상하 2권. 미농지에 인쇄하여 초서체가 섞인 히라가나 문장으로, 인쇄는 매우 선명하지 않고, 활자인지 아닌지 명확하지 않다. 상권 속표지에는 라틴문자로 책의 제목을 가로쓰기로 썼고 그 밑에 한자로 「御出生(예수 탄신) 이후 천오백구십육년 慶長 2년 3월 上旬」라는 2행을 세로쓰기로 썼다. 연대 좌우에는 나팔을 부는 천사그림이 있다. 기교는 매우 유치하지만 운치가 없다고는 할 수 없다. 하권도 속 표지에 「五月 中旬 鏤刻也」라는 구가 있는 것을 제외하면 전혀 상권과 차이가 없다.
> 　두 권 다 종이 수는 약 60페이지이고, 게재한 黄金伝説은 상권 8章, 하권 10章이다. (중략)서문은 문장이 세련되어 있지 않고 서양 문장을 직역 한 것 같은 어법이 섞여, 언뜻 보면 서양인 신부가 쓴 것이 아닌가라는 의심이 든다. (중략) 다만 기사 중 큰 화재와 같은 것은 「長崎港草」이하 여러 서적에서 확인 할 수 있는 것도 그것이 실제로 있었는지 없었는지 명확하지 않기 때문에, 정확한 연대는 결정하기가 대단히 어렵다.[17] (밑줄은 인용자)

　전술의 두 개의 에피그램이나 그 출전에 관한 附言을 일독한 것 만으로는 芥川가 쓴 여러 문헌 및 安土·桃山 시대 등 일본의 여러 사정에 대해 예비지식이 없는 한 그 허구를 看破하기에는 쉽지 않다. 그만큼 세밀하게 묘사해서 芥川의 현학(衒学)취미가 유감없이 발휘되어 있다. 지금까지의 王朝物과 달리 기독교문학, 중세의 언어, 카톨릭의 포교활동, 殉教死 등 광범위한 지식이 필요하기 때문이다. 이것들은 일반적인 고전의 지식과는 별도로 각 분야의 전문가가 아니면 얻기 어려운 지식으로 문헌이 필요하다. 즉, 「二」를 쓰는 데에는 적어도 『신약성서』, 『伴天連記』, 크랏세의 『日本

西教史』, 地誌『長崎叢書』,『黄金伝説』에 대한 해설 등을 참고 하지 않으면 쓸 수가 없는 것이다. 『봉교인의 죽음』이 발표된 大正7년의 芥川의 집필활동을 보면『開花の殺人』(7월),『奉教人の死』(9월),『枯野抄』(10월) 등이다. 특히『봉교인의 죽음』 다음으로『枯野抄』가 잇달아 쓰여졌기 때문에『봉교인의 죽음』에 많은 시간을 들일수가 없었으리라. 이점에 대해서 海老井英次氏도 新村出의 영향을 지적하고 있다. 그 구체적인 유사점으로『新編南蛮更紗』수록의「勸善鈔」의 해설을 인용한다.

> 『ギア・ド・ペカドール』Guia do Pecador 원본의 제목으로『きやとへかとる 죄인을 선으로 인도하는 내용이다』로 씌어있다. 지금 임시로 번역해서「勸善鈔」라 명명했다. 스페인의 루이스 데 그라나다(Luis de Granada)의 원본을 일본에서 천주교도가 번역하여, 서기 1599년 즉, 내가 慶長4年 예수회의 모 학교에서 출판을 한 것이다. 상하2권, 미농지에 인쇄하여 초서체 히라가나가 섞인 通俗日文에, 가끔 라틴어문장을 로마자로 표기한 부분이 있다. (밑줄은 인용자)

新村出의 해설 중 밑줄부분이『봉교인의 죽음』의 전거가 되고 있는「레겐다・오레아」의 體裁와 일치 내지 유사하다. 또『ギア・ド・ペカドール』 상권에「예수탄신 이래 1599년 慶長4년 정월 下旬」, 하권에는「3월 中旬」이라 씌어있기 때문에「레겐다・오레아」의「3월 上旬」은 상권의「下旬」과 하권의「中旬」을 피해「3월 上旬」을 算出했다고 생각한다. 이는 다른 곳에서도 채택 된 芥川의 부분 활용에 의한 推論이다.

다음으로 나팔을 부는 천사의 그림에 대해서 중세의 画集을 조사하다가『聖書』의「요한 계시록」을 묘사한 그림 두 장을 발견했다.[18] 芥川이 그와 같은 画集을 보고「나팔을 부는 천사」像을 묘사했는지,「요한 계시록」(제8장~10장)을 읽고 그 내용을 図案化한 것인지, 그렇지 않으면 근대에 와서

プロテスタント系의 교회에서 그와 같은 그림을 보았는지 알 수 없다.
다음은 「二」의 밑줄 친 序文의 부분과 유사한 문헌인 『南蛮記』이다.

　　문장이 세련되어 있지 않고, 독자로 하여금 혹은 우리나라 사람의 필체는
아니고 서양인 신부가 쓴 것이 아닌가 라는 느낌이 든다.

이와 같이 『南蛮記』에서 많은 소재를 얻어 썼지만 『봉교인의 죽음』초판
에서 「레겐다・오레아」의 성립연월을 「慶長元年 3月 上旬」이라고 했으므
로, 「慶長改元은 12월이기 때문에 元年 3월이라고 한 것은 작자의 실수이
리라」[19]라고 新村出가 지적했다. 『봉교인의 죽음』의 火災場面에 대한 자
료의 출처로 『長崎港草』가 게재되었다. 이는 芥川가 『봉교인의 죽음』의
배경인 長崎사원의 火災기사를 마치 『長崎港草』에서 취재한 것같이 보이
면서, 「정확한 연대는 결정하기가 어렵다」고 피하고 있다.

Ⅲ. 『봉교인의 죽음』의 소재 「聖マリナ」

다음은 『봉교인의 죽음』의 소재에 가장 가깝다고 생각하는 세 가지 설명
이다.

(1) 「サンタマリナの御作業」(『耶蘇教叢書』) 수록의 国字本
(2) "The Life next of S.Marine"(w.caxton 英訳 "Golden Legend" 수록)
(3) 「聖マリナ」(斯定筌(Steichen, Michael)) 著 『聖人伝』(明治27년 初版)

(1)(2)는 柊源一氏가 昭和 35년 8월 「国語国文」에, (3)의 『聖人伝』出典 説은 上田哲의 「『봉교인의 죽음』出典新考」가 「岩手短歌」(昭和35·9)에 발표하였다. 마침내 芥川의 구 장서 중에 존재한 일본판 『聖人伝』수록의 「聖マリナ」가 거의 확정적인 전거라고 海老井英次氏가 언급했다.[20] 이 셋은 聖マリナ의 행적에 대해서 서술한 同系의 이야기이다.

本章에서는 『봉교인의 죽음』과 그 전거인 「聖マリナ」와 의 대비를 통해서 어떤 유사점·차이가 있는지 분석하고 芥川의 독창성을 고찰하겠다.

『聖人伝』이 가장 유력하다고 보는 근거는 『봉교인의 죽음』이라는 타이틀이 『聖人伝』의 緒言의 冒頭에 「奉教人」이 있기 때문이다. 이 단어는 두 작품에는 없고 오직 『聖人伝』에만 있다.

> 무릇 奉教人은 그 몸을 완전한 가르침의 신자로 삼고 흠이 없는 道의 수행자가 되고자 한다면 그저 마땅히 주 예수그리스도를 모범으로 삼아야 한다.

芥川는 대개 원전이 있는 소설을 쓸 경우, 그 原題와 주인공의 이름이 완전히 일치하거나 冒頭부분의 상징적인 말을 표제로 삼는 것이 많다. 예를 들면 唐代소설 『杜子春伝』과 芥川의 童話 『杜子春』, 그리고 『金將軍』도 원전인 『伝説の朝鮮』수록 「金應瑞」의 모두가 「金將軍」이다. 『偸盗』도 『古今著聞集』 중의 題名과 같고, 『舞踏会』도 피에르·롯치의 「江戸の舞踏会」(『日本の秋』수록)에서 소재와 제목을 얻고 있다. 따라서 「奉教人」이라는 말이 『聖人伝』에 만 보여지는 것은 『聖人伝』이 직접적인 원전이라는 것을 증명한다. 「마땅히 주 예수그리스도를 모범으로 삼아야 한다」는 말은 확실히 「imitatione christi」의 정신과 일맥상통한다.

1. 「聖マリナ」와 『봉교인의 죽음』의 비교

다음은 「聖マリナ」와 『봉교인의 죽음』의 유사점이다.

「聖マリナ」의 생선가게의 딸은 「성질이 매우 방종해서 소위 교활(スレカ ラシ)」한 성격의 소유자다. 딸이 마린을 사모하지만 신앙심이 강한 마린은 상대를 하지 않았다. 이에 한을 품어, 다른 남자와 관계하여 임신했는데 마린의 아이라 속여 결국 마린이 수도원에서 추방된다는 개요이다. 마린을 짝사랑한 딸의 구체적 설명은 『봉교인의 죽음』의 우산장사 딸이 「로오렌조」 를 사모한 경위와 비슷하다. 다음은 수도원에서 추방된 후 5년간 고난을 겪고 다시 수도원에 복귀할 때의 가엾은 마린의 모습과 寺院에서의 「로오 렌조」의 모양과 추방 후의 용모를 비교하겠다.

마린의 통통한 볼 살은 다 빠져 뼈가 들어 나고, 짙었던 눈썹, 백옥 같았던 피부, 붉은 입술, 치렁치렁하며 탐스럽고 부드러웠던 머리, 옛 모습은 모두 사라져 마치 외국인처럼 보였다.

로오렌조는 얼굴 모양이 구슬같이 깨끗한데다 목소리도 여자처럼 부드러 웠다.
거룩하게 여위어서 홀 쭉 해진 얼굴은 불 빛에 빨갛게 빛나고 바람에 휘날 리는 검은 머리도 어깨로 넘치고 있지만 애처롭게도 아름다운 용모는 한 눈에 보아도 로오렌조 인줄 알 수 있었다.

이 유사점은 「聖マリナ」를 전거로 정하는데 유력한 증거라고 에비이 에 이지씨도 언급했다.

차이점은 마린의 아버지가 들어간 수도원이 「女子 입회를 嚴禁」했기 때문에 남장을 하고 이름도 마리나에서 남자이름인 마린으로 개명했다. 한

편,『봉교인의 죽음』에서는 「로오렌조」가 남장해야만 하는 설명이 생략되어 있다. 또 「聖マリナ」에서는 男裝의 마린이 남자처럼 행동하는데 반해, 「로오렌조」는 남장은 하고 있어도 깨끗한 용모와 아주 앳된 목소리 때문에 한층 사람들의 동정심을 끌었다. 이와 같은 「로오렌조」像은 마지막 장면에서 여성이라는 것을 나타내기 위한 복선이고, 그래서 원전에도 없는 강한 남성상으로 「시메온」을 설정했다고 생각한다.

2. 『봉교인의 죽음』의 冒頭

일본 나가사키의 '산타루치아'라고 하는 '에케레샤'(사원)에 '로오렌조'라고 부르는 이 나라의 소년이 있었다. 소년은 어느 해 성탄절 밤, 이 '에케레샤' 입구에 굶주림과 피곤에 지쳐 쓰러져 있던 것을 예배하러 온 교인들이 간호하였고, 그 후 신부가 가엾게 여겨 사원 안에서 같이 지냈다. 혈통을 물으면 고향은 '하라이소'(천국) 아버지의 이름은 '데우스'(천주)라 하고, 진실을 밝힌 적은 없다. 그러나 아버지 대부터 '젠티오'(이교도)의 패거리가 아닌 것만은 손목에 찬 청옥의 '곤타츠'(묵주)를 보아도 알 수 있었다. (중략) 신부를 비롯해 조수사, 장로들도 '로오렌조'는 天童이 환생한 것이라고 했다.

(밑줄은 인용자)

芥川는 교인들의 질문에 「고향은 하라이소, 아버지 이름은 데우스」로 답한 「로오렌조」를 「天童의 還生」이라고 강조하여 浪漫과 신비감을 독자에게 느끼게 한다. 英訳本, 国字本,『聖人伝』에도 없는 冒頭의 상황 설정 때문에『봉교인의 죽음』을 연구하는 사람들은, 이것을 芥川의 独創이라고 말한다. 그러나 여기에도 芥川의 숨겨진 소재가 있다고 생각된다. 우선 「로오렌조」가 사원의 입구에 쓰러져있다고 하는 설정은 木下杢太郎의 戱曲『南蛮寺門前』에서 힌트를 얻은 것 같다. 또 芥川의 기리시탄모노의

未발표작인 假称 『南蛮寺』(大正6, 7년경으로 추정)와 관계가 있다고 생각된다. 『봉교인의 죽음』의 이해를 돕기 위해 芥川의 『南蛮寺』(仮)를 인용한다.

> 京都에 南蛮寺라는 천주교 사원이 있었을 때의 이야기이다. 그 南蛮寺의 문지기가 전염병에 걸려 죽은 후, 妻와 일곱 살 된 딸이 남아 있었다. 그래서 南蛮寺의 신부는 문지기 역할을 그 妻에게 시켰다.[21]

아침 종이 울리어 문이 열리면 어머니는 「청옥의 묵주를 손목에 차고 벽에 걸려있는 작은 십자가 앞에서 무릎 꿇고 죽은 남편을 위해 간절히 기도를」 드린다. 여기서 『봉교인의 죽음』에서는 안개에 싸인듯한 「로오렌조」의 정체를 엿볼 수 있다. 「청옥의 곤타츠(묵주)」에 의해 「아버지 代부터 '젠티오'(이교도)의 패거리가 아닌 것」만은 알 수 있었다고 묘사되었다. 독자로서는 어째서 그 묵주가 그러한 사실을 증명하는가 납득할 수 없지만 『南蛮寺』를 보고, 묵주가 南蛮寺의 문지기인 어머니의 것으로 아마 어머니의 사망에 의한 유품으로서 딸에게 남겨졌다고 하는 構想이 芥川에게 있었다고 생각된다. 그래서 『봉교인의 죽음』에서 고아가 된 딸이 「청옥의 묵주」만을 손목에 차고 「굶주림과 피곤에 지쳐 쓰러졌다」로 한 것이리라.

또한 「고향은 '하라이소'(천국) 아버지 이름은 '데우스'(천주)」라 한것은 上田敏 訳, 데오도르·오오바네르(Theodore Aubanel, 1829~1886) 作詩의 「故国」(Every little bird loves its nest)에서 보여지는 표현이다. (「邪宗門秘曲」) 例를 들면,

> 작은 새 조차도 둥지를 사랑하며
> 푸른 하늘이야말로 내 나라요
> 고향인 波羅葦增雲 (バライゾウ)　　　　　　　　　　　　　　「故国」

또 木下杢太郎의 詩「波羅葦增」(バラィゾ)(明治40·12)에도「이 회원의 어딘가에 있다, 그대가 말하는 波羅葦增(バラィゾ)의 나라는」이라는 詩가 있다. 芥川도 당시 유행하고 있었던 이들 詩句를 이용한 것 같다.

다음은 「수도원」과 「에케레샤」에 대한 비교이다. 「에케레샤」(ラテン語 ecclesia, ポルトガル語 igreja)는 남녀 누구라도 출입이 가능한 사원이다. 이곳에서 생활하게 된 「로오렌조」의 남장 해야 할 이유가 분명치 않았다. 그러나 芥川는 「시메온」에게서 사랑 받는 「로오렌조」를 미소년으로 묘사함으로써 최종 장면의 남장한 「로오렌조」가 실제로 여성이었다는 사실로 독자의 의표를 찌르는 이중의 목적을 노렸다ㄱ 생각된다. 마린이 들어간 수도원은 여인 금지 구역이다

「로오렌조」는 고아로 우연히 「에케레샤」의 문 앞에 쓰러져 있었기 때문에 신앙만이 유일한 生의 지주가 되어야 할 이유가 없다. 그래서 「시메온」과 「로오렌조」의 동성애적인 관계가 창출 될 수 있다. 「시메온」이라는 강인한 인물을 등장시킴으로써 『봉교인의 죽음』이 원전에서 아주 동떨어져 있는 부분을 소설에서 보여주고 있다. 「시메온」은 芥川가 창조한 인물이다.

3. 「로오렌조」와 「시메온」

『봉교인의 죽음』의 주요등장인물인 「로오렌조」와 「시메온」像의 창조과정에 대한 비교이다.

「시메온」은 「로오렌조」의 사원생활을 행복하게 해준 인물로, 우산장사 딸의 임신이 「로오렌조」의 아이라는 虛僞사실로 인해 追放되기 전의 두 사람은 마치 형제와 같은 관계였고 또한 아련한 연정을 품은 상대이기도 했다. 「로오렌조」는 남장을 하고 있지만 매우 여성적인 성향의 소유자로

묘사되고 있다. 이 두 사람의 사이좋은 모습을 芥川는 다음과 같이 표현하고 있다.

　　　이 나라 '이루만'에 '시메온'이라는 자는 '로오렌조'를 동생처럼 여겨 '에케레샤' 출입에도 꼭 사이좋게 손을 잡고 있었다. 이 '시메온'은 원래 다이묘를 섬기던 유서 깊은 가문의 사람이다. 특히 키가 크고 천성이 강하여, 신부가 '젠티오'들의 돌기와에 얻어맞는 것을 막아 준적도 한 두 번이 아니다. '시메온'이 '로오렌조'와 의좋게 지내는 모습은 마치 비둘기에게 구애하는 독수리라고나 할까, 혹은 '레바논'산 노송나무에 포도 넝쿨이 얽혀 꽃이 핀 것 같다고도 할 수 있다.

여기에서는 수도생활의 고생스러운 분위기는 조금도 보이지 않고 남장의 여인과 아주 거친 무사를 상상시키는 「시메온」과의 사이만 묘사돼있어, 「聖マリナ」의 마린의 생활과는 천양지차라고 할 수 있다. 芥川 문학의 탈종교적 경향이 보여지고 있다. 포르투갈어인 「에케레샤」「이루만」「젠티오」 등의 어휘는 단지 이국정서를 자아내는데 유용하게 쓰일 뿐이다. 『봉교인의 죽음』집필 당시 芥川의 기독교에 대한 인식은 성서를 소재원의 하나로 보고 있었다. 따라서 聖人들의 순교정신에 감동하는 것보다 신을 위해 기쁘게 죽을 수 있는 인간에 대한 호기심 쪽이 강했다는 것을 알 수 있다. 따라서 이 장면의 종교 색의 삭제는 당연하다고 말 할 수 있으리라.

　　그런데 「시메온」像은 어떻게 해서 창조되었을까. 우선 「시메온」이라는 이름은 『구약성서』「창세기」(29:33, 34:25, 49:5)와 『신약성서』의 「누가복음」(2:25) 사도행전(13:1) 등에 등장하는 시메온이 아닐까? 그러나 앞서도 논했듯이 「시메온」에게는 종교적인 것이 느껴지지 않고 오히려 무사를 생각하게 한다. 芥川가 중학시절에 동경했던 기소 요시나카(木曽義仲)와도 비교되는 이미지이다. 그리고 芥川가 일부러 그를 「이 나라의 이루만」이라고

한 것은 「로오렌조」가 「이 나라의 소년」이었기 때문이지만, 그보다 ルイス・フロイズ의『日本史』의 말투를 모방한 것은 아닐까라고 생각된다. 외국인인 「이루만」은 「いるまんの某」라고 하는 반면 일본인에게는 「일본인 이루만」, 「이 나라의 이루만」이라고 구별하여 사용했기 때문이다.[22] 그리고 「시메온」이 「이교도」들의 投石에서 신부를 지켜주었다는 내용도 フロイズ의『日本史』에 나오는 다미앙의 행동과 일치한다. 그 외에, 「시메온」은 「레바논」산의 노송나무나 독수리에 비유되어,『기리시토호로 상인전』의 「레푸로보스」같기도 하고 또 오다 노부나가(織田信長)와 통하는 강인한 인상이다.[23] フロイズ는『日本史』에서 노부나가를 「레바논 산의 삼나무」에 비유하고, 그의 용맹스러운 기질에 대해 기술하고 있다. 이와 같은 「시메온」과 「로오렌조」는 「레바논」산의 노송나무에 뒤엉킨 포도넝쿨 같고 「비둘기」에게 구애하는 「독수리」에 비유하는 등 대조적인 인물로 설정되어 있다. 이처럼 「시메온」한 사람의 창조에 다양한 해석이 포함되고 있다.

다음은 「로오렌조」의 유래에 대해서 검토해보니,『봉교인의 죽음』의 연구에서 거의 이 문제에 언급한 것이 없고 있어도 ルイズ의『日本史』에서 열심히 포교를 한 일본인 이루만 로렌소(Lourenso, 1526~1592)에 비교되는 견해가 지배적이다.『日本史』의 내용을 종합해 보면 히젠(肥前)출신의 로렌소는 거의 실명상태였고 거지나 다름없는 비파법사(琵琶法師)로 용모도 보기 흉했다. 그러나 성격은 활달하고 학문은 없지만 총명해 能辯家로 九州각지에서 京都까지 그리스도의 말씀을 전했다. 그는 다이묘・중・귀족들을 개종시킨 그 시대 최고의 수도사이며 설교자였다. 로렌소는 1569년에 フロイズ와 함께 노부나가를 알현하고 그 목전에서 니치죠 쇼닌(日乗上人)과 종교론을 펴 니치죠를 설파한 일화는 유명하다.[24] 이처럼 로렌소와 「아주 여린 여성 이미지」가 넘치는 「로오렌조」와는 전혀 다르다. 게다가 大正

7년 9월 「三田文学」에 최초로 발표했을 때의 이름은 「로오랑」이었다. 역사적인 見地에서 『봉교인의 죽음』을 이해한 일부 지식인들의 의견에 따라서 다음해 간행된 제3창작집 『괴뢰사(傀儡師)』에 수록될 때 「로오렌조」로 개명했다. 그러므로 芥川의 「로오렌조」는 역사상의 로렌소와는 다른 별도의 출처가 있지는 않을까 생각된다. 예를 들면 北原白秋의 『邪宗門』부록의 「천초아가(天艸雅歌)」 중의 「희미한 촛불에」의 영향이다.

> 아아~ 그립구나~ 로렌조여~ 종을 울려
> 진실되이 안식일을 축복하는 것은
> 아아~ 즐겁구나~ 순백의 날개를 가지런히 한 채
> 비둘기와 같이 노래하련만, 나의 아이들이여.　　　(傍点은 인용자)

『일본근대문학대계28, 北原白秋』(角川 1960년)의 주(註)에 의하면 「로렌조」는 세례명의 하나로, 작시의 편의상 사용된 것으로 특별한 의미는 없다고 한다. 그리고 이 白秋의 「로렌조」 자체는 모리 오가이(森鷗外)의 『즉흥시인』에 등장하는 펫포 아저씨의 친구인 「로렌쏘」를 활용했다고 알려져 있다. 그 외에 大正2년 芥川가 읽은 책 중에 「The Monk」(『수도승』 Edgar A.poe)에도 로렌조라는 인물이 등장한다. 이처럼 『봉교인의 죽음』의 주인공 이름의 유래를 생각해보면 종교적인 인물보다 문학적인 素材源에서 「로오렌조」라는 이름을 인용했을 가능성이 높다. 등장인물의 이름을 정하는 데에는 그 나름의 근거가 있어서 결정한다고 생각된다.

　이상과 같이 芥川의 경우 他 연구의 도입이나 소재의 활용은 치밀하게 되어있기 때문이다. 이것은 지금까지 이미 연구해온 작품이래도 재원 탐구의 차원에서 아직 조사의 여지가 있다는 것을 말하고 있다.

4. 마린과 「로오렌조」의 수난

「聖マリナ」에서는 마린과 생선장수의 딸의 배후에 「악마」의 계략과 「神」
의 시험이 있다. 즉 「악마는 마린의 강한 신앙을 질투하여 神에게 害를
주기를 빌었고, 神도 신앙의 깊이를 시험하기를 허락」했다고 한다. 수도사
마린의 신앙이 시험 받을 때가 온 것이다. 바로 생선가게 딸은 근처의 남자
와 정을 통해 임신을 했고, 마린이 아이의 아버지라는 누명을 씌워 추방당
하게 한다. 다음은 「로오렌조」의 受難에 대한 과정이다.

> 그 동안에 삼 년 남짓 세월은 마치 물 흐르듯 지나고 '로오렌조'는 이윽고
> 성인식을 할 나이가 되었다. 그때 이상한 소문이 전해졌는데, 그것은 '산타루
> 치아'에서 멀지 않은 마을의 우산장사 딸이 '로오렌조'와 친해졌다고 하는 것
> 이다. (중략) 신부는 '로오렌조'를 불러 "자네, 우산장사 딸과 소문이 있는 것을
> 들었는데 설마 사실은 아니겠지. 어찌 된 거냐"고 상냥하게 물으셨다. '로오렌
> 조'는 "그런 일은 절대 있을 리 없습니다."고 울먹이는 소리로 반복했다.

『봉교인의 죽음』에서 「로오렌조」와 「시메온」은 형제처럼 3년을 지내고
있다. 소문은 오히려 외부에서 왔다. 또한 사랑이 싹튼 장소가 신성한 「에
케레샤」이고, 마린도 여성금지의 수도원이다. 「聖マリナ」와 『봉교인의 죽
음』에서 주인공들의 수난은 생선가게 딸과 우산장사 딸의 연심을 받아들이
지 않았기 때문인데 이 유사점도 芥川가 「聖マリナ」를 참고했다고 보는
증거다. 사건발생시 「로오렌조」의 반응은 우산장사 딸과 소문이 났을 때
이를 눈물 섞인 목소리로 부정하고, 의심의 눈으로 보는 「시메온」에게 「내
가 주님에게까지 거짓말을 할 것 같은 사람으로 보이는가」라며 반발하고
있다. 방에서 나온 「로오렌조」는 다시 돌아와서 헐떡이는 목소리로 「내가
나빴어. 용서해 주세요」라고 속삭이고는 또 나가버렸다. 「로오렌조」와 「시

메온」의 관계가 젊은 남녀의 애정을 시사하고 있는 것 같은 장면이다. 사건의 중대사에 비해서 신부의 태도가 온화하고 오히려 「로오렌조」가 부정적인 태도이다. 이는 『봉교인의 죽음』이 종교적이냐, 예술지향적이냐를 구별하는 중요한 단서가 된다. 「聖マリナ」에서는 마린이 難行苦行 끝에 종교적으로 승화되는 숭고한 정신이 보이지만, 「로오렌조」는 다만 여성다운 본능으로 「시메온」의 오해를 두려워하여 눈물 섞인 목소리로 자신의 무죄를 주장하고 있고, 그 자세가 주목을 끈다.

「聖マリナ」의 法律은 간통해서 아이를 낳으면 남자가 기르게 되어있다. 추방 후 마린은 허름한 집을 지어 생선 장수 딸의 아이를 정성껏 기르면서 5년간 고난의 세월을 보낸다. 마린의 인내를 보고 수도원사람들의 탄원도 있어서 원장은 사면을 하고 마린은 다시 수도원으로 돌아온 후 奴僕처럼 지낸다. 추방에 대해서 芥川는,

> 그러나 그 후 곧 일어난 일은 그 우산장사 딸이 아이를 가졌다는 소동이었다. 더구나 뱃속 아이의 아버지는 '산타루치야'의 '로오렌조'라고 바로 자기 아버지 앞에서 말했다고 한다. 그러자 우산장사 영감은 불같이 노해서 즉각 신부에게 사정을 호소하러 왔다. 그 날 신부를 비롯하여 '이루만'일동의 談合에 의해 파문이 전해졌다. 원래 파문 소식이 있으면 신부에게 쫓겨나기 때문에, 입에 풀칠하기 어렵다. 그렇다고 이런 죄인을 그대로 '산타루치야'에 놓아두면 주님의 '구로리야(영광)'에도 관계되어, 평소 친해진 사람들도 눈물을 머금고 '로오렌조'를 내쫓았다고 한다.

여기서 「로오렌조」가 우산장사 딸로 인해 누명을 써 변명 할 여지조차 없는 상황에 몰려 「에케레샤」에서 추방당하는 과정이 상세히 묘사되어 있다. 「聖マリナ」와 『봉교인의 죽음』의 차이는 추방 결정의 방법이다. 「聖マリナ」는 원장이 직접 사실을 확인하고 추방을 명령한다. 주위의 동정 같은

것은 보이지 않는다. 더구나 추방된 마린의 장래를 걱정하는 따뜻함 조차 느껴지지 않는다. 반면 芥川의 추방의 방법은 비참한 궁지에 몰아 넣은 「로오렌조」像을 묘사하고 있다. 또한 「로오렌조」에 대한 단죄를 신부나 이루만 일동의 合議에 의해 결정되었다는 점은 다수결에 의한 근대적인 재판 과정으로, 고전에서 典據를 얻었다는 芥川의 허구가 드러나 버렸다.

추방 결정에 의해 「로오렌조」가 매서운 바람 속에 힘없이 문을 나서자, 「시메온」은 속았다는 분풀이로 옆에서 주먹을 휘둘러 그 아름다운 얼굴을 세차게 때렸다. 힘이 센 「시메온」에게 얻어맞은 「로오렌조」는 넘어졌지만 바로 일어나서 눈물 젖은 눈으로 하늘을 우러러 보면서 「주님 용서해 주세요. '시메온'은 자기의 소행도 분별하지 못하고 있습니다」라고 떨리는 목소리로 기도했다. 이 말은 『신약성서』의 누가복음 23장34절에 「아버지여 저희를 사하여 주옵소서. 자기의 하는 것을 알지 못하나이다」라는 십자가上의 예수의 언동과 거의 같은 구절이다. 이 성서에서의 인용은 중요한 의미를 가졌다고 생각한다. 이 시점에서 「로오렌조」의 운명은 아직 불투명하지만 작가에 의해서 그의 희생적인 죽음이 예고되어 있다. 「로오렌조」가 「에케레샤」를 떠날 때의 광경은 그의 운명을 상징하고 있다.

> 그때 거기에 있던 봉교인들의 말을 전해 들은 바에 의하면, 때마침 돌풍에 흔들리는 태양이 고개를 숙이고 걷는 '로오렌조'의 머리 저쪽 나가사키 서쪽 하늘로 지려고 하는 풍경이어서 소년의 우아한 모습은 완전히 온 하늘의 화염 속에 서 있는 것과 같이 보였다고 한다.

이것은 태양조차도 흔들릴 것 같은 겨울의 돌풍 속에 「로오렌조」의 모습이 투영되어 석양에 물들인 하늘 속에 서있는 것처럼 보였다고 한다. 이 묘사는 앞의 성서의 문구와 軌를 같이한다. 돌풍 속의 한 잎처럼 태양 속의

한 점으로 化했다고 하는 것은 죽음의 상징이 아니고 무엇이란 말인가? 「서쪽하늘」은 해가 지는 방향 즉, 불교에서 말하면 西方淨土로 저 세상을 의미한다. 芥川 작품은 시간적 배경을 해질 녘으로 설정하는 것이 많다. 같은 기리시탄모노인『神들의 미소』도 저녁이 배경이다. 『トロッコ』도 「석양이 지고」, 「일몰」이다. 『杜子春』의 冒頭는 「어느 봄의 해질 무렵」이다. 『봉교인의 죽음』의 冒頭가 「성탄절 밤」에서 시작하는 것은 예외이다. 그러나 이야기의 전환점에서 「서쪽하늘로 지려고 하는 태양」이라는 묘사는 역시 芥川의 黃昏指向을 나타내고 있다. 결국 이 부근에서 「로오렌조」의 죽음을 의식해서 이야기를 진행 시킨 것만은 확실하리라. 「하늘의 화염 속에 서 있는」 묘사로 「로오렌조」의 죽음을 예고하고 있다.

「산타루치아」를 나온 후 「로오렌조」의 생활은 거지와 다름없이 헛간에 살면서 이교도들의 돌을 맞기도 하고, 때로는 일주일 동안 당시 長崎에 유행했던 熱病을 앓았다. 마린은 수도원에서 멀리 떨어진 곳에 누추한 집을 스스로 지어 살고 있었고, 모든 것을 하나님께 맡기고 기도생활에만 전념했다. 「로오렌조」도 「천주」의 한량없는 사랑에 힘입어 위기를 극복하고 먹을 것이 없을 때는 산의 나무열매, 바다의 해산물 등으로 연명했지만 신앙심만은 점점 깊어져 갔다. 芥川는 「로오렌조」가 「에케레샤」에 밤마다 예배하러 가는 장면을 묘사하여 그 信心을 강조했다.

5. 마린과 「로오렌조」의 죽음

마린이 수도원에 돌아온 2개월 후, 그녀의 사망에 의해 그 시체를 씻다가 마린이 여성인 것이 알려지고 聖人 칭호가 내려진다. 여러 수도자들은 물론 원장도 시체 앞에 꿇어 엎드렸고, 이 긴 세월 성인을 괴롭힌 생선장수 딸은 너무 두려워 떨다가 악마에 미혹되어 重態에 빠진다. 원장은 이 사실을 듣고 바로 딸을 데려와 마린의 옷에 접촉하니 악마는 물러나고 딸은 낳았다는 기적이 일어났다. 딸은 이전에 지은 죄를 회개하고 자백했다. 마린의 죽음은 이것만이 아니고 종종 不可思議한 일이 일어났기 때문에 당시의 사람들은 마린의 겸손과 깊은 신앙심을 칭송했다. 이 마지막 장면은 독자로 하여금 일말의 무상함을 느끼게 한다. 이렇게 아름답고 완벽에 가까운 여성이 남장을 해서 체험한 고통이 수도원의 복귀라는 형태로 밖에 보상받지 못했다. 『聖人전』 작자는 마린 같이 인내를 가지고 생활한다면 聖人의 尊号를 얻는다는 것으로 결론을 맺고 있다.

『봉교인의 죽음』의 마지막 장면은 「聖 마리나」에는 전혀 없는 큰 화재로 인해 「로오렌조」가 그 불행한 일생을 끝낸다는 것이다. 화재발생의 상황, 돌연한 「로오렌조」의 출현, 화염 속으로 뛰어 들어간 「로오렌조」의 과감한 행위, 울부짖는 우산장사의 딸, 지켜보고 있는 교인들의 심리 변화, 최후로 양손에 어린 아이를 안고 타오르는 화염 속에서 빠져 나온 「로오렌조」가 「시메온」의 팔에 안겨 구출된다. 우산장사 딸의 참회를 들은 후 신부의 기도가 끝나자 「로오렌조」가 숨을 거둔다는 긴박감과 동시에 청순한 에로티시즘이 느껴지고 작가의 예술적인 감각, 마음의 소리가 그대로 전해 오는 것 같은 표현력이다. 그래서 종교적인 교훈은 없다. 「로오렌조」의 죽음을 그의 生이라고 간주하는 芥川의 사생관을 나타내는 말로 이야기가 종결되었다. 이 상황이 『봉교인의 죽음』에서 보여지는 芥川의 독창성이라고 생각한다. 또 마린은 22세 정도에, 「로오렌조」는 17세 정도에서 사망한다. 이는 비극의 주인공에 어울리는 연령인데 「로오렌조」를 꽃봉오리 같은 나이로 죽게 하는 것은 芥川의 美学에 의한 것이라고 느껴진다. 芥川의 「로오렌조」는 우산장사 딸의 아이를 양육하지 않았기 때문에 중간에서 수년을 보내는 것은 소설의 진행상 의미가 없어서인지 1년 정도에서 일거에 이야기를 진행시키므로 긴장감이 있다. 그 대신 「로오렌조」의 죽음을 묘사하는 데는 다른 작품보다도 훨씬 우아하며 매우 기교를 다하고 있다.

「로오렌조」가 「에케레샤」에서 추방 당한지 약 1년 정도 지난 어느 밤, 長崎의 반을 태울 정도의 큰 화재가 발생하였다.[25] 그때의 처참한 광경은 「말세 심판의 나팔소리가 온 하늘의 불빛을 뚫고 울려 퍼질 정도로 몸에 소름 끼치는 것」이었다. 이 묘사는 『신약성서』의 마태복음 24장29절에 있다. 이 표현은 이후 전개될 장면에 대해서 독자에게 불길한 예상을 품게 하는데 충분하다. 우산장사 영감의 집은 공교롭게도 바람이 부는 위치에 있어 친척들은 당황하여 도망쳐 나왔다. 그런데 영감 딸이 낳은 아이가 보이지 않았다. 화염은 천상의 별조차도 태울 정도로 맹렬하여 「시메온」도 구조의 손을 펼칠 수가 없었다. 그는 딸과 영감에게 「이것도 '데우스'가 만사를 이루시는 재량의 하나지요. 도리 없는 일이니 포기 하시오」라고 말할 수 밖에 없었다. 그 때 누군가가 큰 소리로 「주여 도와주시옵소서」라고 부르짖었다. 「시메온」이 되돌아 보니 행방이 묘연했던 「로오렌조」다. 「로오렌조」의 출현 할 때와 화염 속에 뛰어들 때의 상황이다.

'로오렌조'가 거지의 모습 그대로 무리 지어 있는 사람들 앞에서 계속 타오르는 집을 쳐다보고 있었다. 하지만 정말 눈 깜짝할 순간이다. '로오렌조'의 모습은 쏜살같이 이미 불기둥, 불 벽, 불 대들보 속에 들어가 있었다. '시메온'은 뜻하지 않게 온몸에 땀을 흘리며 하늘 높이 성호를 그으면서 "주여 도와주십시오"라며 외쳤지만 왠지 그때 마음 속에는 돌풍에 흔들리는 태양빛을 받아 '산타루치야'의 문에 서 있던 아름답고 슬픈 '로오렌조'의 모습이 떠올랐다고 한다.

위의 서술에는 주목할 만한 표현이 있다.「불기둥, 불 벽, 불 대들보」「돌

풍에 흔들리는 태양빛을 받아」이다. 이 경우는 큰 화재 때 강풍이 불고
그 바람에 펄럭이게 된 「로오렌조」의 머리 상태를 표현함과 동시에 그 운명
을 상징하고 있어 처연한 아름다움을 자아내고 있다. 또 모두가 불타고
있는 상황을 「불기둥, 불 벽, 불 대들보」라고 하는 짧은 말로 표현했기 때문
에 간결하면서도 강한 인상을 주고 있다. 이것이 이 장면의 긴장감에 일조
하고 있다고 느껴진다. 또 「돌풍에 흔들리는 태양빛을 받아」는 먼저 「에케
레샤」의 문을 힘없이 나서는 「로오렌조」의 모습을 떠올릴 때도 쓰여진 표
현이다. 여기서 다시 「태양」이 되풀이되는 것은 왜일까? 「로오렌조」의 운
명은 바람에 흐트러진 머리처럼 무참하지만 그 사후의 영광을 상징하고
있는 것은 아닐까? 태양빛을 받은 「로오렌조」의 모습에서는 일종의 성스러
움이 느껴진다. 이런 지옥과 비교할 만한 상황에서도 방관자들의 관심은
저속한 심리를 나타낸다. 그들은 목숨을 건 「로오렌조」의 행위를 「과연
부모자식의 정분은 숨길 수 없는 모양이야. 자기 몸의 죄를 부끄럽게 생각
해 이 부근에 그림자도 보이지 않던 '로오렌조'가 지금은 딸의 목숨을 구하
려고 불 속에 뛰어 들어갔어」라고 매도의 찬 눈으로 보고 있다. 이것은
방관자라고 하는 존재가 얼마나 제멋대로 판단하는가를 芥川는 말하고 싶
었으리라. 방관자의 エゴイズム에 대한 고발은 이미 『鼻』의 「이케노오의
사람들」에서도 나타나고 있다. 또한 우산장사 영감도 「로오렌조」의 모습
을 보고 또 이들의 비난을 들으면서 심란한 상태에 빠진다. 이와 같은 인간
의 심리라는 것은 타인의 말 한 마디로 좌우되기 쉽다는 것을 보이면서
작자의 시선은 우산장사 딸에게 옮겨간다.

　　하지만 당사자인 딸은 미친 듯이 땅에 무릎을 꿇고 양손으로 얼굴을 파묻으
　면서 오로지 기도만 드리며 몸을 움직이지도 않았다. 하늘에서는 불똥이 비같

이 내렸다. 연기도 땅을 쓸고 지면을 후려쳤다. 그러나 딸은 말없이 머리를 숙이고 세상도 잊은 채 기도 삼매경이다.

이때 군중의 떠들썩한 소리가 들리고 머리를 흐트러뜨린 「로오렌조」가 양손에 아이를 안고 화염 속에서 「하늘에서 내려오는 것처럼」 모습을 나타 낸다. 그러나 그때 불 대들보 하나가 갑자기 부러져 꽝장한 소리와 함께 한 무더기의 연기와 불꽃이 공중에 내뿜더니 이내 「로오렌조」의 모습은 보이지 않게 되었다. 이 장면은 시마바라(島原)의 乱의 도화선이 되었던 천주교 신자 박해의 장면을 참고로 한 것 같다.[26] 너무나 큰 재난에 「시메 온」을 비롯해 영감과 모여 있었던 천주교 신자들은 눈앞이 캄캄해졌다. 그 와중에 딸은 매우 소란스럽게 울부짖으며 땅에 엎드렸다.

　　　엎드린 딸의 손에 어린아이가 생사를 알 수 없는 모습으로 꼭 안겨 있는 　　것을 어찌 생각 하랴. 광대무변한 '데우스'의 지혜와 힘은 무어라고 송축할 　　말조차 없다. 타서 무너지는 대들보에 맞으면서 '로오렌조'가 죽을 힘을 다하 　　여 이쪽으로 던진 아이는 마침내 딸의 발 밑에 상처도 없이 굴러 떨어진 것이다.

딸은 기쁨의 눈물에 목이 메이고, 영감은 양손을 들어올려 「데우스」의 자비를 찬미 했다. 그 때 「시메온」은 「세차게 솟아오르는 불꽃 속에 '로오 렌조'를 구하려고」 일직선으로 돌진했다. 이것을 보고 영감의 소리는 기도 로 변하고, 주위의 사람들도 「주여 도와주시옵소서」라고 울면서 기도했다. 이 기도가 하늘에 닿았는지 「로오렌조」는 「시메온」의 팔에 안겨 불 속에서 구출되었다. 숨이 끊어질 듯한 「로오렌조」는 우선 「에케레샤」 문 앞에 뉘 어졌다. 그때 우산장사의 딸이 사람들 앞에서 「이 아이는 '로오렌조'의 아이 가 아닙니다. 실은 제가 이웃집 이교도의 아들과 밀통을 해서 얻은 딸입니다」라고 청천벽력과 같은 사실을 고백했다.

저는 평소 '로오렌조'님을 그리워하고는 있었지만, 강한 신앙심 때문에 너무나도 무정하게 대해 주셔서 한이 맺혀, 뱃속의 아이를 '로오렌조'님의 아이라고 거짓말로 분풀이를 하려고 했습니다. 하지만 '로오렌조'님은 그 큰 죄도 미워하지 아니하시고, 위험도 무릅쓰고 지옥과 같은 화염 속에서 제 딸의 생명을 구해 주셨습니다. 이 불쌍히 여기심, 이 고마우심, 정말 주 '예수 그리스도'의 재림이라고 생각했습니다.

이「참회」를 들은 천주교 신자들은 이구동성으로「마루치리」(순교)라고 한다.「로오렌조」는 우산장사 딸의「참회」를 들으면서 겨우 두 세 번 고개를 끄덕여 보일 뿐「머리칼은 타고 피부는 그을려지고」손도 발도 움직일 수 없는 데다가 말을 할 기력조차 없는 것 같다. 딸의「참회」에 가슴이 찢어지는 것 같았던 영감과「시메온」은 간호를 했지만「로오렌조」의 목숨은 시시각각 짧아졌다.「로오렌조」의 최후를 芥川는 다음과 같이 슬프도록 아름답게 묘사하고 있다.

최후의 순간도 드디어 얼마 남지 않았다. 다만 평소와 다르지 않은 것은 멀리 하늘을 우러러보고 있는 별과 같은 눈빛뿐이다.

딸의「참회」를 들은 신부는「회개하는 자는 복이 있느니라. 무엇 때문에 이 복된 자를 인간의 손으로 벌하리오」라고 딸의 죄를 용서하면서「로오렌조」의 德行을 칭송했다.「특히 소년의 몸으로―」라고 말씀하신 신부는 갑자기 입을 다물고 마치「천국」의 빛을 소망하듯 가만히 발 밑「로오렌조」의 모습을 지켜보셨다. 그리고 계속 눈물을 흘리면서「시메온」에게 말했다.

보시오, '시메온'. 보시오, 우산장사 영감. 주 '예수 그리스도'의 피보다도 붉은 불빛을 한 몸에 받고서 소리도 없이 '산타루치야'문에 누워 있는 매우 훌륭하면서도 아름다운 소년의 가슴에는 타서 찢어진 옷 틈새로 거룩한 두 개의 유방이 옥과 같이 드러나 있지 않은가. 지금은 타 문드러진 얼굴에도 저절로 드러나는 부드러움을 감출 수가 없도다. '로오렌조'는 여자였느니라. '로오렌조'는 여자였느니라. 보시오. 맹렬한 불길을 뒤로하고 서 있는 교인들의 무리, 간음의 계명을 깨었다는 이유로 '산타루치야'를 쫓겨난 '로오렌조'는 우산장사 딸과 같이 눈빛도 고운 이 나라의 여자였느니라.

숨 넘어가는 순간 들리는 것은 「타 오르는 불꽃소리」뿐이었다. 芥川는 『봉교인의 죽음』의 최종 장면의 구상이 글을 쓰고 있는 중에 생각 났다고 한다. 「하나의 작품이 완성될 때까지」에서,

> 그 소설의 마지막 장면에 불이 났다. 화재 장면은 처음에 전혀 쓸 생각이 없었다. 단지 주인공을 병으로 할까 어떨까 하다가 조용히 죽어가는 것으로 쓸 생각이었다. 그런데 쓰고 있는 중에 그 화재 현장의 풍경이 떠올라서 그것을 써버렸다. 화재 현장에 대해서 쓴 것이 좋았는지 나빴는지는 의문이지만[27]

이 연상은 충분히 일어날 수 있는 일이다. 중세에서 근세에 이르러 일본의 카톨릭史는 殉教史 그 자체로 大司教区가 되기 이전 「準教区」를 빗대어 「殉教区」라는 말로 부를 정도였다. 천주교 신자들의 禁教 이후 火刑에 처해진 것은 기리시탄 관계의 자료를 읽으면 알 수 있다. 한 例로 島原의 乱(1637~1638년)의 도화선이 된 한 처녀의 잔혹한 화형 장면이다.

화염 속에 뛰어 든 「로오렌조」의 행위에 대해서 십자가를 짊어진 예수 그리스도와 「로오렌조」를 동일시하는 견해가 있지만 이 장면이 종교적 신념이 아니라는 것은 芥川 자신의 말에 의해서도 알 수 있다. 「聖マリナ」에서는 주인공이 여성인 것을 발견한 순간 수도원장을 비롯한 천주교인들은

신의 사도인 聖人을 괴롭혔다는 죄책감에 사로잡히지만, 『봉교인의 죽음』
의 같은 장면에서 신부의 최초의 반응은 「로오렌조」를 괴롭힌 것에 대한
두려움은 느껴지지 않는다. 이 장면에 意表를 찌른 찰나의 감동과 시적인
리듬, 즉 「보시오, '시메온'. 보시오, 우산장사 영감. '로오렌조'는 여자였느
니라. '로오렌조'는 여자였느니라.」라는 같은 말을 반복함으로써 주인공은
여성이었다라는 것이 강조되고 있을 뿐이다.

　　여기에 『봉교인의 죽음』의 모티브가 종교적인 숭고함의 高揚에 있는
것이 아니고 시적 작품의 완성, 즉 예술적 작품의 완성이 主眼이었다는
것이 밝혀진다. 여기서 특히 유의하고 싶은 것은 「'로오렌조'는 우산장사
딸과 같이 눈빛도 고운 이 나라의 여자였느니라」라는 묘사이다. 이야기의
진행에서 볼 때 우산장사 딸은 가해자이고 「로오렌조」는 피해자이다. 그러
나 芥川의 설명은 두 여성을 가해자와 피해자의 차원이 아닌 같은 등급으
로 놓고 있다. 그래서 「로오렌조」가 그녀의 참회를 듣고 두 세 번 고개를
끄덕이는 것으로 우산장사 딸의 죄가 용서됐다는 것을 간접적으로 보이고
있다. 「로오렌조」 생전에 가해자와 피해자의 화해가 성립된 이점이 「聖マ
リナ」와 다른 점이다. 그렇다면 芥川는 왜 이와 같은 생전의 사죄라는 장면
을 삽입시켰을까?

　　이점은 芥川의 인간본성에 대한 인식을 보여주는 것으로 인간의 마음에
는 선과 악이 동시에 존재하고 상황에 의해서 그 한편이 표면화된다고 하는
점이다. 이것은 이미 『羅生門』의 노파에 대한 하인의 심리변화나 『鼻』『芋
粥』『玄鶴山房』에서도 보여지는 인간 심리의 파악이다.

　　芥川가 「로오렌조」 생전에 딸의 죄를 용서한 이유는 무엇일까? 이것은
우산장사 딸이 여자의 얕은 생각에서 「로오렌조」를 죄에 빠트렸다고 해도
내 아이는 자기 손으로 기르고 있고 불타오르는 화염 속에 있는 아이 때문

에 울고 불고 하는 모성애를 보여주고 있기 때문이다. 여기에 原典인 아프리카의 「발칙스런」 생선장수의 딸에게는 없는 「이 나라의 여자」의 모성 본능이다. 한편 「로오렌조」도 타인의 아이를 기르지는 않았지만 아이의 위기를 보고 「타오르는 화염」 속으로 뛰어들었다. 이 행위는 과연 종교적인 무상의 사랑(아카페)이라고 볼 수 있을까? 지금까지 남성 연구자들은 이 점에 관해서 「종교적인 무상의 사랑」이며 동시에 「동기의 불명료한 행위」로 보고 있지만 이것을 「로오렌조」의 여성으로서의 모성본능이라는 측면에서 파악해보면 芥川의 「'로오렌조'는 우산장사 딸과 같이 눈빛도 고운 이 나라의 여자였느니라」고 한 말의 의미를 납득할 수 있다. 어린아이를 위기에서 구하지 않으면 안 된다는 일념에서 「로오렌조」와 우산장사 딸은 같은 일본의 여자였기 때문이다. 芥川는 동화 『杜子春』에서도 죽은 어머니를 본 순간 母情 때문에 계명을 破戒한 杜子春을 그리고 있다. 芥川에 있어서 모성은 무엇과도 바꿀 수 없는 가치 있는 것이고, 성모마리아로 대표된다.

또 「로오렌조」의 행위를 화재 현장의 근처에 있었던 사람들은 「마르치리(殉教)」라고 말하지만 신부도, 어머니인 우산장사 딸도, 「시메온」도 용기가 나지 않아 맹렬한 불길 속에 뛰어드는 것은 무모한 자살 행위와 같다. 「마르치리」라는 것은 하나님을 위해 자신의 목숨을 바치는 것이다. 그러나 「로오렌조」의 행위는 세상에서 드문 美談으로도 처리 가능하고 반드시 殉教라고 할 수는 없다. 芥川는 「로오렌조」의 최후를 다음과 같이 묘사하고 있다.

이 나라의 순결한 여자는 더 어두워진 밤 저쪽 '천국'의 '영광'을 바라보며 평온한 미소를 입술에 띄운 채 조용히 숨이 멎었던 것이다. (중략) 대체로 인간 세상의 존귀함은 무엇과도 바꾸기 어려운 찰나의 감동에 다함이니라. 캄캄한 밤바다로 비유되는 번뇌의 하늘에 한 가닥 파도를 일으켜, 아직 뜨지

<u>않은 달빛을 물거품 속에서 잡는 것이야말로, 살아서 보람 있는 산 목숨이라
고 말할 수 있으리라. 그러니 '로오렌조'의 최후를 아는 것은 '로오렌조'의 일생
을 아는 것이리라.</u> (밑줄은 인용자)

이 최후의 芥川의 附言설명은 왠지 작품의 결말로서 잘 맞지 않는다고
느껴진다. 그 것은 죽음을 앞에 둔 「로오렌조」를 「다만 평소와 다르지 않은
것은 멀리 하늘을 우러러보고 있는 별과 같은 눈빛뿐이다」로 묘사하고 있
는 점과 「인간 세상의 존귀함은 무엇과도 바꾸기 어려운 찰나의 감동에
다함이니라」가 어울리지 않는 내용이기 때문이다.

이 「로오렌조」익 죽음은 타인에 있어서는 「殉敎」이고 「찰나의 감동」이
될 수 있지만 이것과 「로오렌조」의 「평온한 미소」를 무리하게 결부시켰다
고 생각된다. 「로오렌조」 자신은 신원조차 확실하지 않은 박복한 여성이었
다. 그러나 최후로 자신의 결백이 증명되어 「시메온」에게도 인정받은 것이
야말로 「평온한 미소」의 이유이고, 어린아이를 구출했다는 것 에서 오는
안도감의 표시로 해석하고 싶다.

「찰나의 감동······살아서 보람 있는 산 목숨」의 설명은 芥川의 人生観
의 표현이리라.

IV. 결론

이상과 같이 『봉교인의 죽음』의 원전 및 소재 활용의 실태를 중심으로
분석해 본 결과 본 작품은 이미 선행연구에서 지적된 이상으로 많은 내적·
외적 소재가 잘 합쳐진 작품이다.

우선 『聖人伝』수록 「聖マリナ」가 소재활용의 실태 연구를 통해서 원전

임이 입증되었다. 또한 芥川의 표제 중에「奉敎人」이라고 하는 말도『聖
人伝』과의 관계가 깊음을 시사한다. 芥川는 역사소설이나 고전에서 작품
의 골격을 채택할 경우, 원전과 같은 제목이나 혹은 주요등장인물의 이름이
나 상징적인 말을 그대로 인용하고 있다. 이것은 외적 요소이고 원전을
분명히 해도 내적 요소는 独自性이라는 자부심이 강하다. 芥川는『僻見』
에서「예술상의 이해가 투철했을 때 모방은 거의 모방이 아니다. 오히려
自他의 융합에서 자연스럽게 꽃이 핀 창조이다」라고 했다. 이런 의미에서
남장의 聖人 이야기가 소설의 구성에 관여 했지만『봉교인의 죽음』의 내실
은 작가의 말대로「전적으로 상상의 작품」이라고 말할 만하다. 즉,『봉교인
의 죽음』은 이야기의 전개과정이나 등장인물의 설정 등에 있어서 원전답지
않은 작품이다. 강인한「시메온」을 등장시켜, 男裝의「로오렌조」와 남녀
간의 사랑과 비슷한 감정을 표현한 것이 소설의 재미를 더했다.

「聖マリナ」에서는 주인공이 사면 받은 후 병사할 때 비로서 수도사가
여성인 것이 판명 되었다. 그래서『그리스도를 본받아』의 정신과 통한 마
린을 聖人으로 칭송했다. 그러나「로오렌조」의 죽음은 너무나도 가혹한
상황에 놓인다. 화염 속에서「시메온」에게 구출된「로오렌조」는 생전에
우산장사 딸의 참회를 듣고 그녀를 용서한 후, 신부의 임종기도가 끝나자
평온한 미소로 생을 끝내지만,「聖マリナ」의 유일한 극적 요소는 주인공이
여성이었다는 것이 알려졌을 때이다.『봉교인의 죽음』에서는 이미 화재
장면에서 천주교 신자들을 한 번 긴장시키고 다시「로오렌조」가 여성이었
다는 점에 충격을 받고 감동한다. 이 순간의 감동을 芥川는「찰나의 감동」
이라고 표현하고 있다.「聖マリナ」에서는 성인이라는 자질을 높이 찬미한
것에 반해, 무상의 사랑을 실천한「로오렌조」는「聖人」이라 부르지 않는
다. 다만 그 죽음을「殉敎」라 하지만 과연 종교적인 신념에 기인한 행동이

었는지는 측량할 길이 없다. 오히려 작가는 극적인 상황에서 아름답고 슬픈 「로오렌조」의 일생을 시적으로 노래하는 쪽에 힘을 쏟은 것 같다.

「慶長訳 Guia do pecador」의 에피그램은 출전은 新村出의『南蛮記』에서 인용했다. 또한 「慶長訳 Imitatione Christi」의 에피그램은 출전에 대해서는 전문가가 아닌 이상 慶長年間의 "Imitatione Christi"가『コンテムツス・ムンヂ』라고 通稱된 것을 아는 독자는 없으리라. 「二」의 출전으로 알려진 「레겐다・오레아」는 존재하지 않는다.

『봉교인의 죽음』의 배경이 되었던 화재기사의 정보도 근거가 없음에도 불구하고 芥川의(知的 遊戲)에 의해 그럴 듯하게 활용된 것을 알았다. 芥川의 작품 소재연구는 이와 같이 미미한 내용도 작가가 활용했던 자료를 다시 찾아 보는 것이 중요하다. 또한 芥川는 원전을 분명히 해놓고도 내적 요소는 거의 밝히지 않는다. 明治 낭만파 詩人들의 영향을 받지는 않았을까라고 『봉교인의 죽음』을 통해서 생각되었다.

소재연구는 작가의 어떤 작품만을 분석하는 것은 도저히 해명할 수 없는 부분이 나오기 때문에 작가의 Identity가 형성되는 시기에서 해당작품의 집필에 이르는 과정과 영향을 받기도 하고 흥미를 느낀 분야에 대한 고찰이 必須인 것을 알았다. 이 자기형성기에 흡수한 것은 거의 전 생애에 걸쳐 인간의 정신세계를 지배하기 때문이다.

【주】

1) 室生犀星,『芥川龍之介の人と作品』上巻, 三笠書房, 1943, 4.
2) 志賀直哉, 「沓掛にて－芥川君のこと」「中央公論」, 1927, 9, p.261.
3) 三好幸雄,『芥川龍之介論』, 筑摩書房, 1976, p.163.
4) 芥川が府立三中時代に書いた『義仲論』(明治43,2)の「彼の一生は短けれども彼の教訓は長かりき……彼逝くと雖も彼逝かず」
5) 笹渕友一, 「奉教人の死」と「じゅりあの・吉助」－「芥川龍之介の本朝聖人伝」－(上智大学紀要, 「ソフィア」, 1968, 12, p.224.)
6)『芥川龍之介事典』, 明治書院, 1985, p.18.
7)『西方の人』(『芥川龍之介全集 15』岩波書店, 1997, p.246.)
8) 大正四年三月九日井川恭に宛てた手紙.
9) 佐藤泰正, 「『奉教人の死』と『おぎん』－切支丹物に関する－考察」
10) 新村出,『新編南蛮更紗』, 講談社, 1996, pp.142～143.
11) 新村出, 前掲書, p.141.
12) 松岡洸司,『コンテムツス・ムンヂ』, ゆまに書房, 1993, pp.11～12.
13) 土井忠生,『新版吉利支丹語学の研究』, 三省堂, 1971, p.69.
14) 姉崎正治編著,『切支丹宗教文学』, 同文館, 1932, p.57.
15) 姉崎正治編著,『切支丹宗教文学』, 前掲書, p.65.
16) ヤコブス・ア・ウォラギネ著, 藤代幸一訳『新版黄金伝説抄』, 新泉社, 1994, p.190.
17)『芥川龍之介全集第三巻』, 岩波書店, 1996, pp.263～264
18) 責任編集堀米庸三,『大系世界の美術12ゴジック美術』, 学習研究社.
19) 新村出, 「れげんだ・おうれあ」(大正七年七月及十二月 芸文), pp.198～199.
20) 海老井英次編, 「鑑賞日本現代文学41 芥川龍之介」, 角川書店, 1981, P.141.
21) 平岡敏夫,『芥川龍之介と現代』, 大修館書店, 1995, pp.181～182,『芥川龍之介全集』第二十二巻, 1997, pp.410～411.
22) ルイス・フロイス(柳谷武夫訳)『日本史1』切支丹伝来のころ－, 平凡社, 1575, p.164. 「この頃、日本人いるまんロレンソはもうこの家におかれていた。」.
23) 信長は長い槍で短い槍の相手を打ち負かした。しかしただ長いから有利というのではなく、槍先をそろえて「槍ぶすま」のような戦法を試みている。
24) ルイス・フロイス『日本史4』, 第87章, pp.202～220.
25) フロイズ『日本史2』(第24章, p.7)に教会の近くで起きた火事場を詳細に記録した記事がある。「ちょうどその同じ頃、その街に大火が起こって、…家の大多数は折板か藁で葺いてあるので火事が起こることは日本ではごく普通である。」
26) 林屋辰三郎編,『資料日本の歴史近世篇1』所収『日本切支丹宗門史』P.237によると、「若くて美しいこの娘は、裸にされ、燃えさかる薪で全身を焼かれた。そして父親は娘が犠牲になったと聞いて悶えて怒り、狂い、仲間と語って代官とその家

来を襲った。これが島原の乱の導火線になった。」とあり、この火事場の描写の写
実性は他に材源があると思われる。

27)『芥川龍之介全集第六巻』, 岩波書店, 1996, pp.52〜53

『서방의 사람(西方の人)』에 대한 〈악마〉의 誘惑

임 훈 식

1. 序言

그리스도 예수의 일생은 기원전 7-4년 무렵부터 기원30년 무렵까지로 추정된다. 이와 같은 생애 가운데서 소년시절에 관한 것은 12세 때 예루살렘 성전에 경배하러 가서 특별한 재능을 보였다는 기사(누가복음서 2:41-51) 이외는 알려져 있지 않다. 청년시절에 대해서도 전혀 알 수 없지만, 대체로 예수는 30세 무렵까지 가업인 목수 일에 종사했고 그 후에는 전도활동을 한 것으로 생각된다. 예수가 公生涯에 들어가기 전에 요단강에서 세례 요한으로부터 받은 세례와 광야에서 마귀(악마)로부터 받은 유혹의 시련은 예수가 공적 생애로 출발하기 위한 준비였다고 말할 수 있다.

그런데 일본 大正시대 문단의 대표작가인 아쿠타가와 류노스케[芥川龍之介]의 만년의 작품 「서방의 사람(西方の人)」〈12 惡魔〉에는 마귀로부터 예수가 받은 유혹에 관해 서술하고 있다.

周知하는 것처럼 「서방의 사람」은 예수의 탄생부터 시작하여 그 일생을 연대기적으로 기술한 "아쿠타가와의 예수"론이라 할 수 있는 작품이다. 그러므로 본 연구는 예수가 받은 마귀의 유혹에 대해 아쿠타가와는 어떠한 눈으로 보고 있는지를 작품의 표현을 통해 주석적인 방법으로 고찰하고자 한다. 우선 제12장 〈악마〉의 전문을 확인할 필요가 있다.

> 12 악마
>
> 그리스도는 40일의 단식을 한 후에 직접 악마와 문답했다. 우리들도 악마와 문답하기 위해서는 얼마간의 단식을 필요로 한다. 우리들 중의 어떤 자는 이 문답 중에 악마의 유혹으로 패배할 것이다. 또 어떤 자는 유혹에 지지 않고 우리 자신을 지킬 것이다. 그러나 우리는 일생을 통해서 악마와 문답을 하지 않을 수도 있을 것이다. 그리스도는 첫번째로 빵을 물리쳤다. 그렇지만 「빵만으로는 살 수 없다」라는 주석을 다는 것을 잊지 않았다. 그리고 그 자신의 힘을 믿으라는 악마의 이상주의적 충고를 물리쳤다. 그러나 또한 「너의 주 하나님을 시험하지 말지어다」라는 변증법을 준비하고 있었다. 마지막으로 「세계 여러 나라와 그 榮華」를 물리쳤다. 그것은 빵을 물리친 것과는 어쩌면 똑같은 것처럼 보일 것이다. 그러나 빵을 물리친 것은 현실적 욕망을 물리친 것에 불과하다. 그리스도는 이 세 번째의 대답에서 우리들 자신 속에 끊임이 없는, 모든 지상의 꿈을 물리친 것이다. 이러한 논리 이상의 논리적 결투는 그리스도의 승리임에 틀림없다. 야곱이 천사와 씨름한 것도 아마도 이와 같은 결투였을 것이다. 악마는 결국 그리스도 앞에서 머리를 숙이지 않을 수 없었다. 그렇지만 그가 마리아라는 여인의 아이라는 것을 잊지 않았다. 이 악마와의 문답은 어느 사이에 중대한 의미를 지니고 있다. 그러나 그리스도의 일생에서는 반드시 대사건이라고는 할 수 없다. 그는 그의 일생 중에 몇 번이나 「사탄아, 물러가라」라고 말했다. 실제로 그의 전기 작자의 한 사람, ―누가는 이 사건을 기술한 후, 「악마는 이 시험을 모두 끝내고서 잠시 그를 떠나니라」라고 덧붙이고 있다.[1]

지금까지 이 〈악마〉에 관해서는 대체로 인간의 욕망에 초점을 맞추어서 연구되어졌다.[2] 그러나 〈성령의 아이〉(10 아버지)인 "아쿠타가와의 예수"의 본질을 이해할 수 있다면 또 하나의 새로운 "읽기"도 가능할 것이다.

2. 惡魔의 誘惑

작품 「서방의 사람」의 제12장 〈악마〉는, 신약성서의 共觀福音書3)에 실려 있는 마귀의 유혹의 이야기가 原畵이다. 그 중에서도 아쿠타가와의 〈12 악마〉는 유혹을 받은 순서로 본다면 마태복음서를 바탕으로 기술되어졌다고 말할 수 있다. 즉 "아쿠타가와의 예수"는 빵에 대한 유혹, 자신의 힘을 믿으라는 유혹, 지상의 榮華에 대한 유혹으로 악마의 시험을 받은 것이다. 그러므로 본장에서는 〈12 악마〉에 나타난 유혹의 이야기를 성서 즉 공관복음서에 실려 있는 기사와 비교하면서 그 유혹의 의미를 고찰하고자 한다.

2.1 빵에 대한 유혹

광야에서 40일간의 단식이 끝난 후에, 예수가 악마(마귀)로부터 받은 첫 번째 유혹은 빵에 대한 것이었다. 이 유혹에 관한 마태복음서의 기술은 아래와 같다.

> 2 사십 일을 밤낮으로 금식하신 후에 주리신지라 3 시험하는 자가 예수께 나아와서 가로되 네가 만일 하나님의 아들이어든 명하여 이 돌들이 떡덩이가 되게 하라 4 예수께서 대답하여 가라사대 기록되었으되 사람이 떡으로만 살 것이 아니요 하나님의 입으로 나오는 모든 말씀으로 살 것이라 하였느니라 하시니 (마태복음 4:2-4)

위에서 보는 바와 같이 긴 단식으로 공복을 느낀 예수에게 〈시험하는 자〉 즉 마귀가 찾아 와서, 예수에게 〈네가 만일 하나님의 아들이어든 명하여 이 돌들이 떡덩이가 되게 하라〉고 유혹하는 것이다. 이것은 마귀가 예수에게 〈하나님의 아들〉임을 증명하라고 강요하는 것이다. 〈네가 만일 하나님의 아들이어든〉이라는 표현은 "네가 정말로 하나님의 아들이냐" 또는 "하나님의 아들이므로" 라고 해석할 수 있다. 그러나 이미 하늘로부터의 소리에 의해 "하나님의 아들"이라는 사실성이 제시되어 있으므로,[4] 여기서는 후자로 이해해서 마귀는 "하나님의 아들, 메시야이기 때문에 당연히 이렇게 할 수가 있을 터이다."라고 예수에게 강요하고 있다고 보아야 할 것이다.[5]

악마는 예수가 하나님의 아들임을 알고 있었다. 그 사실을 확실히 알고 있으면서 악마는 예수에게 그와 같은 유혹의 말을 속삭이고 있는 바, 그렇다면 악마의 의도는 어디에 있는 것일까?

악마가 노리는 목적은 예수로 하여금 죄를 범하게 하여 구세주로서의 자격을 잃어버리게 하는 것으로 인류 구제라는 하나님의 계획을 방해하는 데에 있었다. 그러나 하나님의 의도는(성령이 예수를 인도한 점에 주목하기 바람→ 마태 4:1) 당신의 아들이 죄가 없는 완전한 분이며 구세주라는 사실을 입증하는 것이었다.

결국 예수는 그와 같은 악마의 유혹을 이겨내고 십자가의 죽음에 이르기까지 하나님의 종으로서 순종의 길을 걸어갔던 것이다.

앞에서 살펴 것처럼, 예수는 악마에게 〈기록되었으되 사람이 떡으로만 살 것이 아니요 하나님의 입으로 나오는 모든 말씀으로 살 것이라 하였느니라〉라고 응대했는데, 〈기록되었으되〉라는 것은 구약성서의 申命記(8장3절)에 나오는 〈사람이 떡으로만 사는 것이 아니요 여호와의 입에서 나오는 모든 말씀으로 사는 줄을 너도 알게 하려 하심이니라〉라는 구절을 인용한 것이다.

예수가 〈사람이 떡으로만 살 것이 아니요〉라고 응대한 이 말에서 유의해야 할 것은, 예수도 빵(떡)의 필요성을 인정하고 있다는 점이다. 그렇지만 그것만이 전부는 아니라는 것이다. 빵은 육체를 가진 생명체의 생명을 유지하기 위해서는 반드시 필요한 것이다. 그러나 사람은 <여호와의······말씀>으로 양육되어져야 비로소 진정한 생명체로 살 수 있다. 육체를 유지하는 데에 필요한 식품을 아무리 취하더라도 그 영혼에 양식이 되어 영양분을 주지 못하는 법이다. 예수는 빵(떡)의 기적을 행한 후에 <내가 곧 생명의 떡>(요한복음 6:35)이라고 설교했다.6)

그와 같이 성서에 있어서 <말(씀)>(Logos; 그리스어)은 매우 중요한 존재라고 할 수 있다. <말씀>에 관한 구약성서의 발언에 있어서 기본적으로 생각할 수 있는 것은, 창조적인 힘으로 연결된다는 점이다. 예를 들면 구약성서의 창세기 1장 3절에서 하나님이 <빛이 있으라> 라고 말씀하시자 그 말씀대로 빛이 생겼다는 것이다. 이와 같이 하나님의 말씀은 자신의 의지와 계획과 목적을 인간에게 알리고 그러한 것을 실현하는 것이다. 결국 하나님은 <말씀>으로 <하늘>과 <땅>을 창조하신 것이다(창세기 1:6-10).

신약성서에 있어서는 요한복음의 서문(1:1-18)에 있는 <말씀>이 중요하다고 할 수 있다. 특히 1장 1절의 <태초에 말씀이 계시니라 이 말씀이 하나님과 함께 계셨으니 이 말씀은 곧 하나님이시니라> 라는 것이 그렇다고 할 것이다. 여기서의 <말씀>은 바로 예수 그리스도를 가리키는 것이며 명령과 빛의 상징으로 사용되고 있는 것이다.

이상과 같은 성서에서의 해설에 비해서 아쿠타가와는 <그리스도는 첫 번째로 빵을 물리쳤다. 그렇지만 「빵만으로는 살 수 없다」라는 주석을 다는 것을 잊지 않았다.> 라고 표현하고 있을 뿐이었다. 그러나 여기서 유의해야 할 것은 <빵만으로는> 이라는 기술에서 <···만으로···>의 위에 점을 찍어서 그것을 강조하고 있다는 점이다. 이것은 결국 빵을 전면적으로 부정하지 않고 빵의 필요성도 인정하고는 있지만, "정신적인 양식"의 중요성도 강조하는 표현이라고 생각한다.

그런데 악마의 빵에 대한 유혹 이야기에서 인간의 물질욕을 발견한 것은, 이탈리아의 문학자이자 종교가인 파피니(Giovanni Papini; 1881-1956)였다. 아쿠타가의 「서방의 사람」에 큰 영향을 미친 파피니[7]는 그의 『그리스도의 生涯』에서 〈악마〉 부분의 冒頭를, 〈물질에 있어서의 우리들의 노예 상태 는 날마다 필요한 육체상의 양식으로 인하여 우리들 생활에 낙인이 찍힌 다.〉[8]라고 기술하고 있었다.

미국의 사회심리학자인 매슬로우(A.H.Maslow; 1908-1970)는 "욕구 5단계 설"에서 식욕을 의복·주거와 함께 삶을 유지하기 위한 기초적인 인간 욕 구라고 하며 이것을 생리적 욕구라고 명명했다.[9] 인간 생활에 있어서 가장 기본적이고 生得的인 욕망인 식욕은, 인간이 살아가는 중에 끊임없이 계속 되어지는 욕구인 것이다.

결국 아쿠타가와는 식욕 같은 물질욕의 본질을 충분히 알고 있었기 때문 에 빵을 완전히 부정하지 않고 〈빵만으로는 살아갈 수 없다.〉라고 말하면 서, 高等한 인간의 생존 도구로서 〈말〉(Logos)의 중요성을 암시하고 있었던 것이다. 로고스(Logos)는 그리스어로 그 사전적인 의미는 그리스철학에서 말을 媒體하여 표현되어지는 理性과, 만물은 流轉한다는 宇宙의 眞理, 理 法을 말한다.[10]

이와 같은 로고스(말)의 의미와 친구 이카와 쿄(井川 恭)에게 보낸 아래의 편지를 아울러 비교해 보면 〈말〉에 대한 아쿠타가와의 관념을 알 수 있을 것이다.

　　宇宙에 로고스 있다. 萬人에게 로고스 있다. 큰 로고스를 따라 星辰은 운행한다. 작은 로고스를 따라 각 사람은 행동한다. 로고스를 따르지 않는 자는 망한다. 만약 로고스를 따르지 않는 행동만 이름 지어야 한다면 惡이라고 해야 할 것이다. (1914년; 大正3년 1월 21일자)[11]

요컨대 아쿠타가와는 성서에 있는 악마의 첫 유혹 즉 빵에 대한 유혹의 이야기를 이용해서, 인간과는 다른 下等 동물은 "빵"이라는 양식만으로 살아갈 수 있지만, 高等한 인간의 인생에는 "정신적인 양식" 즉 "말(Logos)"도 중요하며 필요한 것임을 암시하고 강조하고 있었던 것이다.

2.2 自力에 대한 유혹

빵이란 물질로 유혹하는 데에 실패한 악마는 두 번째 유혹을 하기 위해 예수를 데려다가 성전 꼭대기에 세우고는 <네가 만일 하나님의 아들이어든 뛰어내리라>(마태복음 4:6)고 하면서, 성서의 구절을 이용하여 그러나 뛰어내리더라도 천사들이 보호하여 상하지 않게 할 것이라고 유혹한다. 악마가 인용한 성서의 구절은 다음과 같다.

> 11 저가 너를 위하여 그 사자들을 명하사 네 모든 길에 너를 지키게 하심이라
> 12 저희가 그 손으로 너를 붙들어 발이 돌에 부딪히지 않게 하리로다
> (詩篇 91:11-12)

예수가 성서의 구절로 반박함으로써 첫 번째 유혹에 실패한 악마는 이번에는 자신도 구약성서 시편의 구절을 이용하여 유혹하게 된다. 그러나 시편의 기자가 말하려는 취지는, 불필요한 모험이나 위험을 범하고서 하나님이 지켜주실지 어떨지를 시험하는 것을 권하는 것이 아니라, 하나님의 뜻을 따라 걸어가는 길에는 어디라도 하나님이 지켜주실 것이라는 약속을 말하

는 것이다. 즉 믿음의 성취를 확신하는 내용인 것이다.[12] 그렇다면 결국
악마는 성서의 진정한 의미를 歪曲하여서 하나님에게 순종하는 예수로 하
여금 하나님을 시험해보라고 유혹한 것이 된다.

이와 같은 유혹에 대해 예수는 구약성서의 申命記 6장 16절의 구절을
언급하며 하나님 여호와를 시험하지 말라고 반박한다.[13]

성서에서의 의미는 대체로 이상과 같으나, 아쿠타가와는 이 두 번째의
유혹을 다음과 같이 해석하고 있었다.

> 그리고 그 자신의 힘을 믿으라는 악마의 이상주의적 충고를 물리쳤다. 그
> 러나 또한 「너의 주 하나님을 시험하지 말지어다」라는 변증법을 준비하고
> 있었다.

앞에서 살펴본 성서에서의 두 번째 유혹의 내용을 상기해 본다면, 아쿠
타가와가 말한 〈그 자신의 힘을 믿으라〉고 하는 문장은 성서의 구절과는
다르다는 것을 알 수 있을 것이다. 그러면 아쿠타가와의 이러한 말은 어떤
의미가 있는 것인가?

성서에서의 악마는 예수에게, 너는 하나님의 아들이므로 하나님은 천사
들에게 명하여 그들의 손으로 너를 붙들어 줄 터이니 걱정하지 말고 投身
해 보라고 유혹한 것이다. 그렇다면 이것은 〈그 자신의 힘을 믿으라〉는
의미는 아닌 것이다. 도리어 성서 속의 악마의 속삭임은 "하나님의 힘을
믿으라"는 의미라고 할 수 있다. 즉 〈저가 너를 위하여 그 사자들을 명하
사〉〈저희가 그 손으로 너를 붙들어〉라는 것은 뒷 배경에는 하나님이라는
유력한 후원자가 있음을 강조하고 있는 것이다.

그러나 아쿠타가와는 하나님의 힘을 믿지 말고 自力을 믿으라는 악마의
유혹을 예수가 물리쳤다고 기술했다. 성서에도 실려 있지 않는 이와 같은

표현을 한 아쿠타가와의 의도는 어디에 있는 것인가?

> 그(예수→필자 주)는 어머니인 마리아보다도 아버지인 성령의 지배를 받고
> 있었다. (『서방의 사람』, 36 그리스도의 일생)

아쿠타가와는, <인기척이 없는 밤중에 갑자기 그녀(마리아 → 필자 주)를 놀라게 한 성령>(『속 서방의 사람』, 8 어느 때의 마리아)에 의해 태어난 예수는 일생 동안 <성령의 지배를 받고 있었다>고 기술하고 있다. 성서에서의 성령의 본질을 부정하고, 성령에 의해 마리아가 임신한 것을 <醜聞>(6 양치기들)으로 보고서 성령에 의해 탄생했다는 예수를 마리아의 불륜으로 인한 사생아로 간주하는 아쿠타가와에게 있어서 그러한 성령은 다름 아닌 예수의 "運命"이었음을 알 수 있다. 다시 말해 예수는 성령이라는 운명적인 아버지와 어머니에 의해 우연히 태어난 "運命의 아이"였던 것이다.[14]

<성령의 아이인>(10 아버지) 예수는 <성령의 지배를 받고 있었>으므로 성령에 이끌려서 자신의 인생길을 걸어가야만 했던 것이다. 이것은 예수 자신은 스스로의 힘(의지)으로 삶의 길을 걸어갈 수 없음을 의미한다. 超人間的이고 不可思議한 힘으로 인생을 지배하는 "運命"이라는 존재는, 예수의 탄생과 이후의 그의 일생을 지배하게 된다. <그것은 그에게는 어떻게 할 수 없는 운명에 가까운 것이었다.>(27 예루살렘으로)고 본다.

그렇다면 예수가 <그 자신의 힘을 믿으라는 악마의 이상주의적 충고를 물리쳤다>는 이유를 이제 이해했을 것이다. 그것은 예수에게는 자신의 의지대로 행동할 수 있는 自力이 없었기 때문이다. 또한 예수는 <성령의 지배를 받>는 <성령의 아이>로서 "운명의 아이"였기 때문이다. 예수는 자신의 의지대로는 인생길을 걸어갈 수 없는 것이 예수의 운명이었다. 그렇기 때문

에 예수는 〈그 자신의 힘을 믿으라는 악마의 이상주의적 충고를 물리쳤〉던 것이다.

2.3 地上의 榮華에 대한 유혹

또 다시 실패한 악마는 예수를 〈데리고 지극히 높은 산으로 가서 천하 만국과 그 영광을 보여 가로되 만일 내게 엎드려 경배하면 이 모든 것을 네게 주리라〉(마태복음 4:8-9)라고 유혹한다. 이 세상 모든 나라와 그 榮華를 볼 수 있는 〈지극히 높은 산〉이란 현실적으로는 어디에도 존재하지 않는다. 실제로 누가복음서의 관련되는 구절을 보더라도 〈지극히 높은 산〉이라는 단어는 없으며 〈순식간에〉라고 표현하고 있는 것으로 보아서 이것이 幻想임을 암시하고 있다(누가복음 4:5).

성서에서 세 번째 악마의 유혹의 의미는 정치적 지배, 권력으로 주권을 확립하고 고난이 되는 종의 길을 거부하게 하는 것이었다. 더구나 그것에는 악마에게 〈엎드려 경배하면〉(마태복음 4:9)이라는 조건이 붙어있었다. 이 세상이 악마의 지배하에 있다는 것은 아래의 누가복음서에 나타나 있는 악마의 본질을 통해서 알 수 있다.

> 5 마귀가 또 예수를 이끌고 올라가서 순식간에 천하 만국을 보이며 6 가로되 이 모든 권세와 그 영광을 내가 네게 주리라 이것은 내게 넘겨준 것이므로 나의 원하는 자에게 주노라 7 그러므로 네가 만일 내게 절하면 다 네 것이 되리라 (누가복음 4:5-7)

예수는 이 세상을 지배하는 악마와 타협하고 그의 힘을 빌려서 천하 만국에 군림할 것을 제안 받는다. 그러나 그것은 악마의 대변자가 되는 것을 뜻하기 때문에 예수로서는 받아들일 수 없는 것이었다. 그래서 예수는 구약성서의 申命記 6장 13절의 구절 즉 <네 하나님 여호와를 경외하며 섬기며 그 이름으로 맹세할 것이니라>를 인용해서 세 번째의 유혹을 물리친다. 이것은 악과의 타협에 대한 예수 자신의 절대적인 거부의 선언이라고 본다.

세 번째의 유혹에 대한 성서상의 의미는 이상과 같지만, 아쿠타가와는 이 마지막 악마의 유혹을 다음과 같이 해석하고 있다.

> 그리스도는 이 세 번째의 대답에서 우리들 자신 속에 끊임이 없는, 모든 지상의 꿈을 물리친 것이다.

아쿠타가와는 <「세계 여러 나라와 그 영화」를 물리친> 것은, <우리들 자신 속에 끊임이 없는, 모든 지상의 꿈을 물리친 것이다.>라고 해석하고 있는 바, 이것은 결국 무엇을 의미하는 것인가?

이미 앞에서 언급한 바와 같이, "아쿠타가와의 예수"는 <성령의 아이>로서 <아버지인 성령의 지배를 받고 있었>으므로, 그는 <싫든 좋든 간에>(25 하늘에 가까운 山上의 問答) 성령이 인도하는 대로 자신의 인생길을 걸어가지 않을 수 없었다.

그러나 예수는 <성령의 아이>임과 동시에 마리아의 아이이기도 하다. "아쿠타가와의 마리아"의 본질은 <영원히 지키려고 하는 것>(2 마리아)이었다. 또한 <세상 살아가는 지혜와 어리석음과 美德은 그녀의 일생 속에서 하나로 되어 살고 있>으며, <오직 이 現世를 忍耐하며 걸어갔던 여인>(속11 어느 때의 마리아)이었다고 한다.

이와 같은 <마리아의 일생도 역시 「눈물의 골짜기」 가운데를 지나고 있었>(2 마리아)기 때문에, 아쿠타가와에게 있어서의 마리아는 平凡한 여성으로서의 凡俗性의 상징15)이라고 말할 수 있다. 요컨대 마리아는 〈下界의 人生〉(25 하늘에 가까운 山上의 問答)과 〈야만적인 인생〉(37 東方의 사람)을 살아간 여인이므로, 그녀의 인생은 地上의 인생을 의미한다고 생각한다.

"아쿠타가와의 예수"는 〈아버지인 성령의 지배를 받고 있었〉으므로 그의 인생의 〈길은 싫든 좋든 간에 인기척이 없는 하늘을 향하고 있는〉 것이다. 이것을 보면 예수는 〈물론 인생보다도 천국을 중요시 한〉(28 예루살렘) 것임을 알 수 있을 것이다. 그러므로 그는 〈인생조차도 웃으며 내던져 버릴〉(18 그리스도교) 수 있었던 것이다. 왜냐하면 그의 행선지는 〈하늘〉에 있었기 때문이다.

이제 예수가 〈「세계 여러 나라와 그 영화」를 물리친〉 이유를 이해할 수 있을 것이다. 〈「세계 여러 나라와 그 영화」〉란 다름 아닌 地上의 人生을 의미함에 틀림없다고 생각한다. 따라서 〈성령의 지배를 받아〉 〈인생보다도 천국을 중요시 한〉 예수가 〈「세계 여러 나라와 그 영화」를 물리친〉 것은, 결국 〈모든 지상의 꿈을 물리친 것〉과 동일하며 또한 그것은 "아쿠타가와의 예수"의 본질을 생각해 보면 지극히 당연한 행위였다고 하겠다.

3. 結語

성서에 의하면 예수는 일생 동안 두 번의 시련이 있었다. 그 첫 번째 시련은 유아였을 때 헤롯왕으로 인한 살해의 위기였고, 두 번째는 公生涯에 들어가기 직전에 악마로부터 받은 유혹의 시련이었다. 그런데 아쿠타가와의 만년의 작품 「서방의 사람」에는 성서에 있는 악마의 유혹에 관한 감상문이 실려 있는데, 본고는 그 12장 〈惡魔〉를 중심으로 하여 아쿠타가와에 있어서 유혹의 의미를 고찰하는 것이 연구 목적이었다.

신약성서의 예수에 관한 이야기에서 악마가 처음 등장하는 곳은 소위 "광야의 유혹"이라는 장면이었다. 이미 고찰한 것처럼, 예수는 악마로부터의 세 번의 유혹을 모두 물리쳤다. 마침내 악마는 유혹에 실패하고서 예수를 떠나간다.

그러나 여기서 유의할 것은 누가복음서만이 <마귀가 모든 시험을 다 한 후에 얼마동안 떠나니라>(누가복음 4:13)라고 기록하고 있다. 이 점에 아쿠타가와는 주목하여, <누가는 이 사건을 기술한 후, 「악마는 이 시험을 모두 끝내고서 잠시 그를 떠나니라」라고 덧붙이고 있다.>고 쓰고 있다. 특히 아쿠타가와는 <…잠시…> 위에 점을 찍어서 이것을 강조하고 있었다. 이것은 무엇을 의미하는 것일까?

周知하는 바와 같이, "아쿠타가와의 예수"는 성령과 마리아를 부모로 하여 태어난 "운명의 아이"였다. 이러한 예수는 <자신 속의 마리아에게 반역하고>(31 그리스도보다도 바라바를), <아버지인 성령의 지배를 받아> <싫든 좋든 간에 인기척이 없는 하늘을 향해서> 일생을 걸어갔던 것이다.

그렇지만 그러한 예수도 地上의 인생을 상징하는 어머니 마리아의 아이로서 마리아의 遺傳子를 지니고 있었기 때문에, 성령에 인도되어 天上을 향하면서도 地上 생활을 그리워했다.

> 깊은 계곡의 밑바닥에는 석류와 무화과도 향기를 풍기고 있었을 것이다. 거기에는 또 집집마다 연기도 희미하게 피어오르고 있을지도 모른다. 그리스도도 역시 아마도 이러한 下界의 人生에 그리움을 느끼지 않을 수 없었을 것이다. 그러나 그의 길은 싫든 좋든 간에 인기척이 없는 하늘을 향하고 있다.
> (25 하늘에 가까운 山上의 問答)

〈下界의 人生〉이란 〈영원히 지키려고 하는〉 마리아의 생활 즉 地上의 生活을 가리킨다. 이와 같이 예수는 지상 생활을 그리워하면서도 天上을 향해 가는 "운명의 아이"임과 동시에 〈사람의 아이〉(10 아버지)이기도 했다. 다시 말해 예수는 〈성령의 아이〉이기도 하면서 〈마리아라는 여인의 아이〉(12 악마)이기도 했다.

여기서 주목할 것은 아쿠타가와가 여기에서는 예수를 〈성령의 아이〉라고 하지 않고 〈여인의 아이〉라고 표현했다는 점이다. 이것은 예수를 〈하나님의 아들〉이 아니라 天才的 인간의 한 사람으로서 〈사람의 아들〉이라는 인식이 아쿠타가와에게 있었기 때문이다. 그와 같은 인식에서 〈…잠시…〉 위에 점을 찍어서 악마의 집요함과 인간 意志의 약함을 암시했던 것이다. 그것은 아래와 같은 문장으로도 증명된다.

> 그(예수→ 필자 注)의 말은 그 외에도 우리들 인간이 얼마나 약한가 하는 것을 가르치고 있다. 그런데도 그는 그 자신도 역시 약한 것을 잊고 있었다.
> (속12 최대의 모순)

이상으로 「서방의 사람」의 제12장 〈악마〉의 유혹에 관한 고찰을 통하여, 운명의 지배를 받는 "인간 예수"를 바라보는 아쿠타가와 류노스케의 "예수觀"을 알 수 있었다.

【주】

1) 12 悪 魔

クリストは四十日の断食をした後、目のあたりに悪魔と問答した。我々も悪魔と問答をする為にはを必要としてゐる。我々の或ものはこの問答の中に悪魔の誘惑に負けるであらう。又或ものは誘惑に負けずに我々自身を守るであらう。しかし我々は一生を通じて悪魔と問答をしないこともあるのである。クリストは第一にパンを斥けた。が、「パン生きられない」と云ふ註釈を施すのを忘れなかつた。それから彼自身の力を恃めと云ふ悪魔の理想主義的忠告を斥けた。しかし又「主たる汝の神を試みてはならぬ」と云ふ弁証法を用意してゐた。最後に「世界の国々とその栄華と」を斥けた。それはパンを斥けたのとは或は同じことのやうに見えるであらう。しかしパンを斥けたのは現実的欲望を斥けたのに過ぎない。クリストはこの第三の答の中に我々自身の中に絶えることのない、あらゆる地上の夢を斥けたのである。この論理以上の論理的決闘はクリストの勝利に違ひなかつた。ヤコブの天使と組み合つたのも恐らくはかう云ふ決闘だつたであらう。悪魔は畢にクリストの前に頭を垂れるより外はなかつた。けれども彼のマリアと云ふ女人の子供であることは忘れなかつた。この悪魔との問答はいつか重大な意味を与へられてゐる。が、クリストの一生では必しも大事件と云ふことは出来ない。彼は彼の一生の中に何度も「サタンよ、退け」と言つた。現に彼の傳記作者の一人、——ルカはこの事件を記した後、「悪魔この試み皆畢りて彼と離れたり」とつけ加へてゐる。

2) 吉田孝次郎 他、『芥川龍之介「西方の人」全注解』(東京、清水弘文堂、1982)、pp.37-40、参照

3) 共觀福音書: 복음서는 신약성서 중에서 마태·마가·누가·요한의 4편을 말하며, 그 중에서 마태·마가·누가복음서는 자료적이나 내용적으로 공통의 요소가 많기 때문에 공관복음서로 불려지며 함께 연구된다. 요한복음서는 다른 것에 비해 신학적 요소가 강하다. →山谷省吾、『新約聖書小辞典』(東京、新教出版社、1995)、pp.150-151、참조

4) 〈하늘로서 소리가 있어 말씀하시되 이는 내 사랑하는 아들이요 내 기뻐하는 자라 하시니라〉(마태복음 3:17)

5) 増田誉雄 他(編)、『新聖書注解 新約1』(東京、いのちのことば社、1995)、p.86、참조

6) 예수가 자신을 〈생명의 떡(빵)〉이라고 한 것은, 예수의 탄생지인 베들레헴(Bethlehem)이 비옥한 평야지대에 자리잡고 있었기 때문에 "빵집"이라는 뜻의 베들레헴이라 불리워졌다는 사실과 비교해 볼 때 매우 의미있는 표현이라 하겠다.

7) 菊地弘 他(編)、『芥川龍之介事典』(東京、明治書院、1985)、p.409、参照

8) パピニ(著)、大木篤夫(訳)、『基督の生涯』上巻、p.76、参照

9) 그 외에、②安全欲求、③所属感과 愛情欲求、④尊敬欲求、⑤自我実現欲求、 등이 있다.→『学園世界大百科事典』(서울、学園出版社、1993)、p.308、参照

10) 尚学図書(編)、『国語大辞典』(東京、小学館、1982)、p.2504、参照

11) 芥川龍之介、『芥川龍之介全集』第十七巻(東京、岩波書店、1997)、p.174、参照

12) 『뉴톰슨 관주 주석성경』(서울,성서교재간행사,1985), p.869, 하단 참조

13) 〈너희가 맛사에서 시험한 것 같이 너희의 하나님 여호와를 시험하지 말고〉(申命記 6:16)

14) 拙論、「芥川龍之介の『西方の人』論」、「日本学報」第45集、2000年12月(서울、韓国日本学会、2000)、p.479

15) 拙論、「芥川龍之介における〈マリア〉の意味」、「芥川龍之介研究」創刊号(横浜、国際芥川龍之介学会、2007)、p.59、参照

아쿠타가와 류노스케의 『희작삼매』 고찰
―그리스도교적 입장에서 본 주제―

하 태 후

1. 서론

　아쿠타가와의 작품으로는 드물게 신문소설인 『희작삼매』는 소위 아쿠타가와의 예술지상주의 표명의 제1작품이다. 다키자와 바킨이라는 근세 희작작가에게 의탁하여 아쿠타가와 자신을 표현한 작품으로 아쿠타가와 자신은 상당한 만족감을 나타내고 있지만, 작품의 내부로 들어가 보면 구성에서 상당한 문제점을 발견할 수 있다. 주인공 바킨이 하루에 여러 인물을 우연하게 만나고 저녁이 되어 손자 다로의 몇 마디 말에 힘을 얻어 희작 삼매경에 빠진다는 작품의 전개에는 무리가 많다고 보고 이를 면밀하게 분석할 필요가 있다고 본다.

　그 뿐만 아니라 작품의 대부분을 차치하는 애독자 헤이키치, 비평가 사팔뜨기, 출판사 이즈미야, 작가지망생 나가시마, 예술가 가잔 등의 긴 묘사가 이 작품의 주제를 표현하는데 적절한 것인가에 대해서 알아본다. 실제로 이들은 작품을 클라이맥스로 끌어올리는 작용은 하지만 실제 『희작삼매』에서 작품을 작품답게 하는 인물은 손자 다로와 처 오햣쿠, 며느리 오미치,

아들 소하쿠이다. 아쿠타가와가 길게 묘사한 인물보다도 이들이 왜 중요한 인물인지는 작품을 통하여 고찰하지 않으면 알 수 없다. 자칫하면 놓치기 쉬운 이들의 대화를 구체적으로 분석해 본다.

　『희작삼매』를 단순히 아쿠타가와류의 예술지상주의 작품으로만 읽을 필요가 있을까. 이 작품에서 굳이 또 하나의 주제를 찾는다면 그것은 주인공 바킨의 사고방식이다. 그의 사고방식이란 타인과의 관계에서만 이루어지는 수평적 사고방식으로, 절대적이고 초월적인 수직적 사고는 전혀 눈에 뜨이지 않는다. 주위사람들로부터의 자신에 대한 평가에만 신경을 쓰고 이에 끊임없이 고통 받고 있다. 이것은 무엇을 이야기하는 것인가. 이에 대한 평가가 작품의 주제를 파악하는데 중요한 포인트가 되리라고 보고 이를 분석한다.

2. 본론

2.1 『희작삼매』의 구성의 문제점

　아쿠타가와가 『희작삼매』를 집필하게 된 동기는 아에바 고손의 『바킨일기초』를 참조로 해서 위대한 한 문인의 인물 재현이나 당시 사회를 배경으로 한 역사소설을 쓰려고 했던 것이 아님은 분명하다. 아쿠타가와 자신이 와타나베 구라노스케에게 보낸 서간에 「나의 바킨은 단지 나의 마음을 묘사하기 위해 바킨을 빈 것이라고 생각하며 서양의 소설에도 이런 종류의 것이 적지 않아 그런 시도도 나쁘지 않다고 생각한다.」[1]고 술회하고 있는 점도 이를 입증한다.

또 아쿠타가와가 바킨에 대한 인물기를 작성하려고 했다면 『바킨일기초』의 일기에 충실하여, 바킨의 매일의 작업과 생각을 일기에 따른 편년체의 기술방식을 택했을 지도 모른다. 그러나 가마이케 후미오의 고증에 따르면 아쿠타가와는 『바킨일기초』의 일기보다는 다른 부분에 더 흥미를 가졌음을 알 수 있다.

> 이 『바킨일기초』는 바킨의 일기 중에서 18년간의 일기로부터 초출하고, 그것을 소위 「부류기」의 형식으로 편집한 것이 그 내용적 중심을 이루고 있다. 그러나 본서는 이와 같은 바킨의 일기 그 자체 외에 편집자가 첨부한 미기미 산지씨 외 여러 명의 서문, 모리오가이의 발문이 있다. 더욱이 각각의 일기 뒤에는 하가 야이치, 고다 로한, 구로이타 가쓰미, 아에바 고손, 네 사람의 감상을 기술한 경우도 있다. 또 부록으로서 「부들 꽃바구니」와 「핫켄덴제 평답집」이 붙여져 분량으로는 이들 부수적 내지는 주석적 부분이 일기 그 자체보다 많을 정도이다. 그리고 아쿠타가와는 「희작삼매」의 제작에 있어서 일기 본문은 물론 일기 이외 부분도 참조하고 활용하고 있음은 이미 분명하다.[2]

즉 아쿠타가와는 일기 이외에 서문, 발문, 감상뿐만 아니라 부록의 부수적 내지는 주석적 부분을 더 많이 참조하고 활용하고 있다는 것이다. 이는 더 첨언할 필요도 없이 아쿠타가와가 바킨의 인물기를 쓰고자 하지 않았다는 점이 분명히 드러난다.

그렇다면 아쿠타가와가 『바킨일기초』를 참조로 해서 『희작삼매』를 집필한 이유는 어디에 있는가. 동시대의 기쿠치 간은 「『희작삼매』는 그의 창작적 고백이 아니고 무엇이겠는가? 단지 그는 세상의 소위 고백소설가라기보다는 훨씬 더 예술가이기 때문에 교쿠테이 바킨에 가탁해서 고백의 대리를 하게 한 것에 지나지 않는다.」[3]고 하였다. 그 후 이 작품 연구 초기에 요시다 세이이치는 「아쿠타가와 류노스케 자신이 작가로서 사상과 문제와 감정을 바킨에게 가탁해서 담는 것에 있었다.」⁴⁾고 작품의 주제를 지적했으며, 와다 시게지로는 「작가로서의 문제를 고백하고 고백을 통해서 그의 이상을 추구한 것」⁵⁾이라고 평하였다.

이들의 평가는 주로 아쿠타가와가 갖고 있던 사상과 감정을 바킨에게 가탁해서 묘사한 것이 이 작품의 주제이며, 그것을 통하여 작가의 예술에 대한 태도를 추찰해 보는 것을 주목적으로 하고 있는데 이들의 평가가 이 작품을 보는 한 시좌로서 움직일 수 없는 것임에는 틀림없다. 아쿠타가와가 그리고 싶었던 것은 『핫켄덴』의 작자에 대한 독창적인 해석도 아니고 충실한 초상화도 아니다. 다키자와 바킨에 가탁해서 예술가로서의 자기의 태도를 표명한 고백적인 작품이라는 점은 이미 움직일 수 없는 통설이다.

『희작삼매』는 1917(다이쇼 6)년 10월 20일에서 같은 해 11월 4일까지 (10월 20일은 휴게) 15회에 걸쳐 「오사카마이니치신문」 석간에 게재된 신문소설로서 「비교적 뛰어난 작품이 수록되었다」라든가 「여기에 전기 아쿠타가와 문학이 훌륭하게 개화했다」⁶⁾고 평가되는 제3단편집 『가이라이시』에 수록된 아쿠타가와의 전기 작품 중 소위 예술지상주의 성격이 잘 반영된 최초의 작품으로 간주된다.

『희작삼매』를 가마이케 후미오는 ≪기≫≪승≫≪전≫≪결≫로 이루어진 형식이 잘 갖추어진 작품으로 이해하고 있다. 전 15장 중 1장에서 5장까지를 ≪기≫로 보고, 6장에서 9장까지를 ≪승≫으로 보며, 10장에서 12장까지를 ≪전≫으로, 13장에서 15장까지를 ≪결≫로 보고 있다. 또 작품의 내용에서는 ≪기≫와 ≪승≫을 전단으로, ≪전≫과 ≪결≫을 후단으로 나누고 있다.

≪기≫ 덴포 2[1831]년 9월의 아침, 이미 나이는 60세를 넘겼지만 노년에 저항하는 왕성한 동물적 정력을 보이는 한 사람의 노인이 간다 도호초의 공중목욕탕에서 조용히 때를 밀고 있다. 몇 십 년 이래 생활과 창작의 고통에 피로해진 노인은 창밖의 가을 기운에서 죽음의 그림자를 의식하고 거기에 안주해서 잠들 수 있으면 좋겠다고 생각한다. 이 노인은 「난소사토미핫켄덴」을 집필 중인 요미혼 작자 다키자와 바킨이다. 때마침 목욕탕 안에서 애독자가 작품의 완성을 칭찬하는 소리를 듣지만 그는 호의적인 평가를 해주는 애독자에게 경멸과 호의를 동시에 느낀다. 단카나 홋쿠는 형식이 지나치게 작아서 그의 전부를 그 속에 부어넣지 못하고 이류의 예술이라고 느끼고 있는 바킨은 단카나 홋쿠를 좋아하지 않느냐는 애독자의 질문에 대해서 당시의 가인이나 종장 정도의 것은 만들 수 있다고 대답하면서 애들 같은 사촌심을 엿보인 자신의 수치를 깨닫는다. 한편 잇쿠나 산바의 작에는 천연과 자연의 인간이 그려져 있는데 반하여 바킨의 작품은 모두 중국의 문학이나 교텐 등의 개작이고, 잔재주에 수박 겉핥기 학문으로 꾸며낸 것이라는 악평마저 듣고 자존심이 강한 그는 동요한다. (1〜5)

≪승≫ 집으로 돌아오자 가족은 외출 중이고 출판사인 이즈미야가 기다리고 있다. 라이벌인 다네히코나 슌스이의 이름을 꺼내며 그는 교묘하게 집필을 강요하려고 한다. 겨우 이즈미야를 쫓아 돌려보낸 그는 뜰 녘에서 자연을 보며 세상의 하등함을 지금 다시 한 번 더 생각하며 글을 팔기 위해서 세상의 그물에 걸려든 자신도 하등하지 않으면 안 됨에 비애를 느낀다. 무리하게 원고를 출판사에 소개시켜 달라고 청탁을 한 문학청년의 일도 그를 불쾌하게 만든다. (6〜9)

≪전≫ 여기에 와타나베 가잔이 방문하여 예술과 함께 전사할 각오에 대하여 서로 이야기하고, 당국의 검열이 엄격해져서 자유로이 표현할 수 없게 된 세태에 대해서 주고받지만 가잔의 정치적인 발언에 일종의 불안을 느낀다. (10〜12)

≪결≫ 가잔이 돌아간 후 집필 중이던 「핫켄덴」의 원고를 다시 읽어보지만 쓸데없는 덧붙임으로밖에 생각되지 않아 급히 자신의 실력에 불안을 느낀

다. 그 때 손자 다로가 귀가하고 그 천진난만한 모습에 바킨은 다른 사람
같이 기쁨을 느낀다. 그리하여 다로는 아사쿠사의 관음이 바킨에게 공부하
라거나 신경질 내지 말라거나 조금 더 잘 참으라고 했다는 말을 전한다.
그날 밤 그는 가족으로부터 떨어져 서재에서 「핫켄덴」의 원고를 계속 써
나간다. 빛의 안개에 닮은 흐름이 머리를 달리는 중에 예술가가 아니면
이룰 수 없는 현세의 일체를 잊은 불가사의한 기쁨과 황홀하고 비장한 감격
에 몸을 맡기고 집필을 계속한다. 그동안 거실에서는 처와 아들, 며느리가
등잔 주위에 모여서 바느질을 하고 환약을 만들고 있지만 처는 이 같은
바킨에게 곤란한 사람으로 별 돈도 되지 않는 일만 한다고 중얼거리지만
가족은 입을 다물고 대답을 하지 않는다. 밤은 점차 깊어지고 때마침 귀뚜
라미가 가을밤을 울어재끼고 있다.(13~15)[7]

『희작삼매』는 이와 같이 ≪기≫≪승≫≪전≫≪결≫로, 그리고 ≪기≫
≪승≫의 전단부와 ≪전≫≪결≫의 후단부로 나눌 수 있는 완벽한 구조를
갖추고 있는가 하면 반드시 그렇다고는 할 수 없다. 작품의 구성론에서
본다면 적지 않게 무리를 내포하고 있다.

첫째는 예술지상주의자 바킨을 탄생시키기 위하여 걸린 시간이 만 하루
도 되지 않는다는 사실이다. 「덴포 2년 9월의 어느 오전이다」로 시작되는
작품은 목욕탕과 자택에서 일어나는 위의 ≪기≫≪승≫≪전≫≪결≫의
4가지 사건으로 전개된다. 그리고 밤중에 「황홀하고 비장한 감격」을 맛보
기에 이른다.

물론 바킨에게 일어날 수 있는 일들이 우연히 하루 사이에 일어난 것이
아니라 평소에 일어날 개연성이 있는 사건들을 하루라는 시점에 모아두었
다고는 하더라도 이 모든 사건이 하루에 일어나고 그것도 순차적으로 일어
나며 그 결과로 예술에 몰입한다고 하는 점은 시간의 구성상 많은 문제점을
내포한다고 보아야 할 것이다.

둘째는 만나는 사람의 수가 너무 많다. 『희작삼매』는 주인공 바킨이 목욕탕에서 애독자 헤이키치, 비평가 사팔뜨기를 만나고, 자택으로 돌아와 출판사 이즈미야, 예술가 가잔을 만나며, 그의 머릿속에서 작가지망생 나가시마를 만난다. 마지막으로 그의 가족을 만나는데 그 중에서도 손자 다로를 만남으로 바킨의 내면적 심리 변화가 일어나 예술적 몰입이라는 예술가로서의 자세를 가다듬는다.

하루에 보통 이 정도의 사람을 만날 수는 있겠지만 이렇게 해서는 창작활동이란 거의 불가능하다. 그리고 만나는 사람마다 보통의 일상적인 이야기가 아니라 상당히 숙고해야할 심각한 이야기만 제시한다. 물론 작품의 구성상 여러 사람으로부터 던져진 다수의 심각한 문제는 희작 삼매경이 되는 필연성을 강조하기 위한 것이라 할지라도, 중요한 것은 만나는 사람의 다수에 있는 것이 아니라 사안의 경중에 있다고 할 때, 이 작품에서 등장하는 인물은 지나치게 많다고 할 수 밖에 없다.

셋째는 가마이케 후미오는 『희작삼매』를 ≪기≫≪승≫≪전≫≪결≫로 이루어진 형식이 잘 갖추어진 작품으로 이해하고 있지만, 사실은 ≪기≫≪승≫≪전≫≪결≫ 사이에 사건이 그렇게 전개되어야 할 개연성은 조금도 없다. 작품에서는 ≪기≫에 의해서 ≪승≫이 일어나지 않으며, ≪승≫에 의해서 ≪전≫이 일어나지 않으며, ≪전≫에 의해서 ≪결≫이 일어나지 않는다. 오히려 ≪기≫≪승≫≪전≫에 의해서 ≪결≫이 일어난다면 수긍할 수 있다.

따라서 이 작품은 ≪기≫≪승≫≪전≫은 서로 다른 사상의 전개일 뿐이고 상호간의 유기적 관계는 가지지 못한다. 네댓 가지의 사건이 서로 유기적 관계를 가지지 못하고 병렬형으로 나열되어 있을 뿐이다. 사실 ≪결≫도 ≪기≫≪승≫≪전≫에 의해 도출된 것이 아니라 그 자체도 하나의 병렬에 지나지 않는다.

그렇기 때문에 이 작품은 우연에 의존하는 결함을 가지고 작품이 전개된다. 목욕탕에서 우연히 애독자 헤이키치와 비평가 사팔뜨기를 만나고, 집으로 돌아오자 우연히 출판사 이즈미야가 와 있고, 조금 있다가 우연히 작가 지망생 나가시마를 생각해내고, 또 조금 지나자 예술가 가잔이 나타나고, 그가 물러가자 가족과 손자 다로가 나타나는, 시간적으로 겹침이 없이 작가가 등장시키고 싶은 대로 차례로 우연하게 등장하게 되는데 이들의 등장에 필연성이란 찾아보기 힘들다.

넷째는 손자 다로의 한 마디에 의해서 희작 삼매경에 빠진다는 설정이다. 조모인 오햣쿠가 교육을 시켜 손자의 입에서 튀어나오게 한 말, 「공부하세요.」, 「음—할아버지는요. 앞으로 더 훌륭해질 테니까요.」, 「그러니까. 잘 참으시라고요.」, 「아사쿠사 관음보살님이 그렇게 말했어요.」라는 이 말들이 바킨에게는 마치 신탁이라도 받은 것같이 되어 희작 삼매경에 빠지게 된다는 구성은 바킨이 희작 삼매경에 빠지는 이유로서는 충분하지가 않다. 견강부회의 느낌을 지울 수가 없다.

따라서 일찍이 미요시 유키오는 이 점을,

> 작가의 〈진실한 인생〉은 예술 창조의 영위를 통해서 밖에 실현되지 않는다는 「희작삼매」의 테마는 류노스케의 확신에 지지를 받아 명쾌하다. 그러나 작품의 구조에 눈을 돌리면 〈희작삼매〉의 경지를 그리는 최종 절은 수미의 구조를 훌륭하게 갖춘 단편적 세계의 내부에서 관념의 육화가 부족하다는 인상을 부인할 수 없다. 아쿠타가와 류노스케의 〈관념〉과 교쿠테이 바킨의 〈육체〉와의 균열이다.[8]

라고 지적한 바 있다. 바킨이 희작 삼매경에 몰두하는 이유로서 손자의 몇 마디는 너무나 경미한 자극이다. 이 경미한 자극 때문에 대작인 『핫켄덴』이 완성된다고는 도저히 생각할 수 없으며, 하루의 거의 대부분을 불쾌와 불안으로 보내다가 하루의 마지막에 와서 이런 심정이 「이 때 그의 왕자와 같은 눈에 비친 것은 이해도 아니고 애증도 아니다. 하물며 비난과 칭찬에 괴로워하는 마음 등은 벌써 눈 밖으로 사라져 버렸다. 있는 것은 단지 불가사의한 기쁨이다. 혹은 황홀하고 비장한 감격」으로 반전된 것은 너무나도 급격한 비약이라고 하지 않을 수 없다.

따라서 『희작삼매』는 애초부터 구성상의 문제를 내포하고 있는 작품이라고 보아야 할 것이다. 구성상의 파탄이 심한 작품인데도 불구하고 세키구치 야스요시의 「비교적 뛰어난 작품이 수록되었다」라든가 「여기에 전기 아쿠타가와 문학이 훌륭하게 개화했다」[9]는 언급은 무엇을 두고 하는 말인지 그 정확한 의미를 알기란 쉽지 않아 보인다.

2.2 『희작삼매』의 인물과 예술지상주의

『희작삼매』에는 중요한 인물만 주인공인 바킨을 비롯하여 6명이 등장하며 엑스트라격인 인물이 처인 오햣쿠, 며느리 오미치, 아들 소하쿠 등 총 10명이 등장하는 작품이다. 단편작품으로는 결코 등장인물이 적다고는 할 수 없다. 이 인물들의 면면을 알아보고 이 인물들에 의해서 만들어지는 소위 「예술지상주의」의 내실이란 무엇인가를 규명하는 것이 작가가 이 작품을 통하여 표현하고자 했던 것에 더 가까이 접근하는 것이 될 것이다.

헤이키치는 바킨이 목욕탕에서 만난 인물로 자신의 『핫켄덴』에 대하여 극찬하는 애독자로 등장하지만, 바킨에게는 자신의 작품을 정확하게 이해하지 못하고 지껄이는 것으로 인식되어 일종의 불쾌감을 나타내게 하는 인물이 된다. 하지만 동시에 미워할 수만도 없는 인물로 애독자로서 호의도 가지고 있다.

사팔뜨기는 시종일관 악평을 일삼음으로 바킨은 그에게 심한 불쾌감을 가진다. 이 불쾌한 감정은 예술가의 창작의욕에 마이너스적인 영향을 제공하는 위험요소로 작용할 수도 있다. 그러나 이 불쾌감으로 인해 스스로의 문제점을 면밀히 분석하고 검토함으로 결코 마이너스적인 요소만으로 작용하는 것이 아니라 오히려 그 불쾌감이 예술가로서 자신의 모습을 되돌아볼 수 있는 플러스적인 입장도 간과할 수는 없다

출판업자 이즈미야는 표리부동한 성향의 인물로서 바킨에게는 방해자로서의 면모를 갖추고 등장한다. 이즈미야의 등장으로 인하여 고유한 자신만의 창작세계를 지켜 나가려는 의식을 새롭게 하는 바킨의 모습이 그려져 있으며, 자신만의 예술적 이상으로 세상과 타협하지 않는 작가적 정신을 고양해 나가게 한다.

나가시마는 다른 등장인물과는 다소 차이가 있는 순수한 작가 지망생으로서 등장한다. 나가시마는 육체적 장애를 가지고 있고 그 장애를 극복하기 위해 자신을 오로지 창작에만 전념시키는 인물로서 바킨과 정신세계를 공유할 수 있는 상대일 수도 있었다. 하지만 그 역시 자신의 이익 유무에 따라 상대를 버릴 수 있는 도덕성 결여의 인간으로 바킨에게 상처만 안겨주는 역할을 한다.

가잔은 같은 예술가로서 창작의 고통과 번민을 함께 느끼는 인물이다. 가잔의 등장으로 인하여 불쾌한 감정은 다소 해소되지만, 그와의 대화 속에서 예술가로서 불안한 심리가 더욱더 키워지고, 그와의 만남으로 예술에 대한 경쟁과 경계심을 가질 수밖에 없게 된다.

『희작삼매』 중에서 가장 중요한 인물은 물론 다키자와 바킨이다. 작품의

주인공일 뿐 아니라 작품을 전개하는 직접적인 인물이기도 하다. 그러나
바킨 혼자만의 독백 같은 작품이라면『희작삼매』는 작품의 클라이맥스에
해당하는「황홀하고 비장한 감격」에는 도달하지 못하였을 것이다. 이「황
홀하고 비장한 감격」에 도달하게 해주는 간접적인 원인을 제공하여 준 사
람은 바킨에게「불쾌」와「불안」을 안겨주었던 애독자 헤이키치, 비평가
사팔뜨기, 출판사 이즈미야, 작가지망생 나가시마, 예술가 가잔이다. 이들
에 의해 바킨은『핫켄덴』을 쓰지 않으면 안 된다는 벼랑 끝으로 내몰리게
된다. 따라서 이들이 바킨에게 작품을 완성하도록 하는 간접적인 계기를
제공하기에는 충분하였고 또 작품은 이 절정을 향하여 달려간다.

　그러나 문제는 바킨이 아무리 벼랑 끝으로 내몰린다고 하여도 새로운
탈출구를 열지 않으면 안 되는 상황에서 이 탈출구를 제공한 인물이 손자
다로이다. 손자 다로와 바킨의 다음의 대화는 가잔이 돌아가고 난 뒤에
「불안」에 떨고 있던 바킨에서 구원의 대화와 같은 역할을 한다.

　　　　「매일」
　　　　「응, 매일?」
　　　　「공부하세요.」
　　　바킨은 드디어 터뜨렸다. 하지만 웃는 중에 곧 또 말을 이어면서,
　　　　「그리고?」
　　　　「그리고―음―울화통을 일으키면 안 된다고요.」
　　　　「아니, 그것뿐이야.」
　　　　「또 있어.」
　　　　(중략)
　　　　「아직 무언가 있을까?」
　　　　「아직 말이야. 여러 가지 일이 있어.」
　　　　「어떤 일이.」

「음—할아버지는요. 앞으로 더 훌륭해질 테니까요.」

「훌륭해질 테니까?」

「그러니까. 잘 참으시라고요.」

「참고 견뎌라.」 바킨은 무심코 소리를 냈다.

「더, 더 잘 참으시라고요.」

「누가 그런 말을 했지.」

「그것은요.」

다로는 장난처럼 조금 그의 얼굴을 보았다. 그리고 웃었다.

「누우구?」

「그래. 오늘은 불참에 갔으니까, 절의 스님에게 듣고 왔겠지.」

「틀렸어요.」

단호히 고개를 저은 다로는 바킨의 무릎에서 반쯤 허리를 들면서 턱을 조금 앞으로 내듯이 하고,

「저기요.」

「응.」

「아사쿠사 관음보살님이 그렇게 말했어요.」

앞에서도 언급했듯이 손자 다로의 입에서 나온 말이란 결국 그의 조모가 가르쳐 준 것을 되뇌는데 불과하고, 또 손자의 이 말에 기운을 얻고 작품 집필에 몰두 한다는 작품의 구성에는 심각한 비약이 있기는 하지만, 아쿠타가와는 이 부분을 삽입함으로 소위 예술지상주의의 표명을 시도하였다는 점에서 중요한 한 장면이라고 하지 않을 수 없다.

다로가 말한 이 한마디로 바킨은 작품에 몰두하게 되는 비약을 작자는 설정하게 되는데, 에비이 에이지는 이를 손자 다로라는 어린아이가 가지는 「순진함」과 그의 입에서 나온 「아사쿠사 관음보살님」이라는 「신비성」으로 설명한다.

「불쾌」에서 「불안」으로, 때로는 그를 「절망」으로 유도하는 것 밖에 되지

않았던 현실을 지양하고 새로운 「인생」을 실현했다. 생활적 현실에서 이탈해서 창조만이 모든 것인 새로운 「인생」에의 비약이 이루어지고, 「죽음」에서 「인생」으로 예술가의 탄생 드라마가 완료된다.

그런데 여기에 바킨의 비약의 계기가 되었던 두 가지의 원인을 확인해 둘 필요가 있을 것이다. 그 하나는 손자 다로에게 구현되어 있는 〈순수함〉이고 다른 하나는 아사쿠사 관음보살님으로 상징되는 〈신비성〉이다.[10]

손자 다로와의 이 짧은 대화로 인하여 바킨은 작품 창작에 몰두하게 되고 드디어 희작 삼매경에 빠지게 된다. 그리고 아쿠타가와는 바킨의 입을 빌어 아쿠타가와류의 예술지상주의를 선언하게 된다.

> 황홀하고 비장한 감격이다. 이 감격을 모르는 자에게 어찌 희작삼매의 심경을 알 수 있겠는가. 어찌 희작 작자의 엄숙한 영혼이 이해되겠는가. 여기에 야말로 「인생」은 모든 잔재를 씻고 마치 새로운 광석과 같이 아름답게 작자의 앞에 빛나고 있는 것이 아니겠는가. ……

예술지상주의란 1830년대에 프랑스의 작가 테오필 고티에가 주장한 예술이론으로 「예술을 위한 예술」이라고도 하며, 「인생을 위한 예술」과는 상대적인 입장에 선다. 이와 같은 이름을 붙인 사람은 같은 시대의 철학자 빅토르 쿠쟁이다. 예술의 유일한 목적은 예술 자체 및 미에 있으며, 도덕적·사회적 또는 그 밖의 모든 효용성을 배제해야 한다고 함으로써 예술의 자율성과 무상성을 강조하였다. 고티에의 소설 『모팽양』의 서문은 이 주장의 선언으로 유명하며, 이 서문에서 그는 「무용한 것만이 아름답고 유용한 것은 모두 추악하다」고까지 극언하였다.[11]

예술지상주의에도 세 가지의 부류가 있을 수 있는데,[12] 첫째는 예술의 자율성과 초월적 성격을 강조하는 오스카 와일더의 「예술을 위한 예술」이다. 아쿠타가와는 이것을 시인하면서도 「예술을 위한 예술」의 일면에는 반대하는 경향을 보였다. 예술지상주의도 엄격하게 구별하면 윤리를 강조하는 미적엄격주의와 탐미적 향락주의가 있는데 아쿠타가와의 경우는 윤리를 강조하는 미적엄격주의에 속하므로 오스카 와일더의 「예술을 위한 예술」과는 경우를 조금 달리한다고 할 수 있다.

둘째는 예술의 예속성을 초래하는 사실주의를 배척하고 허구를 통해서 이것을 개조하는 낭만주의의 주장에 대해서는 아쿠타가와는 그대로 답습한 경향이 강하다. 인생이나 자연을 모사하는 사실주의나 특히 자연주의에 대해서는 「인생을 위한 예술」이라고 하여 아쿠타가와는 반대하였지만, 인생이나 자연을 예술적 순화를 통하여 소재로서 삼는 경우는 아쿠타가와의 예술관이 깊이 투영되어 있다고 볼 수 있다.

셋째는 예술이 인생을 모방하는 것보다는 훨씬 많이 인생이 예술을 모방하는 경우는 인공적인 것이야 말로 미의 본질이라는 예술지상주의를 주장하지만, 아쿠타가와의 경우 이것과도 조금의 차이를 보인다. 즉 아쿠타가와의 경우는 인공을 예술 창출의 근본으로 보지만 자연을 모두 인공적인 데까지 종속시키지는 않는다.

따라서 아쿠타가와의 경우는 예술의 무한성과 절대성에 대한 신념, 예술을 통하여 자아를 확충하고자 하는 점에 있어서는 와일더와 상통하는 점이 있지만, 『희작삼매』에서는 와일더의 「예술을 위한 예술」의 극한에까지는 가지 못하였다고 할 수 있다. 즉 인생을 모두 예술을 위하여 희생하는 데까지는 가지 못하였다. 그러므로 미요시 유키오의 다음과 같은 비평은 『희작삼매』 한 편의 내실을 말하는데 적확한 표현일 것이다.

아쿠타가와 류노스케의 (그렇게 부른다면 불러도 좋은) 예술지상주의는 예

술인가 인생인가라는 단순한 이율배반의 선택은 결코 아니었다. 아쿠타가와
는 인생을 부정해서 예술을 택한 것이 아니고, 〈인생의 잔재〉에 대해서 〈인
생〉을 택한 것이다.[13]

이것이 『희작삼매』를 통하여 아쿠타가와가 제시한 소위 아쿠타가와류의
예술지상주의이다. 『지옥변』으로 가면 조금은 변모하지만 그 당시의 그에
게는 인생을 전부 예술로 환언하지 않은, 조금은 인생을 시인하는 예술관이
보인다. 그것은 제15장의 말미에 나타나는 가족들의 인물 조형과 그들이
주고받는 말에서도 나타난다.

> 그 사이에도 다실의 등 주위에는 시어머니 오햣쿠와 며느리 오미치가 마주
> 보고 바느질을 계속하고 있다. 다로는 벌써 재웠을 것이다. 조금 떨어진 곳에
> 서는 연약한 소하쿠가 조금 전부터 환약 만들기에 바쁘다.
> 「아버지는 아직 잠을 주무시지 않니.」
> 이윽고 오햣쿠는 바늘에 머리 기름을 바르면서 불만인 듯이 중얼거렸다.
> 「틀림없이 또 작품에 푹 빠져 계시겠지요.」
> 오미치는 눈을 바늘에서 떼지 않고 대답을 했다.
> 「골칫거리야. 변변한 돈도 안 되면서.」
> 오햣쿠는 이렇게 말하고 아들과 며느리를 보았다. 소하쿠는 들리지 않는
> 채를 하고 대답하지 않는다. 오미치도 입을 다물고 바늘을 계속 옮겼다. 귀뚜
> 라미는 여기에서도 서재에서도 변함없이 가을을 울고 있다.

작가는 작품의 결말을 바킨으로 하여금 「서재」에서의 왕자와 같은 예술
가로서 끝내지 않고, 「거실」을 설정하여 여기에 처 오햣쿠, 며느리 오미치,
아들 소하쿠를 등장시켜, 그들의 행동과 대화를 끝으로 작품을 맺고 있다.
특히 바킨을 가리켜 오햣쿠가 내뱉은 「골칫거리」라는 표현은 생활적 현실
을 망각하고 창작삼매에 살아가는 예술가의 삶의 방식을 상대화하는 발언

이다. 오햣쿠의 이 발언은 근대시민사회에서 예술지상주의의 위치가 어떠함을 단적으로 표현하는 것이기도 하다. 미요시 유키오가 주장대로 〈인생의 잔재〉가 아닌 〈인생〉 그 자체로 예술지상주의를 구현하기를 바란다면 그것은 아마 『지옥변』을 기다리지 않으면 안 될 것이다.

『희작삼매』에는 마지막 부분에 손자 다로와 처 오햣쿠, 며느리 오미치, 아들 소하쿠가 있는 「거실」의 풍경이 있으므로 「서재」의 고독한 예술가의 영광이 더욱 강조되고, 또 바킨에게는 언젠가 돌아갈 「거실」이 있음이 시사한다. 물론 거기에는 가족이 기다리고 있다.

그런 면에서 『희작삼매』 안에서의 이 네 사람의 무게는 결코 가볍다고 할 수 없을 것이다. 그럼에도 불구하고 헤이키치, 사팔뜨기, 이즈미야, 나가시마, 가잔에 대해서는 많은 지면을 할애한데 반하여 이보다 더 중요한 네 사람의 가족에 대해서는 극히 제한적인 묘사로 작품의 행간을 읽지 않으면 안 되는 점이 『희작삼매』의 문제점이기도 하다.

2.3 『희작삼매』가 제시하는 또 다른 주제
— 그리스도교적 입장에서 —

가마이케 후미오가 『희작삼매』의 구성을 ≪기≫≪승≫≪전≫≪결≫로 분석한 자료로 되돌아가서 논리를 전개한다면, 이 같은 분류로 그가 주장하고 싶은 것은 전단에서는 「바킨의 창작의욕을 저해하는 것은 대체적으로 우연히 일어난 사건, 바킨의 외부에서 그에게 다가온 사상」이었다는 것이고, 후단에서는 「가볍고 외면적이고 우발적인 것으로부터 점차로 중대한 작자의 내면에 원인을 가진 근본적인 것으로 심화되고 있다」[14]는 것이다. 작품 속의 용어로 바꾸면 「불쾌」에서 「불안」으로 바뀌는 점을 작품 속에서 읽고 있다.

　아쿠타가와가 작품 속에서 「불쾌」라는 단어를 쓰고 있는 경우를 조사하면 거의 대부분이 전단, 즉 1장에서 9장에 집중되어 있다.

　　①바킨의 경험에 의하면 자신의 요미혼의 악평을 듣는 것은 단지 불쾌할 뿐만
　　　이 아니라 위험도 또 적지 않다. (4)
　　②그는 불쾌한 눈을 들고 양측의 마을의 집을 바라보았다. 마을의 집은 그의
　　　기분과는 상관없이 모두 그 날의 생계에 힘쓰고 있다. (5)
　　③「나를 불쾌하게 하는 것은 먼저 그 사팔뜨기가 나에게 악의를 가지고 있다
　　　는 사실이다. 사람에게 악의를 갖게 하는 것은 그 이유의 여하에 관계없이
　　　그 만으로 나에게는 불쾌하기 때문에 어쩔 수 없다.」(5)
　　④그러나, 나를 불쾌하게 하는 것은 아직 그 밖에도 있다. 그것은 내가 그
　　　사팔뜨기와 대항하는 위치에 놓여졌다는 것이다. (5)
　　⑤마지막으로, 그러한 위치에 나를 둔 상대가, 그 사팔뜨기라고 하는 사실도,
　　　확실히 나를 불쾌하게 하고 있다. (5)
　　⑥만약 저것이 좀 더 고등한 상대라면, 나는 이 불쾌를 반발할 만한, 반항심을
　　　일으켰음에 틀림이 없다. (5)
　　⑦그러나, 사팔뜨기가 어떤 악평을 내세우고자 해도, 그것은 고작 나를 불쾌
　　　하게 할 정도다. (5)
　　⑧이마이치베가 경칭을 붙이지 않고 부르는 것은 들으면, 여전히 불쾌한 마음
　　　을 금할 수 없다. (8)
　　⑨바킨은 불쾌를 느낌과 동시에, 위협당하는 것 같은 심정이 되었다. (8)
　　⑩왠지 모르게 안정이 안 되는 불쾌한 심정을 진정시키기 위해 오래간만에
　　　수호전을 열어 보았다. (10)

　이 「불쾌」가 후단에 오게 되면 「불쾌」라는 단어는 사라지고 「불안」이라는 단어로 바뀌게 되고, 이 「불안」이란 단어는 10장에서 15장까지에 집중되어 있다.

①그것이 있는 데까지 계속되면 오히려 묘하게 <u>불안</u>하게 되었다. (10)
②항상 그의 속에 망망한 예술적 감흥에 조우하면 이내 곧 <u>불안</u>을 느끼기 시작했다. (10)
③<u>불안</u>은 그것을 중심으로 하여 용이하게 염두에서 떠나지 않는다. (10)
④가잔의 정치상의 의견을 알고 있는 그에게는 이 때 문득 일종의 <u>불안</u>을 느꼈기 때문이다. (12)
⑤그 자신의 실력이 근본적으로 이상한 듯한 꺼림칙한 <u>불안</u>을 금지할 수 없다. (13)
⑥이런 <u>불안</u>은 그에게는 무엇보다도 견디기 어려운 적막한 고독의 정을 가져왔다. (13)

이러한 단어의 사용은 『희작삼매』를 「하등한 세상과의 관계」와 「자기의 예술이나 재능에 대한 불안」15)이라는 분명히 다른 두 심경을 묶어 놓은 것처럼 보이게 한다. 그러나 이 두 단어는 바킨의 자존심이 타인에게 향할 때에는 그것이 「불쾌」로 나타나며, 자신으로 향하였을 때 「불안」으로 나타난다. 또 「불쾌」는 주로 외부에 의한 문제이고 「불안」은 내부의 문제이기도 하다.

모리모토 오사무는 『희작삼매』의 작품세계를 다음과 같이 분류한다.

㉮ 그를 이해하지 않는 중속에 대한 모멸
 ㉠ 애독자의 작품 읽기와 자작의 본질과의 차
 ㉡ 비평가와 작가의 문제
 ㉢ 출판업자의 저열한 인격과 교묘한 전술에 대한 증오
 ㉣ 아류작가 지망자의 나쁜 태도
㉯ 예술과 도덕(생활)과의 이원적 상극
㉰ 정치와 문학의 문제16)

여기서 「불쾌」로 나타날 경우를 모리모토 오사무는 ㉮의 ㉠ ㉡ ㉢ ㉣의

경우라고 하고, 「불안」으로 나타날 경우는 ⓝ와 ⓣ의 경우의 문제이라고
지적한다.

　그런데 미국의 문화인류학자 루스 베네딕트는 『국화와 칼』에서, 도덕적
절대 기준을 결한, 치욕을 무엇보다도 두려워하는, 일본문화의 특징을 설명
한다. 그리고 일본 도덕의 표출 양태의 하나로서 다음과 같은 특징을 들었다.

　　　참다운 죄의 문화가 내면적인 죄의 자각에 의거하여 선행을 행하는 데 비하
　　여, 참다운 수치의 문화는 외면적 강제력에 의거하여 선행을 한다. 수치는
　　타인의 비평에 대한 반응이다. 사람은 남의 앞에서 조소당하거나 거부당하거
　　니, 혹은 조소당했다고 확신히 믿게 됨으로써 수치를 느낀다. 어떠한 경우에
　　있어서나 수치는 강력한 강제력이 된다.

　　　일본인의 생활에서 수치가 최고의 지위를 점하고 있다는 것은, 수치를 심각
　　하게 느끼는 부족 또는 국민이 모두 그러하듯이, 각자가 자기 행동에 대한
　　세평에 마음을 쓴다는 것을 의미한다. 그들은 다만 타인이 어떤 판단을 내릴
　　까 하는 것을 추측하고, 그 판단을 기준으로 하여 자기의 행동 방침을 정한
　　다.17) (하선 필자)

　이 논리를 『희작삼매』에 적용하여 보면, 작품 『희작삼매』에는 끊임없이
타인의 비판을 의식하는 바킨의 심리 상태가 매우 잘 그려져 있다. 바꾸어
말하면 과잉한 자의식이라고도 말할 수 있는데, 이는 타인의 눈의 의식에
다름 아니다. 따라서 전단에서 「불쾌」를 일으키게 하는 것은 ㉠ ㉡ ㉢
㉣에서 예를 든 세인의 평가 즉 「악평」이라고 할 수 있다.

　　①바킨의 경험에 의하면, 자신의 요미혼의 악평을 듣는 것은 단지 불쾌할
　　뿐만이 아니라, 위험도 또 적지 않다고 하는 것은 그 악평을 시인하기 위해
　　서, 용기가 떨어진다고 하는 의미가 아니고, 그것을 부인하기 위해서 그

후의 창작적 동기에 반동적인 것이 더해진다고 하는 의미이다. (4)

②그러니까 바킨은, 올해까지 자신의 요미혼에 대한 <u>악평</u>은 가능한 한 읽지 않도록 유의해 왔다. 하지만, 그렇게 생각하면서도 또 한편으로는 그 <u>악평</u>을 읽어 보고 싶다는 유혹이 없지는 않다. (4)

③그는 맑은 가을 하늘의 에도의 마을을 걸으면서, 목욕탕 안에서 들은 <u>악평</u>을 하나하나 그의 비평안으로 면밀하게 점검했다. (5)

④「어째서 나는 내가 경멸하고 있는 <u>악평</u>에 이렇게 괴로워하는 것인가.」(5)

⑤「그러나, 사팔뜨기가 어떤 <u>악평</u>을 하더라도 그것은 겨우 나를 불쾌하게 만드는 정도다. (5)

그 뿐만이 아니라 바킨의 자존심은 세상을 「하등」한 것으로도 보기도 하고, 「경박」한 것으로 보기도 하며, 세상은 「속인」들로 이루어져있기 때문에 「경멸」할 대상으로 보고 있다. 그리고 자신은 「고등」한 인간이고 자신의 업적은 「자부」할만 한 것이라고 생각하고 있다. 이런 그에게 그의 작품에 대한 악평은 그의 자존심을 짓밟기에 충분하였을 것이라고 본다.

그런데 문제는 왜 이런 과잉한 자의식을 가지게 되었는가 하는 것이다. 그것은 두말할 것도 없이 자신에 대한 자존심이 지나치게 강하기 때문이다. 아쿠타가와는 『지옥변』에서 요시히데를 천하에 더없이 자존심이 강한 사람으로 묘사하지만, 『희작삼매』에서 그것을 그렇게 강렬하게 그리지는 않으나 「불쾌」나 「불안」이라는 좀 부드러운 단어로 대치하고 있음을 알 수 있다.

①하지만, <u>자존심</u>이 강한 바킨에게는 그의 겸사를 말 그대로 받아들인다는 것이 우선 무엇보다도 불만이다. (3)

②그는 갑자기 자신의 애 같은 <u>자존심</u>이 부끄럽게 느껴졌다. (3)

③그의 붓의 속도를 슌스이나 다네히코의 그것과 비교되는 것은 <u>자존심</u>이 왕성한 그에게는 물론 바람직한 것은 아니다. (8)

그럼 아쿠타가와가 그리는 작품 속의 주인공이 이렇게 자존심이 강한데는 그 원인이 어디에 있는가. 그것은 주인공의 성격에 그 원인이 있다. 바킨의 성격의 특징은 자기 자신은 「고등」한 인간으로 인식하고 있으며, 타인과 세상은 하등한 존재로 인식한다. 그 뿐만 아니라 가끔 그 자신도 하등하다고 인식하여 화를 낸다. 강한 자의식이 어디에 투사되는가에 따라서 한편으로는 타인에게 한편으로는 자신에게 공격이 돌아가는 안정되지 못한 심리를 가졌다고 할 수 있다.

①만약 저것이 좀 더 <u>고등한</u> 상대라면,(5)
②쫓아낸다고 하는 것은 물론 <u>고등한</u> 일도 무엇도 아니다.(9)
③이치베는 조금 바킨의 얼굴을 보고 그리고 또 곧바로 입에 물고 있는 은 담뱃대에 눈길을 주었다. 그 순간의 표정에는 놀랄만한 <u>하등</u>한 무언가가 있다. (8)
④그는 이 자연과 대조시키며 새삼스레 세상의 <u>하등함</u>을 생각해 냈다. <u>하등</u>한 세상에 사는 인간의 불행은 그 <u>하등함</u>에 괴로워지고 자신도 또 <u>하등</u>한 언동을 할 수 밖에 없는 데 있다. 실제로 지금 자신은, 이즈미야이치베를 쫓아내었다. 쫓아내었다는 것은 물론 <u>고등</u>한 일이고 무엇이고도 아니다. 하지만 자신은 상대의 <u>하등함</u>에 의해서, 자신도 또 그 <u>하등</u>한 것을 하지 않으면 안 되는 곳까지 밀려왔던 것이다. 그렇게 해서 했다. 했다고 하는 의미는 이치베와 같은 정도까지 자신을 천하게 했다는 것과 다름없다. 즉 자신은 그 만큼 타락시킨 것이다. (9)
⑤게다가 당신 인격의 <u>하등함</u>을 알지 않는가. (9)
⑥스스로 자신이 하등한데 화를 내고 있으니까. (12)

와타나베 가잔이 방문하여 예술과 함께 전사할 각오에 대하여 서로 이야기하고, 당국의 검열이 엄격해져서 자유로이 표현할 수 없게 된 세태에 대해서 주고받지만 가잔의 정치적인 발언에 일종의 「불안」을 느낀다. 가잔이 돌아간 후 집필 중이던 『핫켄덴』의 원고를 다시 읽어보지만 쓸데없는 덧붙임으로밖에 생각되지 않아 급히 자신의 실력에 「불안」을 느낀다. 그러면 여기서 「불안」을 느끼는 원인은 무엇인가. 이것은 역시 바킨의 자존심에서 출발하는 것이다.

그러나 여기서 간과해서는 안 될 것은 이러한 자존심의 문제도 바킨의 개인적인 성격에서 유래하는 점보다도 그 사회가 가진 사유방식에 기인하는 바가 크다는 점을 인정해야 할 것이다. 바킨이 「불쾌」해 하고 「불안」해 하는 이유도 캐어보면 결국 자신을 둘러싼 환경과의 문제에 지나지 않는다.

그렇다면 바킨을 둘러싼 사회적 사유방식이라는 것은 결국 루스 베네딕트가 지적한 바와 같이 도덕적 절대 기준을 결한, 치욕을 무엇보다도 두려워하는, 다시 말하면 초월적이며 절대적인 존재를 인정하지 않는, 일본문화의 특징 때문일 것이다.

따지고 보면 바킨은 자기가 하는 일에만 열중하면 된다. 그런데 자신의 일을 제쳐놓고 타인의 평에 끊임없이 「불안」해 하는 마음은, 그가 서구의 그리스도교가 말하는 초월적이고 절대적인 존재를 상정하였더라면 일어날 수 없는 문제일 것이다. 이 「불안」을 일으키는 원인으로 작용하는 「하등」, 「경박」, 「속인」 「경멸」들의 단어는 확실히 절대자가 없는 일본인들이 가질 수 있는 심적인 상태임에 틀림이 없다.

바킨의 「불안」은 그에게 무엇보다도 견디기 어려운 막막한 고독의 감정을 가져오게 했다. 지금 바킨은 자신이 쓴 원고를 보면서 스스로도 실패했다는 것을 알고 고독과 절망을 느낀다. 예술가로서 작품의 완성도를 높이지 못하였다는 자각이 그를 불안하게 했으며 그 불안함이 절망과 고독의 늪으로 빠져들게 한다.

예술가로서 존재하고 있는 이상은 자신의 작품이 독자들을 감동시킬 수 있는 예술혼을 담아야 한다는 자세로 일관하여 왔지만 그가 쓴 원고는 아무런 감격을 주지 못한다. 이미 그가 묘사한 「난파한 선장의 눈」에서 독자에게 아무런 감동도 부여할 수 없는 졸작이라는 것을 느낀 바킨은 예술적 감격을 줄 수 없는 자신을 고독과 절망 속에 빠트린다.

여기에서도 역시 작품과 자신의 문제가 아니라 독자라는 제3자인 세평에 끊임없이 시달리고 있는 주인공의 모습을 볼 수 있다. 끊임없이 자신을 보고 있는 타인의 존재를 가정하고 있다. 자신의 자존심의 긍정과 부정이 오로지 타인의 판단에 맡겨진다. 인간과 인간의 수평적인 관계만 존재할 뿐이고 인간과 절대자와의 수직적 관계는 전혀 찾아볼 수가 없다. 이것이 서구 그리스도교 사회의 사고방식과는 다른 점으로, 일본 사회를 수평적 인간관계만이 존재하는 폐쇄적 사회라고 해도 과언은 아닐 것이다.

『희작삼매』에서는 처음부터 인간과 인간과의 세계를 초월한 시점은 보이지 않는다. 『희작삼매』에는 적어도 초월자의 눈이라는 것은 전혀 없다. 만약 바킨에게 초월자의 의식이 있었다고 한다면 사람의 비판에 의하여 상처 입은 그의 자존심은 당연히 초월자에게로 향하였을 것이다. 그리고 이야기는 초월자와 자신의 문제로 흘러갔을 것이다. 그러나 이 작품은 수평적인 인간관계의 이야기에 지나지 않는다.

이 점이 주인공 다키자와 바킨의 사고의 한계이며, 이것을 아쿠타가와는 『희작삼매』를 통하여 정확하게 표현하고 있다. 즉 그것은 신이 없는 사회의 인간의 행동 방식이다. 초월적이고 절대적인 존재를 갖지 못하는 인간의 사고가 외부로 향하였을 때 그것은 「불쾌」가 될 것이고, 내부인 자기 자신에게로 향하였을 때는 「불안」이 됨을 『희작삼매』는 여실히 보여주고 있다.

3. 결론

『희작삼매』는 작품 구성상 문제점이 있다. 그 문제점이란 첫째는 예술지 상주의자 바킨을 탄생시키기 위하여 걸린 시간이 만 하루도 되지 않는다는 사실일 뿐만 아니라, 둘째는 짧은 하루 동안에 만나는 사람의 수가 너무 많고 그것도 순차적으로 만나게 되는데, 문제는 이들을 만나야 하는 동기가 전혀 설명되어 있지 않아 우연성을 면하기 어렵다. 셋째는 『희작삼매』를 ≪기≫≪승≫≪전≫≪결≫로 나누어 본다면 이들 사이에서 사건이 그렇 게 전개되어야 할 개연성은 조금도 없다. 넷째는 손자 다로의 한 마디에 의해서 희작 삼매경에 빠진다는 설정이고, 끝에 가서는 희작 삼매경에 빠지 는 심경을 묘사하는 것은 너무나도 급격한 비약이라고 하지 않을 수 없다.

15장으로 구성된 『희작삼매』 중 13장까지가 주인공 바킨과 애독자 헤이 키치, 비평가 사팔뜨기, 출판사 이즈미야, 작가지망생 나가시마, 예술가 가 잔과의 사이에서 일어나는 여러 가지 문제를 다루고 있다. 그러나 작품의 대분을 차지하고 있는 이들과의 문제는 바킨이 희작 삼매경에 빠진다는 클라이맥스를 강화하는데 필요한 인물 설정일 뿐 실제 중요 인물은 13장의 말미에서 나타나는 손자 다로와 그의 가족 즉 처 오햣쿠, 며느리 오미치, 아들 소하쿠이다. 이들의 인물에 대한 설정이 있음으로 인하여 바킨의 고독 한 영광은 더욱 강조되고, 제한적이긴 하지만 아쿠타가와류의 예술지상주 의가 표명된다.

『희작삼매』의 또 다른 하나의 주제를 찾는다면 주인공의 수직적인 사고 의 부재라는 점이다. 주인공은 독자라는 제3자의 세평에 끊임없이 시달리 고 있는데 이는 수평적인 사고에 한정되기 때문이다. 주인공은 끊임없이 자신을 보고 있는 타인의 존재를 가정하고 있고, 자신의 자존심의 긍정과 부정이 오로지 타인에 판단에 맡겨진다. 이 작품에서는 인간과 인간의 수평적인 관계만 존재할 뿐이고 인간과 절대자와의 수직적 관계는 전혀 찾아볼 수 없다. 이것이 서구 사회의 사고방식과 다른 점으로, 일본 사회가 수평적 인간관계만이 존재하는 폐쇄적 사회라는 점을 『희작삼매』는 구체적으로 현시하고 있다고 할 수 있다.

【주】

1) 1922年 1月 9日 渡辺倉輔에게 보낸 書簡
2) 蒲池文雄(1965.12)「『戯作三昧』の成立に関する一考察」「愛媛大学紀要(人文)」p.40
3) 菊池寛(1918.1)「芥川龍之介に与える書」『新潮』
4) 吉田精一(1942.12)『芥川竜之介』三省堂(吉田精一(1959.1)『芥川竜之介』新潮社 p117에서 再引用)
5) 和田繁二郎(1956.3)『芥川竜之介』創元社 (浅野洋他編『芥川竜之介を学ぶ人のために』世界思想社 2000.3 p.220에서 再引用)
6) 関口安義(1977.5)「第三短編集『傀儡師』」「国文学」p.179
7) 関口安義 他編(2000.6)『芥川龍之介全作品事典』勉誠出版 pp.161～162
8) 三好行雄(1976.9)『芥川龍之介論』筑摩書房 p.125
9) 関口安義(1977.5) 前掲書 p.179
10) 海老井英次(1981.3)「戯作三昧」(菊地弘 他編『芥川龍之介研究』明治書院) p.43
11) http://100.naver.com/100.nhn?docid=114554
12) 海老井英次 前掲書 p.45
13) 三好行雄 前掲書 p.123
14) 蒲池文雄(1963.12)「『戯作三昧』考」「愛媛大学紀要(人文)」p.40,42
15) 関口安義 編(2000.6) 前掲書 p.163
16) 森本修(1967.2)「『戯作三昧』論考(2)」「立命館文学」p.43
17) 루스 베네딕트 저 김윤식·오인석 역(1991)『국화와 칼』을유문화사 pp.208～209

芥川龍之介의 『龍』의 구상에 관한 고찰
-구상과 관련된 고전자료를 중심으로-

이 시 준

Ⅰ. 서론

아쿠타가와 류노스케(芥川龍之介)의 『龍』은 1919년 5월 1일 발행된 『中央公論』제34년 제5호에 게재된 작품이다. 『龍』의 원전은 주지하는 바와 같이 『우지습유이야기(宇治拾遺物語)』(이하 『宇治』로 약칭)[1]의 서(序)와 제130화 '장인득업[2]과 사루사와 연못의 용(蔵人得業, 猿沢の池の竜の事)'으로 알려져 있다. 본고는 원전과 『龍』의 비교를 통하여 상이한 점을 중심으로 아쿠타가와의 작품구상에 대하여 살펴보고자 하며, 고찰 과정에서 작품구상에 영향을 주었을 가능성이 있는 고전 자료를 제시하고자 한다.

『龍』의 구성은 우지 대납언의 남천방에서 이야기를 듣는 1부, 도기장이가 대납언에게 들려준, 『龍』의 주된 내용이 되는 2부, 도기장이의 이야기가 끝나고 또 다른 이야기가 제시되는 3부로 이루어져 있다. 1부와 3부는 이야기가 행해지는 장소(場所)로 1부와 3부가 2부의 내용을 이끌어내고 마감하는 식으로 전후로 감싸고 있는 구조로 되어 있어, 일종의 액자식 기술이라 할 수 있다. 논의의 편의상, 1부와 3부의 구상에 대해 논하고, 2부에 대해서 살펴보고자 한다.

Ⅱ. 『龍』의 1부·3부와 '메구리모노가타리(巡物語)'

먼저 『宇治』의 서(序)의 관련 부분을 인용하면 다음과 같다.

　　세상에 우지대납언 이야기(宇治大納言物語)라고 하는 것이 있다. 이 대납언[3]은 다카쿠니(隆国)라고 하는 사람이다. 니시노미야 님(西宮殿)의 손자로 도시카타(俊賢)대납언의 2남이다. 노년에 접어들어 더위를 피해 휴가를 얻어 5월부터 8월까지 평등원(平等院)의 일체경장(一切經藏)의 남쪽 산기슭에 남천방(南泉房)이라고 하는 곳에 은거하였다. 그래서 우지 대납언이라고 하는 것이다. 상투를 말끔하게 동여매고 편안한 차림을 하고 방석을 바닥에 깔아 더위를 식히며 커다란 부채를 부치게 하였다. 오고가는 자를 신분의 고하에 상관없이 불러 모아 옛날이야기를 시켜 자신은 집안에 드러누워 이야기하는 대로 커다란 종이에 그대로 적으셨다.

한편, 위의 내용에 부합하는 『龍』의 내용은 다음과 같다.

　　우지(宇治) 대납언(大納言) 다카쿠니(隆国) "이런, 이런, 낮잠에서 깼더니 오늘은 한결 더 덥구먼. 저 마쓰가에의 등나무꽃이라도 하늘거리게 할 만큼의 바람도 불지를 않는구먼. 평소에는 시원하게 들리는 샘물 소리도 어째 기름매미 소리에 묻혀서 도리어 무더워지기만 하는구나. 어디 동자들에게 부채질이라도 시켜볼까"
　　"뭐라, 드나드는 이들이 모였다고? 그럼 그쪽으로 가봐야겠군. 동자들도 큰 부채를 챙기어 뒤를 따르도록 하라."

"오오 여보게들, 이 사람 다카쿠니일쎄. 웃통을 벗은 무례는 용서들 하게."
"그나저나 오늘은 그대들에게 다소 부탁하고픈 일이 있어 이렇게 이 우지(宇
治)의 정자로 발걸음을 옮겨 달라 하였네. 그 부탁이란 것이, 요새 문득 이곳
에 와서, 나도 남들처럼 문집을 하나 지어 볼까하는 생각이 들었는데, 곰곰이
생각을 해보니 공교롭게도 나는 이렇다 할 글로 적어내볼 만큼의 이야기도
알질 못하네. 그렇긴 하나, 부질없이 번잡한 취향을 가다듬는 따위는 나 같은
게으름뱅이에게는 무엇보다 내키질 않는다네. 하여, 오늘부터 내 집에 드나드
는 그대들이 옛날 옛적 이야기들을 하나씩 들려주어, 그것을 문집으로 엮어보
려 한다네. 그리한다면 궁궐 안팎이나 얼쩡대는 나 따위에겐 상상치도 못할
듣도 보도 못한 이야기들이 배에 실어도 수레에 실어도 쌓여 넘칠 만큼, 사방
에서 모여들 것임에 틀림없을 터. 아무쪼록 여보게들 폐를 끼치게 되겠네만
이 소망을 들어주지 않겠나? 뭐라, 들어주겠다고? 이거 고맙네 그려, 그럼
어서 모두들 차례차례 이야기를 들려주게나."
"여봐라 동자들아, 이 자리에 바람이 불도록 그 큰 부채로 부쳐다오. 그로
인해 다소나마 시원해지지 않겠느냐. 대장장이도 도기장이도 사양치 말고 자
네들도 이 책상 곁으로 오게나. 초밥 파는 아낙도 해질녘이 가까웠으니 나무
통일랑 마루 구석으로 치우도록 하게. 스님도 쇠 북을 놓으심이 어떠신가?
거기 사무라이도 수도승도 돗자리를 까셨구려."
"되었는가, 준비가 끝나거든 우선 처음으로 가장 나이 지긋한 도기장이 영
감(陶器造の翁)부터 무엇이든 이야기해 주게나."

『龍』은 『宇治』의 평탄한 서술을 다카쿠니의 독백에 가까운 대화체로
바꾸어 옛날이야기에 몰두한 한 귀족이 신분에 구애받지 않고 하층민에게
이야기를 채록하는 모습을 생생하게 그려내고 있다. 원전에는 없는 다카쿠
니의 호방한 성격을 창조함과 동시에 앞으로 전개될 이야기에 대한 독자의
호기심을 자극시키는 데에 충분한 설정이다.
　내용상으로는 원전에서 다카쿠니의 「웃통을 벗은」 모습이나 부체를 붙이
는 상황, 왕래하는 자들을 불러 옛날이야기를 적는 모습 등은 『宇治』의
「편안한 차림을 하고 방석을 바닥에 깔아 더위를 식히며 커다란 부체를

부치게 하였다. 오고가는 자를 신분의 고하에 상관없이 불러 모아 옛날이야 기를 시켜 자신은 집안에 드러누워 이야기하는 대로 커다란 종이에 그대로 적으셨다.」의 내용을 충실하게 답습하고 있음을 알 수 있다.

　내용상 원전과 크게 다른 점은 많은 사람들을 모아두고 그 중의 한사람인 도기장이에게 이야기를 듣는다는 설정이다. 나가노 조이치(長野嘗一)는 이 점에 대해서[4]

　　　아쿠타가와는 이야기의 종반부를 변화시켜 용의 승천을 실현시키기 위하 여 현실과 동떨어진 기괴한 이야기로 바꾸었다. 그것을 자연스럽게 기술하기 위하여 직접적인 서술이나 묘사를 통해서라기보다는 나레이션이라고 하는 형식을 취하는 것이 좋다고 보고 이러한 구성으로 한 것이다.

라 지적하고 있다. 현실과 동떨어진 이야기를 하기위하여 과거의 옛날이야 기로 시대를 설정했다고 하는 점은 수긍할 만하지만, 우지 대납원 한사람의 대사에 무게를 실은 '나레이션'이라는 표현은 정곡에서 벗어나 보인다. 물 론 우지 대납언의 독백에 가깝지만 실은 청자와 화자가 명확하게 설정되어 있다는 점을 주목해야 하겠다. 화자와 청자의 관계설정은 이야기의 핵심인 2부가 도기기장이의 1인칭 시점으로, 예를 들면,

　　○ 제가 아직 젊었던 시절, 나라(奈良)에 구로도(蔵人) 도쿠고(得業) 에인(恵 印)이라 하옵는 무지막지하게 코가 큰 스님이 한분 있었습니다.
　　○ 실제로 저도 한두 번 정도 그 무렵 나라의 고후쿠 사(興福寺) 경내에서 본 일이 있사옵니다만, 필경 하나쿠라(鼻蔵)라고 놀림을 받을 듯한 덴구(天 狗)의 코였습니다.

라는 식으로 화자의 경험담으로써 기술되고 있다. 이러한 화자와 청자의

관계는 3부에서도 마찬가지로 적용되고 있는데,『龍』의 마지막을 장식하는 3부는,

> 우지 대납언 다카쿠니 "과연 이것은 기묘한 이야기일세. 옛날에는 사루사와(猿沢) 연못에도 용이 살고 있었다는 거로군. 뭐, 옛날에도 있었는지 없었는지 모르겠군. 아니, 옛날에는 살고 있었음에 틀림이 없어. 옛날에는 천하의 인간들도 모두 물 밑에는 용이 산다고 생각하고 있었지. 그렇다면 용도 절로 천지간을 날아다니며 신령처럼 때때로 기이한 모습을 드러냈을 것이야. 허나, 내 이야기를 듣기 보다는, 그대들의 이야기를 들려주게나. 다음은 수도승의 차례로군. "뭐라, 그대의 이야기는 이케노오(池尾)의 젠치 내공(禅智内供) 인가 하는 코가 기다란 스님의 이야기 아닌가? 이것 또한 하나쿠라(鼻蔵) 이야기 다음에 이어지는 만큼 더 재미가 있겠구먼. 그럼 어서 이야기해 주게."

라 되어 있어, 다카쿠니가 이야기를 전부 듣고 다음으로 수도승(山伏)에게 역시 코가 큰 젠치 내공(禅智内供)의 이야기를 청하고 있다. 주지하는 바와 같이 젠치 내공(禅智内供)의 이야기란『금석이야기집(今昔物語集)』「이케노오의 젠친 내공의 코이야기(池尾禅珍内供鼻語)」를 원전으로 하는 아쿠타가와가『龍』의 집필 3년 전에 쓴 작품『코(鼻)』를 가리킨다. 본문의 '이것 또한 하나쿠라(鼻蔵) 이야기 다음에 이어지는 만큼 더 재미가 있겠구먼. 그럼 어서 이야기해 주게."를 통해 본문을 다 읽은 독자는,『코(鼻)』의 내용을 머리에 떠올리며,『龍』에 이어지는 이야기의 사슬에서 벗어나지 못하게 된다.

다카쿠니가 도기장이의 이야기를 듣고 또 다시 수도승의 이야기를 듣고자 하는 아쿠타가와의 구상은 순전히 개인적인 창작에 의한 것일까, 아니면 어디에서 힌트를 얻은 것은 아닐까. 필자는 고전에 해박한 지식을 갖고 있는 아쿠타가와가 설화문학에 자주 보이는 소위 메구리모노가타리(巡物

語)의 형식을 차용했을 가능성이 크다고 판단한다. 메구리모노가타리란 특정한 귀인 앞에서 복수의 사람이 순번을 정해 한사람씩 이야기를 이어가는 형태를 말하는 것이다. 어휘상으로는 가령 『고사담(古事談)』권5에 도바인(鳥羽院)을 위로하기 위하여 근신(近臣)들이 「메구리모노가타리(巡物語)」를 행했다는 예가 있고, 『삼국전기(三国傳記)』에 「慰巡物語」가 보이는데, 앞서의 『宇治』가 「남천방(南泉房)」을 허구의 이야기가 구연되는 허구의 장(場)으로서 설정하였듯이, 『태평기(太平記)』의 「기타노쓰야 이야기(北野通夜物語)」를 비롯하여, 『보물집(寶物集)』나 『무명이야기(無名草子)』의 설정, 『대경(大鏡)』이나 『금경(今鏡)』의 설정 등도 이와 같다.5) 특히 『대경(大鏡)』의 경우 이야기의 장을 무라사키노(紫野)의 운림원(雲林院)에서의 보리를 구하고자 법화경을 강설하는 법회인 보리강(菩提講)으로 설정하여 두사람의 노인과 처, 그리고 젊은 사무라이가 가세하여 문답체 좌담형식으로 옛날이야기가 입체적으로 전개되어 간다.6) 아쿠타가와는 『龍』을 집필하기 직전, 1918년 10월부터 12월까지 31회에 걸쳐 『大阪每日新聞』에 『사종문(邪宗門)』을 연재하였는데, 미완에 끝난 이 작품은 『대경』이나 『영화이야기(栄花物語)』 등에서 소재를 얻고 있다. 『宇治』의 서에도 이미 「메구리모노가타리」의 형식이 잠재되어 있기는 하지만, 그 이외에도 특히 『대경』과 같은 고전 등을 통하여 그 형식에 익숙해진 작가가 『龍』의 구성을 「메구리모노가타리」의 형식으로 집필했던 것은 아닐까.

Ⅲ. 『宇治』의 후일담 생략과 용의 승천

작품 구상과 관련해서 두 작품의 가장 현저한 차이점은 『宇治』의 후일담

부분이 생략되었다는 점과,『宇治』에서 등장하지 않았던 용이,『龍』에서
는 실제로 승천까지 하고 있다는 점이다. 이하, 이 두 가지 변화의 이유를
고찰해 보고자 한다.

　먼저『龍』의 원전인『宇治』의 제130화의 전문을 인용하면 이하와 같다.

　㉠이것도 지금으로 보면 옛날이야기인데 나라(奈良)에 구로도(蔵人) 도쿠고
　　(得業) 에인(恵印)이라는 승려가 있었다. 코가 크고 빨개서 '오하나(大鼻)
　　구로로 도쿠고(蔵人得業)'이라고 불렸지만 후에는 길었기 때문에 '하나구
　　라도鼻蔵人' 이라고 불렸다. 보다 더 뒤에는 '하나쿠라(鼻蔵), 하나쿠라(鼻
　　蔵)'라고만 불렸다.

　㉡그 승려가 젊었을 때, 사루사와 연못(猿沢の池) 부근에 '몇 월 몇 일에 이
　　연못에서 용이 승천하게 될 것이'라고 쓴 팻말을 세웠다.

　㉢그것을 보고 지나가던 사람은 노인이나 젊은이나 상당히 분별 있는 사람까
　　지도 '보고 싶은 것이다'라고 속닥거렸다. 이 구로도(蔵人)는 '재미있는 일
　　이구나. 내가 한 일을 사람들이 믿고 있네. 바보 같은 이야기인데'라고 마음
　　속으로는 생각하였지만, 묵묵히 지나다니며 모르는 채 하고 다니는 동안에
　　그 달이 되었다. 주로 야마토(大和), 가와치(河内), 이즈미(和泉), 셋쓰지
　　방(摂津国)의 사람들까지 이 말을 전해 듣고 모여들었다. 에인은 '어째서
　　이렇게 모인 것일까. 뭔가 이유가 있는 걸까. 묘한 일이구나'라고 생각했지
　　만, 알면서도 모르는 척하고 지나다니는 동안에 마침내 그 날이 되었다.
　　길도 지나갈 수 없을 만큼 사람들이 모였다.

　㉣그 때가 되자, 이 에인은 '이것은 단순한 사건이 아닌 것 같다. 본래 내가
　　한 일이지만 뭔가 이유가 있을 것이다.'라고 생각해서 '만약에 정말 용이
　　승천할지도 모른다. 나도 마찬가지로 가서 보아야지'라고 얼굴을 숨기고
　　나섰다. 혼잡해서 도무지 연못 가까이 접근할 수 없었다. 그래서 고후쿠
　　사(興福寺)7) 남대문의 단 위에 올라서서 '지금이야 말로 승천할까 지금이
　　야말로 승천할까'라고 기다렸지만, 어떻게 날아오를 수 있겠는가. 이윽고
　　날이 저물었다.

　㉤ 맹인과의 만남.(후술)

다음으로 아쿠타가와의 『龍』의 내용을 요약하면 다음과 같다.

  ⓐ나라의 에인 스님은 크고 빨간 코를 가지고 있어 사람들로부터 하나쿠라(鼻
   蔵)라는 별명으로 놀림을 받았다.
  ⓑ에인 스님은 놀리는 나라 사람들을 속이기 위하여 사루사와 연못의 우네메
   버들 앞에 '3월 3일 이 연못에서 용이 승천하리라'라고 팻말을 세웠다.
  ⓒ다음날 에인은 고후쿠 사에 매일 불공을 드리러 오는 노파에게 중국의 고사
   를 들려주며 팻말의 말이 사실일 수 있다고 하고, 에몬(惠門) 법사에게는
   팻말건을 들어 용의 이야기를 환기 시킨다.
  ⓓ며칠도 되지 않아 순식간에 용에 관한 소문이 나라 전역에 퍼졌다. 가스가
   신사의 신관의 딸의 꿈에 용이 나타나고, 한 아이의 몸에 빙의하여 용이
   시를 읊는다거나 무녀에게 용이 나타나 탁선을 하는 사건, 한 노파가 연못
   에서 용이 또아리를 틀고 있는 것을 목격했다는 소문이 꼬리를 물고 전해
   진다.
  ⓔ3월 3일이 되기 4, 5일전 셋쓰(摂津)에 사는 숙모까지 용의 승천을 보러
   왔을 정도로 나라뿐만이 아니라 주변의 각 지방에 소문이 퍼지자 에인은
   한편으로 무섭기고 하고 기쁘기도 하였다.
  ⓕ3월 3일 당일이 되어 숙모와 약속한 탓으로 에인은 사루사와 연못으로 간
   다. 각 지방에서 올라온 구경꾼들로 가모 마쓰리(加茂祭)와 같은 광경으로
   예상치도 못한 광경. 에인은 이런 소동을 눈앞에 하며 비참해하고 불안해
   하다가 죄책감에 의해서인지 수많은 인파 탓인지 실제로 용이 승천할 수
   있을지도 모른다고 생각하게 된다. 저녁 무렵 맑은 하늘이 어두워지고 갑
   자기 비와 천둥이 치는 사이에 에인은 연못의 물보라와 구름사이에 금색발
   톱을 한 번뜩이며 일직선으로 하늘로 올라가는 용을 몽롱하게 바라본다.
   모든 사람들이 똑같은 광경을 목격했다.
  ⓖ훗날 에인이 실은 본인이 장난으로 팻말을 세운 것이라고 자백하지만 아무
   도 믿지 않는다.

전술한 바와 같이 『龍』에서는 실제로 용이 승천하고 있고, 『宇治』의
후일담 즉 ⓜ부분이 생략되어 있다. 『宇治』의 후일담의 전문을 인용하면

다음과 같다.

> 어두워지고, 언제까지고 그렇게 하고 있을 이유도 없어서 자리를 뜨는 도중에 다리 위에서 맹인(盲人)이 건너오다가 마주쳤기 때문에 에인(恵印)이 "아! 위험해, 메쿠라(目暗)"라고 말을 걸자, 맹인이 바로 "아니야. 하나쿠라(鼻暗)"라고 되받는다. 맹인은 에인恵印이 '하나쿠라(鼻蔵)'라는 것도 몰랐지만, '메쿠라(目暗)'라고 듣자 '그렇지 않다. 하나쿠라(鼻暗)'라고 말했던 것인데, 그것이 별명인 하나쿠라(鼻蔵)에 우연히 맞아떨어진 점이 재미있는 일이었다.

메쿠라는 눈앞이 어둡다는 뜻과 장님이라는 두 가지 의미를 가지고 있고, 하나쿠라는 코앞이 어둡다는 뜻이다. 아마도 에인의 "아! 위험해, 메쿠라(目暗, 눈앞이 어둡다)"라는 말에 맹인은 눈이 안보이기 때문에 코앞이 어둡다고 대답한 것인데, 우연히 에인의 '하나쿠라'라는 별명을 보기 좋게 맞혀버렸다는 언어유희이다. 『宇治』의 용의 승천소동을 다룬 전반부와 이 후일담의 연관 관계는 어떠하며 그 주제는 무엇일까. 이 점에 관해서는 쓰카하라 데쓰오(塚原鉄雄)는 "제1의 설화(용의 이야기)의 테마는 사실이 명백해도 다수가 믿으면 사실인 것을 신용해 버린다는 예이며, 제2의 설화(장님 이야기)의 테마는 반대로 사실을 몰라도 우연히 사실을 맞춘다는 예이다. 환언하면 사실을 숙지하면도 사실을 오인하기도 하고 사실을 몰라도 사실을 지적할 수 있기도 한다. 사실을 파악하는 행위의 모순된 차이가 이 설화 전반의 테마이며, 이 모순된 진실이 한 법사에 의하여 같은 날 앞뒤로 실현된 점에서 바로 중세고전 작가의 묘미와 해학을 느낄 수 있다."라 지적하고 있다.[8] 일견 내용과 무관한 후일담이 명확하게 전반부의 용 승천 소동 이야기와 훌륭하게 결합되는 수긍할 만한 지적이라 할 수 있다. 한편 중고·중세 설화 연구자 고미네 가즈아키(小峯和明)는 보다 중세라는 시대적 신앙과

설화집 성립의 배경을 중시하고, 본 설화의 주제에 대하여,

> 결론부터 말하자면, 맹인과의 만남은 즉, 용 따위도 결국 안 보인다고 하는
> 은유가 아닌가 생각한다. 눈앞이 어둡다는 뜻의 "메쿠라(目暗)"에 대해서, 코
> 앞이 어둡다는 뜻의 "하나쿠라(鼻暗)"는 틀림없이 에인의 별명이기도 함과
> 동시에, 코앞이 보이지 않는다, 아무것도 보이지 않는다는 것을 암시하고 있
> 는 것이다. 용이 보이지 않는다는 것과 긴밀히 연결되어 있다고 해석하지
> 않으면, 에인과 맹인과의 만남의 의미는 퇴색되어 버린다. 시작부분에서 나온
> 에인의 별명의 유래를 결말에서 확인한다는 구성이라는 점과 함께, 용이 보이
> 는가 보이지 않는가라는 용신전승 그 자체의 패러디와 관련된 한 부분이었던
> 것이다. 언어유희를 구사하면서 아무렇지도 않게 깊은 의미를 숨긴 『우지습
> 유이야기』만이 할 수 있는 표현들이다.[9]

라 지적한다. 고미네의 '용 따위도 결국 안보인다' '용신전승 그 자체의 패러
디'란 표현은 고래로부터 신앙되어온 사루사와의 용신은 신앙의 대상일 뿐
실재하지 않을 수도 있다는 『宇治』의 작가적 태도와 관련된다. 용의 설화,
전승이 만연했던 당시의 고후쿠 사의 사루사와 연못의 용 신앙에 대하여
이렇게도 현실적이고 객관적으로 서술하고 있는 '중세고전 작가' 『宇治』의
작가적 태도에 관해서 고미네는 계속해서,

> 이야기가 사루사와 연못을 둘러싼 용신전승을 배경으로 성립되어 있다는
> 것은 지금까지 서술한 바와 같다. 『우지습유이야기』는 그것을 근저根底에서
> 부터 뒤엎으려고 한다. 우선 에인의 장난이 그것이다. 승천의 기일을 사람이
> 정하는 등, 어떤 의미에서는 오만이며, 전승 그 자체가 형태만이 남아 거의
> 의미가 없는 것이 아니면 발상(發想)조차 불가능한 것이다. 그러나 일반사람
> 들은 그것을 믿고 모여든다. 여기에는 신앙을 가지고 살아가는 사람들의 모습
> 이 그려져 있다. 전승을 대수롭지 않게 여기는 사람과 진실로 믿는 사람과의
> 위상이 뚜렷이 가려진다. 신앙이나 전승을 접하는 태도, 자세에 이미 『우지습

유이야기』는 동시대의 텍스트와는 다른 무엇인가를 느끼게 한다. 중세의 사람이 가지고 있었던 근원적인 것을 어느 지점에서 뒤흔들고, 상대화(相對化)하고, 더 나아가 무력화시키고자 하는 분위기조차 감지된다.

라 지적하고 있다. 고미네의 상기의 지적은『宇治』의 전체적인 설화가, 고대로부터의 정통적인 이념을 토대로 그것에 상응한 다른 설화집과는 달리,『宇治』는 정통적인 것 - 여기서는 용신앙 - 에 치우치지 않고, 비스듬한 시선으로 기술되고 있다는 관점에서 주장된 것이다. 기이한 사실, 내지는 신앙의 정통에 얽매이지 않고 객관적이고 냉철한 시선이 있다는 점에서는,『도연초(徒然草)』50단, 이세(伊勢)에서 여지가 오니鬼가 되어 헤이안경으로 올라온다는 소문에 농락당하는 도시인의 모습을 응시하는 겐코(兼好)의 경우도 유사하다.10)

응장(應長) 시절 이세(伊勢) 지방에서 여인으로 변신한 오니가 교토에 올라왔다는 소문이 떠돌았다. 한 스무날 정도를 매일 교토와 시라카와(白河) 사람들은 오니 구경을 하기위해 몰려 다녔다. "어제는 사이온 사(西園寺)에 찾아 왔다고 하더군", "오늘은 상황 처소에 인사를 올린다는 이야기야", "지금은 어디 어디에서 무엇 무엇을 하고 있다는군" 등의 소문이 입에서 입으로 전해진다. 그러나 확실하게 보았다는 사람도 없었으며 뜬 소문에 불과하다고 말하는 사람도 없었다. 오니 소문은 누구한테나 점점 퍼져 나갔다. 그 때 마침 나는 히가시야마(東山) 안거원(安居院)승방 근처로 외출을 했는데, 사조(四條)에 있던 사람들이 모두 북쪽을 향해 달려가는 것을 보았다. 사람들은 일조(一條) 무로마치(室町)에 오니가 나타났다"며 소란을 피웠다. 이마데 강(今出河) 근처에서 그 모습을 보니 상황께서 축제 행렬을 구경할 때 이용되는 깔판 근처에도 통행을 할 수 없을 정도로 많은 군중들이 모여 있었다. 역시 소문만은 아닌가 싶어 사람을 현장에 보내 알아보게 했더니 오니를 본 사람은 아무도 없다는 것이었다. 날이 저물 때까지 오니 소동을 계속되었으며 결국에는 싸움까지 벌어져 아수라장이 될 정도였다.

　오니 출현에 대한 당시 사람들의 믿음이 소문을 낳고, 그 소문은 다시 믿음을 증폭시켜 그 기대감이 고조에 달했을 때, '역시 소문만은 아닌가 싶어' 사람을 보내 확인하여 보았더니 저녁 무렵이 될 때까지 기다렸으나 결국 오니는 나타나지 않았다는 것이다. 설화의 주제, 플롯, 한 발짝 물러나서 방관적으로 관조하는 작가의 시점 등은 『도연초(徒然草)』와 『宇治』가 너무나도 흡사하다.

　아쿠타가와는 『도연초』를 숙지하고 있었는 바, 따라서 『龍』집필당시 대상이 '용'이 아닌 '오니(鬼)'였을 뿐, 구조 및 주제가 아주 흡사한 이 『도연초』의 이야기를 『龍』집필 시, 함께 떠올리고 써 내려갔을 가능성이 크다. 『宇治』와 『도연초』의 냉정한 시선이 고대의 정통적인 신앙의 세계와 믿음의 세계를 상대화한 것이라고 한다면, 반대로 아쿠타가와는 용의 출몰을 실현시킴으로 해서 위 두 출전 설화의 논리, 즉 기적과 이적이 일어나지 않았다는 점을 다시 뒤엎고 상대화하였다고 할 수 있다. 고대의 신앙적 전승을 중세의 설화작가가 냉정한 시선을 기저로 상대화시키고, 이러한 중세적 작가의 시선을 다시 근대의 작가가 용을 승천시킴으로서 다시 상대화한 셈이 되는 것이다. '용의 승천'을 실현시킨 이상, 『宇治』의 후일담, 즉 맹인과의 만남의 대목은 아쿠타가와에 있어서는 잘라내어 버릴 수밖에 없는 부분이 되었다. 전술한 바와 같이 『宇治』의 맹인과의 만남은 용이 출몰하지 않았다는 전반의 이야기를 이어받아 '용 따위는 있을 리 없어 볼 수 없다."는 것을 다시 한 번 은유적으로 암시하고 있기 때문인 것이다. 단 아쿠타가와가 이러한 『宇治』의 의도를 완전하게 파악하지 못했을 가능성도 있다. 그렇다고 하더라도 결국 후일담이 생략된 것은, 진실과 관계없이 대중의 믿음과 신앙의 결과로 실제로 군중 앞에서 일대 장관을 이룬 용의 승천 뒤에 이어지는 맹인과의 후일담, 개인에 의한 우연히 맞춘 '진실'이

며 그저 '언어유희(語呂合せ)'에 지나지 않은 것으로 판단되었기 때문일 것이리라.

Ⅳ. '용의 승천'의 구상과 고전자료

용의 승천에 관한 구상의 계기에 관해서는 다음과 같은 선행연구가 있다. 오노 즈카리키(小野塚力)의 논문에 잘 정리되어 있는데,[11] 거짓말이라고 여겼던 것이 진실이 되었다는 발상의 원천으로서 『宇治』의 권2 12화 「당나라의 소토바(卒都婆)에 피가 묻은 이야기(唐の卒都婆に血附く事)」[12]라고 한 나가노 조이치의 지적, 가상의 인물이 실체화된다는 모티브를 가진 아나톨 프랑스 작 「퓨어(ピュトア)」에서 '용의 승천'의 힌트를 얻었다는 나카이 히데오(中井英夫)의 지적, 아무렇지도 않게 내뱉은 말이 하늘의 선고가 되어 실제로 화재가 생겨 마을을 뒤덮었다는 구메 마사오(久米正雄)의 『마을의 화재(村の火事)』라는 작품이 힌트를 주었다고 하는 나카무라 도모(中村友)의 지적이 있다. 이외에 '용'을 아쿠타가와 자신임과 동시에 아쿠타가와가 추구하는 예술과 일체화된 된 것으로 파악하는 이마무라 미에코(今村みゑ子)의 지적[13] 또한 주목할 만하다. 특히 첫 번째의 나가노의 지적은 『龍』의 본문에 『宇治』의 「당나라의 소토바(卒都婆)에 피가 묻은 이야기(唐の卒都婆に血附く事)」에서만 보이는 어휘가 사용되고 있어 상당한 설득력을 가지고 있다.[14]

본 절에서는 위의 설에 덧붙여 아쿠타가와의 '용의 승천' 구상에 관련된 3가지 자료를 제시하고자 한다.

첫 번째의 자료는 천황의 사랑이 식은 것을 비관하여 사루사와 연못에 몸을 던진 우네메(采女)[15] 전승과 관련된다. 필자는 최근의 한 발표에서 원전 『宇治』에서 없었던 용의 승천일이 작품 『龍』에서 구체적으로 '3월 3일'로 명기되고 있는 이유에 대해서 다음의 두 가지 근거를 들었다.[16]

> 첫째로 3월 3일은 상사(上巳)에 해당하는데 사(巳)는 12간지에서 뱀을 뜻하는 바, 이 뱀은 예로부터 용과 공통점이 많아 뱀에서 용을, 반대로 용에서 뱀을 연상하는 것은 어려운 일이 아니었다. 두 번째로 사루사와 연못에 몸을 던진 전승은 고대부터 갖가지 전승의 변형, 발전과정을 거쳐 왔는데, 요곡(謠曲) 『우네메』에서 우네메가 '곡수(曲水)'의 연회'에서 춤을 추며 시를 읊는 장면이 등장한다. '상사(上巳)의 날'에 행하는 '곡수(曲水)의 연회'가 우네메와 관련이 있는 것으로, 따라서 『龍』의 '우네메 버들'은 단순한 소설의 구체적 정경묘사가 아니라 '3월 3일'과의 관련 속에서 설정된 장치였음을 알 수 있다.

그런데, '우네메 버들=우네메 전승'은 '3월 3일'과의 관련 이외에, '용'이라는 관점에서도 작품 『龍』 전체와 긴밀한 관련을 맺고 있다. 『龍』에서의 우네메 전승과 관련된 본문을 인용하면 다음과 같다.

> ⅰ) 어느 날 밤, 제자들과 동행하지 않고 홀로 홀쩍 사루사와(猿沢) 연못가로 가서는 그(あの) 우네메 버드나무(采女柳) 앞 뚝으로 가서 '3월 3일 이 연못에서 용이 승천하리라'라고 큼지막하게 쓰인 팻말을 높게 세웠습니다.
> ⅱ) 어제까지 없었던 팻말이 <u>우네메 버드나무(采女柳) 아래에 서있는 것입니다.</u>
> ⅲ) 매일 아침 민물생선을 저잣거리로 내다 파는 영감이 아직 해도 제대로 뜨지 않은 어스름한 무렵에 사루사와(猿沢) 연못 근처를 지나는데, <u>그 유명한 우네메 버드나무 가지가 드리워진 곳</u> 근처 팻말이 있는 뚝방 밑에 새벽녘의 물결이 그곳에서만 어렴풋이 빛나고 있었다고 합니다. 누구라도 용에 관한 소문에 대해 알고 있던 시점이었으므로 '그렇다면 용신께서 납시신 걸까'하며 기쁜 건지 두려운 건지 몸을 덜덜 떨면서 생선이 들어 있는 짐을 그곳에 놓고 살금살금 다가가 <u>우네메 버드나무를 붙잡고</u> 투명한 연못 속을

들여다보았습니다. 그러나 그 빛나던 물 밑에 쇠사슬을 감은 듯한 뭔지 알 수 없는 이상한 물체가 똬리를 틀고 있었습니다만, 곧장 인기척에 놀랐는지 이내 사라져버리고 말았다고 합니다. 헌데 이것을 본 영감은 온몸이 땀에 흠뻑 젖어서 짐을 내려놓은 곳으로 돌아와 보니 어느 새 생선들이 없어졌더라고 하니, '아마도 백년 묵은 족제비한테 속은 거겠지'라며 비웃는 사람도 있었습니다. 하지만 개중에는 '용왕께서 노니시는 그 연못에 족제비가 있을리 없으니 그것은 분명 용왕께서 물고기들의 생명을 가엾이 여기시어 당신께서 계신 연못 속으로 데려가신 것임에 틀림없다.'라고 하는 이들도 예상외로 많았다고 합니다.

위의 본문에서 주목되는 점은 에인이 용의 승천을 게시한 팻말을 세운 곳이 다름 아닌 우네메 버드나무 앞이라는 점이다. 우네메 버들은 고후쿠사의 사루사와 연못에 몸을 던졌다는 우네메가 몸을 던지기 직전에 옷을 걸쳤다는 버드나무로 중세 이후 많은 문헌으로 전승되어 아쿠타가와 생존시는 물론 현재까지도 널리 알려진 고후쿠 사의 명소이기도 하다. 아쿠타가와는 왜 용의 승천의 팻말을 우네메 버들 앞에 세우는 설정을 했으며, 민물 생선을 파는 저잣거리의 노인이 용을 발견한 곳이 다름 아닌 우네메 버들 앞의 연못이었을까.

필자는 요곡(謠曲) 『우네메』에서 우네메가 용녀(龍女)로 등장하고 있다는 점에 주목하고자 한다. 『우네메』의 전단(前段)은 가스가 신사(春日神社)에 참배하는 스님(ワキ)에게 마을 여자(前シテ)가 가스가 신사(春日神社)의 유래를 이야기하고 사루사와 연못으로 인도하여, 천황의 총애를 잃은 것을 원통해하여 이곳 연못에 몸을 던진 우네메의 사연을 이야기하고, 본인이 바로 연못에 몸을 던진 우네메의 망령(亡靈)이라고 이야기하고 사라진다. 후단에서는 스님의 불공에 의하여 모습을 드러낸 우네메는 자신을 성불시키기 위한 스님의 공양에 감사하며 곡수(曲水)의 연회 때 '아사카 산(安積

山)'의 와카(和歌)를 읊어 가즈라키(葛城)의 대군(大君)의 마음을 누그러뜨
린 고사(故事)를 이야기하고, 춤을 추며 다시 연못 속으로 들어간다는 내용
이다. 이하는 후단에서 우네메의 망령이 나타나 스님에게 이야기하는 대목
이다.

> (우네메의 망령이 나타나 추선공양을 받은 것에 감사하며 용녀(龍女)처럼
> 변성남자가 되어 극락에 왕생했음을 말한다) (생략)
> 지우타이(地謠)
> 하물며 인간일진데 성불하지 못하겠는가. 용녀(龍女)와 같이 나도 남자로
> 변신했으니 우네메로 보지 말아 주시옵소서. 게다가 이곳은 보타락(補陀落)
> 의 남쪽기슭에 해당하는 곳으로 그야말로 남방무구(南方無垢)의 세계이다.
> 이곳에 왕생하고 싶구나, 이곳에 왕생하고 싶구나.[17]

용녀는 법화경의 제바달다품에 나오는데, 여덟 큰 용왕(龍王) 가운데의
하나인 사갈라 용왕(娑竭羅龍王)의 딸로 여덟 살이었을 때 불법을 듣고 나
서 남자의 몸으로 변신해 왕생을 했다는 일화로 유명하다. 위 본문의 '이곳'
은 바로 우네메와 스님이 이야기하는 장소, 즉 사루사와 연못을 가리킨다.
용녀(龍王)가 된 우네메가 이곳 사루사와 연못이야 말로 관음보살이 계신
보타락(補陀落)의 남쪽기슭에 해당하는 곳으로, 이 곳 사루사와 연못에서
왕생하고 싶다고, 다시 태어나고 싶다고 하는 것이다. 『우네메』의 전단(前
段)에서 천황의 총애를 잃은 슬픔에 연못에 몸을 던진 우네메의 이야기에
이어서, 후단에는 우네메의 왕생이 그려지고 있는 것으로, 여기서 우리는
명확하지는 않지만 우네메의 왕생, 재생, 부활의 이미지가 사루사와의 '용'
의 이미지와 중첩되어 보이고 있음을 확인할 수 있다.

다음으로 제시할 자료는 요곡(謠曲)『가스가 용신(春日龍神)』인데 내용

을 요약하면 다음과 같다.

묘에(明恵) 스님이 당나라에 불법을 배우기 위해 잠시 가스가 명신(春日明神)에게 고하러 참배했을 때, 궁수(宮守)의 노인이 나타나 이 가스가 산(春日山)이야 말로 불법의 성지인 만큼 굳이 당나라까지 갈 필요가 없다고 입당(入唐)을 저지한다. 그리고 노인은 석존(釈尊)의 일생을 보여주겠다고 하고 모습을 감춘다. 이윽고 다수의 권속을 데리고 팔대용왕(八大竜王)이 등장[18]하여 석존의 법회의 모습을 그대로 재현해 낸다. 묘에 스님은 가스가 산이야 말로 진정한 불법의 장소임을 깨닫고 입당을 단념하자, 용신(龍神)은 사루사와 연못으로 사라진다.

가스가 용신(春日龍神)이 고후쿠 사의 방생지인 사루사와 연못에 들어가는 이유는 가스가 사(春日社)와 고후쿠 사가 관계가 깊기 때문이다. 실제로 고후쿠사와 가스가 사는 위치적으로 도보 20분 정도로 지척에 있는데, 가스가 사는 후지와라(藤原)가문의 우지가미(氏神)이고, 고후쿠 사는 후지와라 가문의 보리사(菩提寺)이다. 신불습합의 입장에서 가스가 신사와 고후쿠 사는 한 쌍을 이루는 것으로 일체화되어 있다고 할 수 있다.[19] 요곡(謡曲) 『가스가 용신(春日龍神)』의 결말은,

연못의 푸른 파도를 힘껏 차며 길이 천간(千間)의 「대사(大蛇)」가 되어 천지를 가득 채우며 연못 수면의 파도를 일으키고 사라져 버렸다.[20]

로 되어 있다. 사루사와 연못과 관련된 용의 모습이 명확하게 그려지고 있어 주목된다.

참고로 아토 시테(後シテ)로 등장한 가스가의

사자(使者)인 용신이 석가의 일생을 묘사하는 장면은 영취산(靈鷲山)에서의 설법의 장소만으로 연출되는데, 설법에 참석하는 군중은 한 사람의 용왕이 대표하여 보여준다. 8대 용신의 등장의 대목에서 용신이 한 사람 한 사람 호명하지만 아무도 모습을 드러내지 않으며, 용신은 무대 중앙에 털썩 자리를 튼다. 사루사와의 연못으로 사라질 때는 뛰어 오르며 크게 소매를 머리에 뒤집어쓴다. 전통예능에 대한 해박한 지식을 가진 아쿠타가와가 나라의 고후쿠 사의 사루사와의 연못과 관련된 요곡(謠曲)『우네메』와『가스가 용신』을 인식하지 못했으리라고는 생각되지 않는다.21) 이런 점에서『龍』본 문중의 가스가 신사의 신관의 딸에게 용이 탁선을 했다는 기술과, "하지만 원래부터 숙모님께서 에인의 그러한 속내를 아셨을 리도 만무하고 두건을 흘릴 정도로 열심히 목을 빼놓고 이곳저곳 둘러보시면서 과연 용신께서 머무르시는 연못의 경치는 각별하다느니, 이정도로 인파가 몰려들었으니 반드시 용신께서도 모습을 나타내 주실 것이라느니, 뭐라니 에인을 붙잡고선 말씀하시는 것이었습니다."의 '용신'에도 유념할 필요가 있다고 하겠다.

다음으로는『聊齋志異』에 수록된「박흥녀(博興女)」이야기인데, 내용을 요약하면 다음과 같다.22)

박흥에 사는 백성 왕씨에게 15살 딸이 있었는데, 그 지방의 세력가가 아무도 모르게 그녀를 납치하였다. 세도가는 아가씨를 집으로 데려와 범하려 하였으나 반항하는 바람에 그만 여자를 목 졸라 죽이고 말았다. 시체는 집 앞의 연못에 던져 넣었다. 어느 날, 비바람과 함께 번개와 천둥이 세도가의 집을 에워싸고 하늘에서 용이 내려와 세도가의 머리통을 낚아챈 뒤 다시 올라갔다. 날이 갠 다음 연못에는 아가씨의 시체가 떠올랐고 손에는 세도가의 머리통이 움켜쥐어 있었다. 용은 아가씨의 화신이었을까?

　분명, 작품 『龍』과 직접적인 관련설화로 보기는 힘들다. 하지만 '연못과 용의 출현'이라는 모티브가 유사하며, 특히 '우네메 전승'을 고려한다면, '연못에 빠져 죽은 여인이 용과 관련을 가지며 재생"을 한다는 공통점이 주목된다.

　『龍』본문에는 팻말을 세운 다음날, 에인이 고후쿠 사에 매일 불공을 드리러 오는 노파에게 중국의 고사를 들려주며 팻말의 말이 사실일 수 있다고 하는 장면이 나온다.

　　'옛날 중국의 어느 학자가 눈썹 위에 혹이 생겨서 간지러워서 견딜 수 없었던 일이 있었는데, 어느 날 갑자기 어둠이 자욱해지면서 천둥과 비가 수레바퀴를 부술 듯이 쏟아지더니, 이내 그 혹이 쫙 찢어지면서 속에서 한 마리 흑룡이 구름을 휘감고서 일직선으로 승천하였다는 이야기도 있소이다. 혹 속에 조차 용이 있다면, 하물며 이 정도 연못 바닥에야 몇 십 마리의 교룡 독사들이 또아리를 틀고 있을지도 모를 일 아니겠소.'라고 설법하였다고 합니다.

　위의 고사는 『芥川龍之介全集』의 注解의 지적과 같이[23] 『聊斎志異』에 수록된 '용삼(龍三)'이야기를 출전으로 한다. 『芥川龍之介全集』의 연보에 의하면 1908년 11월 아쿠타가와(16세)는 우에노(上野) 도서관에서 『聊斎志異』을 읽고 이 무렵에 시간이 나면 요괴담을 읽었다고 한다.[24] 『龍』의 창작 3년 전에 이미 『聊斎志異』에 수록된 「酒虫」을 출전으로 같은 이름의 단편소설을 쓰기도 했었다. 아쿠타가와가 『聊斎志異』의 「박흥녀(博興女)」이야기를 알고 있었을 가능성은 높다고 할 수 있다.

　참고로 『龍』에 있어서 용이 승천하는 이하의 장면, 특히 흑룡의 '금색 발톱'은 『금석이야기집(今昔物語集)』 권24제11화 「다다아키(忠明)가 용을 만난 자를 치료한 이야기」에서 힌트를 얻었을 가능성이 높다.

　　그것이 한번 구름을 찢고 남은 기운이 연못물을 기둥처럼 휘감아 일으키듯 하였는데, 에인의 눈에는 그 찰나에 그 물보라와 구름 사이에 금색 발톱을 번뜩이며 올곧게 뻗어 하늘로 올라가는 열 길 남짓 길이의 흑룡이 몽롱하게 비쳤습니다.

　필자가 조사한 바로, 용을 형용하는 많은 기술 중에 '금색 발톱(金色の爪)'이 등장하는 예는 거의 없는 듯하다. 그런데, 다음과 같이 『금석이야기집(今昔物語集)』 권24제 11화에 '금색의 손(金色ナル手)'이라는 식으로 흡사한 용례가 보인다.

　　어제 팔성원(八省院)의 복도에서 분부를 받아 급히 비복문(美福門) 거리를 남쪽으로 달려 가는 중, <u>신천원(神泉院)</u>의 서쪽주변에서 갑자기 뇌명(雷鳴)이 울리고 소나기가 쏟아졌습니다. 신천원 안이 암흑처럼 어두워지고 서쪽을 향해 어두워지는 쪽을 죽 응시하니, 그 어둠속에서 <u>금색의 손</u>이 반짝 빛나는 것을 보았습니다.

　단순히 『龍』과 『금석이야기집(今昔物語集)』에서 각각 '금색 발톱(金色の爪)', '금색의 손(金色ナル手)'식으로 흡사하다는 것뿐만이 아니라 이것이 용의 실체를 증명하고 있는 증거물로 이용되고 있는 점에서도 설정이 같다. 또한 『금석이야기집(今昔物語集)』에서 '신천원(神泉院)'에서 용이 등장했다는 내용은 『龍』의 "때마침 교토에서는 신천원의 용이 승천했다는 소식도 있었기 때문에"라는 본문의 기술과 상응한다.

V. 결론

　본고는 작품『龍』과 원전인『宇治』의 비교를 통하여 작품구상에 영향을 주었을 가능성이 있는 고전 자료를 제시하고자 했다. 고찰의 결과를 요약하면 다음과 같다. 첫 번째로『龍』의 3부 구성은 청자와 화자가 명확하게 설정되어 한 장소에서 여러 이야기가 줄줄이 이어지는 형식인데 이러한 「메구리모노가타리」의 형식은 중고 중세 설화를 비롯하여 당시의 여러 작품에서 활용되는 바, 고전 등을 통하여 그 형식에 익숙해진 작가가『龍』의 구성을「메구리모노가타리」식으로 집필했을 가능성이 높다. 두 번째로, 두 작품의 가장 현저한 차이점으로『龍』에서는『宇治』의 후일담 부분이 생략되었다는 점과,『龍』에서는 실제로 용이 승천하고 있다는 점이다. 두 가지 차이점은 유기적인 관계에 있어, '용의 승천'을 실현시킨 이상, '용 따위는 있을 리 없어 볼 수 없다.'는 사실을 암시하는『宇治』의 후일담, 즉 맹인과의 만남의 대목은 아쿠타가와에 있어서는 잘라내어 버릴 수밖에 없는 부분이 된 것이다. 설령 아쿠타가와가『宇治』의 의도를 이해하지 못했을 지라도, 그에게 있어, 대중의 신앙에 의해 실현된 '용의 승천'과 개인적으로 우연히 진실을 맞추어 버린 맹인의 경우는 매우 이질적인 것으로 느껴졌으리라 판단된다. 세 번째로 '용의 승천'의 구상에 관해서 종래 여러 설이 있지만, 본고에서는 새롭게 요곡(謠曲)『우네메』와『가스가 용신』,『聊齋志異』에 수록된 「박흥녀(博興女)」이야기가 구상에 관여했을 가능성이 있음을 지적하였다.

【주】

1) 1212∼1221년경 성립. 작자 미상으로 천축(天竺 인도), 진단(震旦 중국), 본조(本朝)
에 대한 197화의 설화가 수록되어 있으며 이 중 80화가『금석이야기집(今昔物語集)』
과 일치하고 있다. 내용에는 해학적 요소도 적지 않지만, 불교적 색채가 풍부하다.
『금석이야기집(今昔物語集)』과 더불어 설화 문학의 대표적인 작품이다.
2) 궁중의 잡무를 처리하던 부서의 직원
3) 율령제에서 태정관의 차관(次官)이다. 우대신에 다음가는 고관(高官)으로 공향(公卿)
의 일원으로서 국정을 심의하고, 가부(可否)를 주상(奏上)하고 선지(宣旨)를 전달하
는 일을 했다.
4) 芥川は物語の最後を変えて、龍の昇天を実現させたために、現実離れのした奇々
怪々な物語に変貌した。それをスムースに叙するには、直接的な叙述や描写によ
るよりも、ナレーションという形式を借りた方がよい、そう考えてこのような構成
を採用したのではないか。
長野甞一(1967)『古典と近代作家－芥川龍之介』有朋堂 p.229
5) 小島孝之(1995.10)「巡物語」『国文学』学燈社 p.127-128
6) 橘健二(1974)「解説」『日本古典文学全集 大鏡』小学館 p.7
7) 나라시에 있는 법상종(法相宗)의 대본사(大本寺). 난토(南都 나라)의 칠대사(七大寺)
중 하나이다.
8) 塚原鉄雄(1960.7)「得業恵印と芥川龍之介」『明日香』
9) 小峯和明(1991)『説話の森』大修館書店
10) 第五十段
応長の比、伊勢国より、女の鬼に成りたるをゐて上りたりといふ事ありて、その
比廿日ばかり、日ごとに、京・白川の人、鬼見にとて出で惑ふ。「昨日は西園寺
に参りたりし」、「今日は院へ参るべし」、「たゞ今はそこそこに」など言ひ合へり。
まさしく見たりといふ人もなく、虚言と云う人もなし。上下、ただ鬼の事のみ言
ひ止まず。その比、東山より安居院辺へ罷り侍りしに、四条よりかみさまの人、
皆、北をさして走る。「一条室町に鬼あり」とのゝしり合へり。今出川の辺より見
やれば、院の御桟敷のあたり、更に通り得べうもあらず、立ちこみたり。はや
く、跡なき事にはあらざんめりとて、人を遣りて見するに、おほかた、逢へる者
なし。暮るゝまでかく立ち騒ぎて、果は闘諍起りて、あさましきことどもありけ
り。その比、おしなべて、二三日(フツカミカ)、人のわづらふ事侍りしをぞ、か
の、鬼の虚言(ソラゴト)は、このしるしを示すなりけりと言ふ人も侍りし。
11) 小野塚力(1997.10)「芥川龍之介『龍』試論―「三月三日」という日付の意味するも
の」『二松学舎大学人文論叢』
12) 줄거리를 소개하면 다음과 같다. 중국의 이야기로 산 정상에 소토바(卒塔婆)하나가

서 있었다. 그 산기슭에 사는 노파가 매일 소토바를 보러 올라오는 것을 보고 이상하다고 생각한 마을 사람들이 노파에게 "이렇게 고생하면서 왜 매일 산에 오르는가" 하고 묻자 노파는 선대로부터 전해온 전승에 의하면 이 소토바에 피가 묻으면 산이 무너져 마을은 물에 잠긴다고 해서 걱정이 되어 매일 올라와 확인한다."고 대답했다. 그러자 노파를 바보로 여긴 마을 사람들은 은밀하게 소토바에 피를 묻히는 장난을 쳤다. 다음 날 소토바에 피가묻어있음을 확인한 노파는 놀라 마을 사람들에게 피난할 것을 촉구했으나 마을사람들은 그냥 웃기만 한다. 노파 가족은 가산을 정리하여 피난하였고 몇일 후 산이 무녀저 마을은 바다가 되어 전멸했다.

13) 今村みゑ子(2003.1)「『龍』と『宇治拾遺物語』、及び芥川の内なる「龍」『東京工芸大学女子短期大学部紀要』
14) 『芥川龍之介全集 4』岩波書店 1996 p.361
15) 궁중의 여관(女官)의 하나. 천황, 황후를 모시며 일상적인 잡무를 행했다.
16) 이시준(2010.11)「아쿠타가와 류노스케의 『龍』과 설화」『2010年度 韓国日本基督教文学会学術発表会』
17) ましてや人間においてをや。龍女がごとくわれもはや、変成男子なり(左袖を返してワキへ向く)、采女とな思ひ給ひそ。しかも所は補陀落の(角へ行く)、南の岸に至りたり、これや南方無垢世界、生れん事も頼もしや、生まん事も頼もしや(常座へまわりワキへ向く)。『新編 日本古典文学全集 謡曲集1』小学館 1997
18) 時に大地震動するは。いかさま下界の竜神の出現かやと。人民一同に。雷同せり。時に大地震動するは。下界の竜神の参会か。すは、八大竜王よ。難陀竜王。跋難陀竜王。娑伽羅竜王。和修吉竜王。徳叉迦竜王。阿那婆達多竜王。百千眷属引き連れ引き連れ。平地に波瀾を立てて。仏の会座に出来して。み法を聴聞する。そのほか妙法緊那羅王。また持法緊那羅王。楽乾闥婆王。楽音乾闥婆王。婆稚阿修羅王。羅ゴ阿修羅王の。恒沙の眷属引き連れ引き連れ。これも同じく座列せり。竜女が立ち舞う波瀾の袖。竜女が立ち舞う波瀾の袖。白妙なれや和田の原の。波浪は白玉。立つはみどりの、空色も映る海原や。沖行くばかりに月のみ舟の。佐保の川面に。浮かみ出ずれば八大竜王。左成謙太郎(1930)『謡曲大観 1』明治書院、1930
19) 橋川紀夫「猿沢池の采女と龍神伝説」(奈良歴史漫歩 No.053)에서는 가스가 사와 고후쿠 사의 용신사상을 지상의 물의 흐름의 연결통로를 들어 설명하고 있다.
http://www5.kcn.ne.jp/~book-h/mm056.html
20) 左成謙太郎(1930)『謡曲大観 1』明治書院 龍神は猿沢の、池の青波、蹴立て蹴立てて、其の丈千尋の、大蛇となって、天にむらがり、地に蟠りて、池水を覆して、失せにけり
21) 아쿠타가와는 1924년 3월 1일자의 『여성』에 『곤파루회의 '스미다가와(金春会の「隅田川」)』를 게재하고 있다.
22) 전문은 다음과 같다. 博興(山東省)の百姓王某に、十五になる娘があった。土地の

勢力家の某は、娘の器量を見て、外出したところを見すまして誘拐した。だれも
それに気がつかなかった。男は家につれこんだのち、手籠にしようとした。ところ
が、女は悲鳴をあげ、両手でつっぱて手向かいをしたから、男は縊り殺した。門
の外の深い淵に、死体の足に石をくくりつけて沈めた。王某は娘をあちこちさが
したが、見つからないので、どうしたらよいか、途方にくれた。突然、雨が降り
出した。雷電は男の家の周囲を廻り、雷鳴がとどろいたとき、空から龍が下りて
きて男の首をわしづかみにしてたち去った。まもなく、空はきれいに晴れた。女の
死体が、片手に人の頭をつかんで、浮きあがった。調べてみると、勢力家の某の
首であった。このことを知った役人が、某の家人を尋問して、はじめて真相が判
明したのである。龍は女が変化したのであろうか。そうだとすれば、どうしてそれ
ができたのか？まことに不思議である。『中国古典文学全集　33　聊斎志異(下)』平
凡社　1959

23)『芥川龍之介全集　4』岩波書店　1996　p.361
24)『芥川龍之介全集　24』岩波書店　1998　p.65

김동인과 아쿠타가와 류노스케의 문학

조 사 옥

Ⅰ. 시작하는 말 - 김동인의 생애와 아쿠타가와

　김동인(金東仁)은 한국을 대표하는 작가이다. 일본에서는 長璋吉訳『김동인 단편집』[1]이 번역되어 있고, 한국에서는 전 17권의 전집이 간행되었다.[2] 현재『조선일보』가 주최하는「동인문학상(東仁文学賞)」은 한국에서 최고의 권위를 가진 문학상이다.

　김동인은 1900(明治 33)년 10월 2일, 평양에서 태어났다. 아버지 김동윤은 대대로 근대적인 사상을 가진 기독교 신자였지만, 전처와 사별한 후 옥씨와 재혼했다. 김동인에게는 17살 위의 이복 형이 있었다. 동인은 그 형이 교장을 하고 있던 한국 미션계 학교, 숭실중학교를 중퇴하고 일본으로 유학 갔다. 1914(大正 3)년, 동인이 14살 때였다. 도쿄학원(東京学院)에 입학했지만 그 학교가 폐쇄되고 다른 학교로 통합되어서 시바시로가네(芝白金)에 있는 미션스쿨, 메이지학원(明治学院)에 다니게 되었다.

　1917(大正 6)년 아버지의 죽음으로 일시 귀국하였다가 1918(大正 7)년 다시 일본으로 건너갔지만, 메이지 학원을 중퇴하고 도쿄(東京)의 가와바타

(川端) 미술학교에 들어가 후시지마 다케지(藤島武二, 1897~1943년)의 문하생이 되어 미술을 배우게 된다. 아울러 문학에도 손을 댔다. 1919(大正 8)년 2월 1일, 당시 18세였던 김동인의 손으로 한국최고의 문학잡지『창조』가 요코하마 복음인쇄소에서 창간되었다. 당시 그는 유학생들에 의한 독립선언 행사에 참가해 그 자리에서 경찰에 검거되었다. 그것이『도쿄일일신문(東京日日新聞)』에 보도되자「어머님의 병환이 위급하니 곧 돌아오라」는 전보를 형으로부터 받고, 3월 5일 귀국한다. 3월 6일 익산에 도착한 동인은 3·1독립운동의 선전문을 썼다는 죄명으로 체포되어 3월 26일부터 6월 26일까지 3개월간 투옥되었다.

그러한 상황 속에서도 김동인이 목표로 한 것은 순문학이었다. 당시 조선에서 유명했던 이광수가 민족의식을 계몽하기 위해서 쓴 소설에 동인은 불만을 가지고 있었다. 동인은「일본문학 따위는 미리부터 깔보아 들었다.」[3]며「나는 어느 시대 사조니 문학경향이니 하는 것에는 구속 받았던적은 없다」[4]라고 말하고 있다. 그는 스스로 새로운 문학창조로 향했던 것이다.

그러나 동인의 작품에서는 일본의 자연주의나 시라카바(白樺)파의 영향을 볼 수 있다. 아쿠타가와 류노스케(芥川龍之介)의 영향도 느낄 수 있다. 동인 스스로는 아쿠타가와 문학과의 영향관계를 일체 언급하지 않았지만 예술지상주의에 관해서 두 작가의 작품에 공통점이 많은 것을 들어, 그 영향관계에 대해 논하는 연구가 최근 한국에서 증가하고 있다.

김동인은 아쿠타가와 류노스케와 극히 닮은 작풍을 가진 작가이다. 서로 예술지상주의적 경향을 보이고, 평생 기독교와 예수에게 관심을 보였다. 이 두 작가를 비교함으로써 보여지는 것이 무엇인지를 본고에서 생각해 보고자 한다. 말하자면 한일 두 작가의 비교연구시론(試論)이다.

Ⅱ. 신이 되고 싶었던 동인과 아쿠타가와

김동인과 아쿠타가와는 둘 다 톨스토이의 영향을 받은 작가이다. 김동인은 톨스토이의 작품『부활』을 읽고 인간을 지배하는 신, 즉 소설가가 되려고 했다. 그리고「인생을 자유자재로, 인형을 놀리는 사람이 인형을 놀리듯이 자신을 손바닥 위에 두고」인생을 놀리고 싶어했다. 그는 말한다.「톨스토이의 위대한 점은 여기 있다. 그의 창조 인생은 가짜든 진짜든 그것은 상관 없다. 예술에서는 이런 것의 구별을 허락하지 않는다.」(『김동인전집』Ⅵ, 269페이지)라고.

그러나 소설을 써서 신이 되고 싶어했던 김동인은 소설 속에서 인형을 완전히 조종할 수는 없었다. 또 잡지『창조』를 발간하고 한국에「참 예술」을 구축하려고 했을 때, 김동인은 정열에 불타고 있었지만 사회는 그에 대해 냉담했다.

> 우리들은 박해 받지 않았다. 그러나 그것보다 심한 모욕을 받았다. 완전한 무시. 이것이 우리들의 그 노력에 대한 사회의 응답이었다.
>
> (『김동인전집』Ⅵ, 155페이지)

사람들의 무시 앞에서 동인은 위기의식을 느꼈다. 출옥 후 자신이 참예술을 할 수 있을까를 고민하기 시작했다. 자신이 창조했던 세계에서, 사람을 인형을 놀리듯 조종하는 것이 불가능하다는 것을 알게 된다.

문학잡지『창조』와『페허』가 발간된 후, 김동인은 조선의 문단은 캄캄하여 졌다라고 생각하며 예술에 쏟았던 정열을 방탕으로 바꾸었다. 동거하고 있던 김옥엽이 도망가자 그녀를 조종할 수도 없게 되어, 현실생활 속에서도 신이 되는 것에는 실패했다.

1927년 경제적인 파탄과 부인의 출분으로 인하여 김동인의 고뇌는 늘어갔다. 1931년에는 재혼했지만, 문필생활만으로 가족을 먹여 살려야 했기 때문에 무리하게 집필하여 신경증과 우울증, 불면증 등으로 약물중독이 되었다. 동인은 1년 중 200일간 수면제를 사용해야만 하는 상태였다고 한다.

소설을 통해서 신이 되고 싶어 했던 김동인은 인생을 멀어져 가는 무지개를 잡는 것과 같다고 말하고 있다. 1930년에 쓴 작품「무지개」[5]에서는 동인의 운명을 보는 것 같다.

아쿠타가와 류노스케도 젊었을 때, 신이 되고 싶어 했던 한 사람이었다. 유고「어느 오래된 친구에게 보내는 수기」에는 이를 고백하는 부분이 있다.

> 추신. 나는 엠페드클레스전을 읽고 스스로 신으로 삼고 싶어한 욕망이 얼마나 낡은 것인지를 느꼈다. 내 수기는 의식하고 있는 한, 스스로 신으로 삼지 않는 것이다. 아니, 스스로 극히 평범한 한 사람으로 삼고 있는 것이다. 자네는 저 보리수 아래에서「애트나의 앰페드클레스」를 서로 논의한 20년 전을 기억하고 있을 것이다. 나는 그 시절에는 스스로 신이 되고 싶었던 한 사람이었다.

아쿠타가와가 20년 전에 되고 싶어 했던「신」의 성격에 대해서는 밝히고 있지 않지만, 이 수기를 쓴 시점에서는「스스로 신으로 삼지 않는다」라고 기술하고 있다. 유고「어느 바보의 일생」에서는 29살 때 볼테르로부터「인공 날개」를 공급받아 신에 도전했던 것을 고백하고 있다.

> 그는 이 인공날개를 펼치고 거뜬히 하늘로 날아올라갔다. 그와 동시에 이지의 빛을 쬔 인생의 기쁨과 슬픔은 그의 눈 밑으로 가라앉아갔다.
>
> 그는 초라한 마을들 위에 반어와 미소를 떨구면서 거칠 것 없는 공중을,

태양을 향해 곧장 올라갔다. 마치 이런 인공 날개가 태양빛에 타 버렸기 때문에 마침내 바다에 떨어져 죽은, 옛날 그리스인도 잊은 것처럼

(「19 인공날개」)

그러나 아쿠타가와는 자신이 비상한 것이 인공 날개에 의한 것이었던 것을 자각한 후에도, 끝까지 쓰는 것을 그만두지 않았다.

그는 펜을 쥔 손마저 떨기 시작했다. 뿐만 아니라 침까지 흘리기 시작했다. 그의 머리는 0.8그램의 베로날 수면제를 복용했다가 깼을 때 말고는 한번도 온전한 적이 없었다. 더구나 온전하다 하더라도 기껏해야 반 시간이나 한 시간 정도였다. 그는 단지 흐릿함 속에서 그날 그날의 생활을 하고 있었다. 말하자면 이가 빠져버린 가는 검을 지팡이 삼아서.

(「어느 바보의 일생」 51 패배)

아쿠타가와는 중국여행 후 건강이 악화되어 불면증이 계속되자 허구만을 고집할 수 없게 되어, 사소설과도 비슷한 소설을 쓰기 시작했다. 「신들은 불행히도 우리처럼 자살 할 수 없다.」(「42 신들의 웃음소리」)고 생각한 아쿠타가와는 조용히 자살을 준비했다.

Ⅲ. 예술을 위한 예술

김동인이 창간한 문학잡지 『창조』와 『폐허』가 한국 근대문학의 출발이라고 한다면 그 기원은 일본의 근대문학에 있다고 할 수 있다. 김동인이 유학했던 때의 일본문학의 분위기를 생각하면, 자연주의로부터의 영향도 부정할 수 없지만 반자연주의 작가의 영향이 보다 컸다. 평양 대지주의

아들로 태어나 톨스토이를 본떠 소설을 쓰고 신이 되고 싶었던 김동인과, 학습원 출신으로 톨스토이를 사상적인 근거의 하나로 삼고 있었던 시라카바(白樺)파 작가들과의 사이에는 공통점이 있다. 그러나 김동인이 자신의 생을 살아갔던 방식은 진솔하게 인생을 살아간 시라카바파와는 달랐다. 당시 그에게 있어서 미란 예술상의 미가 아닌 방탕이었다.

김동인은 1929년에 「광염소나타」를, 1934년에는 「광화사」를 썼다. 문학에서 김동인의 예술지상주의적 특징이 나타난 단편소설들이다. 이 두 작품에서는 아쿠타가와 류노스케의 「지옥변(地獄變)」으로부터 받은 영향을 느낄 수 있다.

「광염소나타」는 백성수(白性洙)라고 하는 천재적인 음악가를 주인공으로 하여, 그의 광적이고 범죄적인 행동과 그 결과 나타나는 훌륭한 예술적인 음악을 대립시켜 예술적인 가치의 우월성을 강조하고 있는 작품이다. 「광염소나타」와 아쿠타가와 류노스케의 「지옥변」은 양쪽 모두 예술가를 주인공으로 하여 천재적인 음악가 백성수와 천재적인 화가 요시히데(良秀)가 주인공으로 등장한다. 김동인이 백성수의 음악을 통하여 그리고 싶었던 것은 예술가의 「야성적인 힘」에서 영감을 얻어 황홀한 상태로 완성한 예술의 우월성이라고 할 수 있다. 천재적인 음악가인 백성수는 사체모독, 시간(屍姦) 등의 극적인 야성의 힘을 빌리지 않으면 작곡할 수 없었다.

아쿠타가와의 「지옥변」에서도 천재적인 화가 요시히데는 동인의 말을 빌려 말하자면 「야성적인 힘」을 원하고 있다는 것을 느낄 수 있다. 실물을 보지 않고서는 그림을 그릴 수 없는 요시히데가 결국에는 지옥의 뜨거운 염열에 고통하는 여자를 그리기 위하여 자기의 생명과도 같이 사랑하는 딸을 희생시켰다고 하는 것은, 「야성적인 힘」에서 오는 영감을 추구 했던 일면이라고 볼 수 있다.

또한 백성수도 요시히데도 선악을 초월한 예술의 완성을 추구하고 있었다. 「광염소나타」에서 K씨는 청자인 사회교화자 노인에게 다음과 같이 말하였다.

> 베토벤 이후에는 음악이라고 하는 것이 점점 힘이 빠져서 꽃이든 여자든 찬미할 수 있고, 연애라는 것을 찬미하는 것이 가능해도, 선이 굵은 물건을 보는 것을 할 수 없었다. 거기에 엄정한 작곡법이 있어, 그것은 마치 수학의 방정식과 같이 작곡에게 대하는 모든 것에 자유로운 경지를 제한하고 나서야 그 이후 태어나는 음악은 새로운 길을 개척하기 전에는 하나의 기술은 될지라도 예술은 될 수 없었다.
> 예술가에게는 이것이 외로운 것이다. 힘 있는 예술, 선이 굵은 예술, 야성으로 넘치는 예술—우리들은 이것을 기다린지 오래입니다. 그러나 백성수가 나타내 보였습니다.
> (중략)
> 천년에 한 번, 만년에 한 번 태어날까 말까한 천재를 몇 개의 범죄를 구실로 이 세상에서 제거한다고 하는 것은 더 큰 범죄는 아닐까요?

이상에서 알 수 있듯이 「광염소나타」에서 김동인은 광적이고 범죄적인 행위와 거기서 나오는 천재적인 음악을 대립시켜, 예술의 가치를 도덕성보다 우월한 것으로 그리고 있다.

이는 아쿠타가와 류노스케의 「지옥변」에서도 나타난다. 화염에 타고 있는 마차 안에서 몸부림치고 있는 딸의 모습을 그린 요시히데는 한 달 정도 지나 병풍을 완성한다. 그러나 그의 병풍을 보고나서 요시히데를 나쁘게 말하는 사람은 한 명도 없어졌다.

> 그 이후 그 남자를 나쁘게 말하는 사람은 적어도 영내에서는 거의 한 사람도 없어졌습니다. 누구든지 그 병풍을 보는 사람은 아무리 평소 요시히데를

나쁘게 생각하고 있다 하더라도 신기하게 엄숙한 마음가짐을 갖게 되는데 이것은, 염열지옥의 대고난을 여실히 실감하기 때문이기라도 할까요.

그런데 예술이 완성되어서 윤리를 배반한 것에 대한 비판은 수그러졌지만 요시히데는 스스로 목매어 죽는 자살을 택했다.

또한「광염소나타」는 아쿠타가와의「갓파」와 비교할 수 있을 것이다.「갓파」나라의 톡은 예술면에서 독특한 사고방식을 가지고 있는 시인으로 스스로 초인이라고 말하고 있다.

　　톡이 믿는 바에 의하면 예술은 아무것에게도 지배를 받지 않는다, 예술을 위한 예술이다. 따라서 예술가인 자는 무엇보다도 먼저 선악을 초월한 초인이 어야 한다는 것입니다.　　　　　　　　　　　　　　　　　　「갓파」

아쿠타가와를 떠올리게 하는 시인 톡의 예술관은 예술지상주의적인 경향을 보이고 있다. 지금까지의「광염소나타」연구는「지옥변」과의 비교에만 치우쳐왔다. 그러나「갓파」가 1927년 3월『개조(改造)』에 발표된 후에「광염소나타」가 1929년 1월에 발표된 것을 보면, 김동인이「갓파」를 읽고 나서「광염소나타」를 썼을 가능성도 크다. 특히 1927년은 아쿠타가와가 자살한 해인만큼 동인이 아쿠타가와가 투영되어 있는 작품「갓파」에 주목했음이 틀림없다.

「갓파」의 크라백은 천재적인 음악가이다. 크라백은 시인 톡이 자살한 현장에 가서 톡이 남긴 시원고를 쥔 채로「해냈다, 훌륭한 장송곡이 될 거야!」라고 외치면서 자동차에 뛰어 올라 어딘가로 가버렸다. 그 감동을 장송곡에 쓰기 위해서 였다.「광염소나타」의 말로 표현한다면「야성적인 힘」에서 온 영감을 크라백이 얻어갔다는 것이다.

또 하나 예술지상주의 경향을 가지고 있는 김동인의 단편소설에 「광화사(狂畵師)」가 있다. 이 작품에서는 도쿄(東京)의 가와바타(川端)미술학교에 들어가 미술을 공부한 동인의 회화적 감각과 미(美)에 대한 인식을 읽을 수 있다. 주인공인 솔거는 서울의 인왕산에 살고 있는 천재 화가이다. 보기 흉한 얼굴을 하고 있었기 때문에 낮에는 사람 앞에 걸어다니지 않는 사람이었다. 16살 때 은사의 소개로 결혼을 하였으나 상대 여성은 그의 얼굴을 보자 기절하고 도망가 버렸다. 화가의 길로 들어선지 40년, 은거한지 30년이 된 솔거는, 아련하게 기억하고 있는 어머니의 표정을 가진 미인상을 그려 자신에게는 아내를 주지 않는 세상을 조롱해보고 싶어졌다.

그 때 솔거는 인왕산 계곡 바위 위에 18살의 눈이 보이지 않는 미녀를 발견하고, 그녀를 바다의 용궁에 데려가 여의주라는 구슬을 눈 위에 굴리면 볼 수 있게 된다고 말하였다. 그 때 그녀가 놀랄 만큼 아름다운 표정을 보이자 솔거는 그녀를 모델로 하여 눈동자만을 남겨놓고 그림을 완성했다. 하룻밤을 같이 지내고 나서 눈동자를 그려 넣으려고 했더니 그녀의 눈은 어제의 아름다운 눈이 아니라, 남자의 사랑을 갈구하고 있는 「여인의 눈」으로 바뀌어 있었다.

솔거가 그 여성의 멱살을 잡고 심하게 흔들었더니 그 여성은 쓰러져 죽고 말았다. 그 뒤 벼루가 뒤집어엎어질 때 튄 먹에 의해 두 개의 눈동자가 완성되었다. 사랑에 가득차 있는 어머니의 아름다운 표정이 아니라 「원망하고 있는 눈」을 가지고 있는 「표정있는 얼굴」이었다. 며칠 후 한양성에는 이상한 여성의 화상을 가지고 음울한 얼굴로 돌아다니는 광인(狂人)이 나타났다. 그 그림을 다른 사람들에게는 절대로 보여주지 않고 소중히 여기던 광인은 수년간 방황한 끝에 눈보라 속에서 그 화상을 품에 안은 채 죽었다.

「광화사」는 화가를 주인공으로 한 면에서는 「지옥변」과 같다. 솔거와 요시히데가 흉한 얼굴을 하고 사람들에게 미움을 받은 것 또한 공통점이다. 또한 두 사람이 추구하고 있던 것은 예술의 완성이었다. 솔거가 완성하고 싶었던 미녀상은 사랑에 가득찬 아름다운 어머니의 표정이었다. 그러나 결국 솔거는 「원망하고 있는 눈」을 가진 「표정있는」 미녀도를 완성했다. 그 표정은 세상에 대한 솔거의 마음이 나타나 있어, 젊은 여성이 이복자를 낳아 혼자서 키워온 어머니의 애환과 슬픔이 미녀도에서 완성된 것이다.

이는 「지옥변」에서도 말할 수 있을 것이다. 요시히데에게 있어서 자신의 목숨보다 소중했던 딸이 죽고나서 한 달 가량 살아남아 있었다. 「지옥변」의 병풍을 완성시키기 위해서였다. 요시히데는 사랑하는 자신의 딸이 불속에서 몸부림치고 있는 모습을 지켜보면서 지옥변의 그림을 계속 그렸고 완성했다. 선악을 초월한 초인적인 예술가상을 그리고 있는 것이다.

김동인도 아쿠타가와도 작품 속의 예술가가 추구하고 있던 예술의 완성에 혼신의 힘을 쏟으며 투쟁한 사람이었다.

Ⅳ. 예수를 향한 진지한 응시

김동인과 아쿠타가와 류노스케를 비교 검토할 때 큰 의미를 가지고 있는 것은, 두 작가가 다 기독교물(基督教物)을 쓰고 있다는 것이다. 김동인은 독실한 크리스천 가정에서 태어나 유아세례를 받았다. 기독교 계통의 숭덕(崇德)소학교와 숭실(崇実)중학교에서 배웠고, 아버지는 평양교회의 초대장로였다. 그 경력으로 보아 정통적인 기독교교육을 받으며 자라왔다고 볼 수 있다. 일본에 유학 하고 나서부터 기독교계통 학교인 메이지학원에서 공부한 적도 있다. 그런데 동인과 기독교의 관계는 지금까지 한국에서 거의 부정적으로 다뤄져왔다. 다음 문장에서는 그 원인을 추측할 수 있다.

> 예수교의 신앙은 잃었다고 해도(중략) 기생에게 접근한다고 하는 것은, 나
> 의 집뿐만 아니라 전 평양에 절대 비밀로 하지 않으면 안될 정도로, 나의
> 집은 예수교회에 뿌리를 내린 집안이었다.

동인 스스로 신앙을 잃었다고 말하고 있지만, 동인의 기독교물에는 기독교에 대해 부정적으로 말하고 있는 것처럼 보여도, 진지하게 예수를 응시하는 시선을 느낄 수 있는 작품이 있다. 박상준씨는 식민지시절에 기독교문학이라고 말할 수 있는 성과로시 들 수 있는 것은 김동인의 몇 단편에 한정된다고 하며, 「이 잔을」과 「명문」, 「신앙으로」를 들고 있다.[6] 식민지시절 한국에 기독교문학으로 평가할 수 있는 작품이 김동인의 작품 이외에도 있는데, 그의 기독교문학에 대한 정의는 엄격하다.

「이 잔을」은 1923년 『개벽』잡지에 게재된 단편소설이다. 김춘미씨는 르낭의 『예수전』에서 영향을 받은 것으로 보이는 아쿠타가와 류노스케의 「서방의사람」에 나타난 예수관을 분석하고, 한편 「이 잔을」에 나타난 아쿠타가와가 인간 예수로 부터 받은 영향에 대해 지적하고 있다.[7] 「이 잔을」에서 동인은 「내 아버지여, 만약 가능한 것이라면 이 잔을, 이 잔혹한 잔을, 나로부터 떠나게 해주세요.」하고 겟세마네에서 기도한 예수가, 자신의 생명을 바쳐 몇 억만의 사람들이 구원받는 것을 생각하면 기꺼이 십자가를 선택하겠다고 결심하기까지의 과정을 그리고 있다. 「애인 막달라 마리아의 행복」을 뒤로하고 십자가를 짊어지기 위해 가기 직전의 고뇌를 그림으로써, 인간예수를 부각시키고 있다.

박상준씨는 「이 잔을」에 대해서, 「예수의 면모에서 신성을 거의 볼 수

없」고, 「예수의 죽음과 부활이 기독교 안에서 가지고 있는 의미를 제대로 의식하지 못한 상태에서 쓰여졌다.」고 말하고 있다. 「예수의 속화가 지나쳐서」, 「예수의 형상화에 일종의 악의가 있었다고 볼 여지가 충분하다.」라고까지도 말한다.[8] 이문구씨는 동인을 논하면서, 「기독교의 본질인 메시아 정신을 거부하고 예수를 「사람의 아들」로서만 다루고 있으며」, 「인간예수의 처절한 죽음이라는 휴머니즘을 부각시키려고 하는 의도에 의해 성서적인 오류를 범하고 있다.[9]고 말하고 있다. 그의 지적에서도 알 수 있듯이 한국에서는 기독교문학에 대한 정의자체가 엄격하기 때문에, 김동인의 기독교 관련 작품을 따뜻한 시선으로 바라볼 수 없었다고 말할 수 있다.

게다가 「이 잔을」에서의 예수는, 자신이 신을 위하여 일했는데 왜 신은 자신을 괴롭히고 죽음까지 요구하는 건가하고 반발하고 있다. 그 후 「사람의 아들」 예수는 겟세마네에서의 기도를 통해서 신의 뜻을 성취하기 위한 산 제물이 되어 십자가에 달릴 것을 결심한다. 마지막에서 「예수는 조용히 올라갔다. 그의 얼굴은 용감과 경건으로 빛났다. 그는 횃불이 다가오고 있는 쪽으로, 조용히 다리를 옮겼다.」라고 하는 비장한 말로 끝나고 있다.

어쨌든 「이 잔을」에 대한 한국평론가들의 평가는 엄격하다. 하지만 동인의 「이 잔을」은 「사람의 아들」로서 느끼는 예수의 고뇌를 그리고 있어, 진지한 예수의 눈빛을 느낄 수 있는 작품인 것이 확실하다.

김동인의 「이 잔을」을 읽으면 떠오르는 아쿠타가와 류노스케의 작품으로 희곡 「새벽」이 있다. 미발표 작품으로 구즈마키 요시토시 편 『芥川龍之介未定稿』[10]의 「그리스도에 관한 단편」에 수록되고있다. 「그리스도에 관한 단편」은 구즈마키씨에 의해, 1914,5(大正 3, 4)년 경에 쓰였다고 추정되어 진다. 악마 두 마리가 어젯밤 들은 예수의 겟세마네 기도를 떠올리며 말하고 있다. 「내 아버지여, 만일 할 만 하시거든 이 잔을 내게서 지나가게 하옵소서. 그러나 나의 원대로 마옵시고 아버지의 원대로 하옵소서」라는 성경 구절이 인용되어 있다. 그 때 얼굴에 침을 뱉고 때리고, 머리채를 쥐고 팽개치고 구두로 얼굴을 짓밟는 등 심하게 당해도, 예수는 가만히 있는다. 그것을 보고 있던 악마들은「묘한 남자다. 나는 지금까지 저런 녀석을 만나 본적이 없다.」라고 중얼거리고 있다. 동인의「이 잔을」에서와 같이 예수의 겟세마네 기도를 소재로 하고 있지만, 인간예수의 괴로움을 그리고 있는 것처럼은 보이지 않는다.

1916(大正5)년「담배와 악마」의 발표를 시작으로 기시리단물(切支丹物) 이 쓰여져, 1918년의「봉교인의 죽음」, 1919년의「기리시토호로상인전」을 거쳐 1927(昭和2)년「서방의 사람」이 쓰여진다.「서방의사람」이전에는 인 간예수에 대해서 거의 언급하지 않았다. 함께 고통하고 기적을 베풀어 준 그리스도로서 그려져 왔다.

그러나 김동인의「이 잔을」은 아쿠타가와 류노스케의「서방의 사람」속 서방의 사람」에서 그려지고 있는「사람의 아들」예수의 고통과 같은 고뇌 를 느낄 수 있다. 아쿠타가와도 또한「서방의 사람」에서 예수의 생애를 그렸다. 이는「겨우 30세에 이르렀을 때에 그의 일생을 총결산해야 하는 고통」이다. 십자가를 지는 것을 결심한 예수는,「하계의 인생에 그리움」을 느끼고 있었다.(「서방의 사람」25).「내 아버지여, 만약 할 만 하시거든, 이 잔을 내게서 지나가게 하옵소서. 그러나 나의 원대로 마옵시고 아버지의 원대로 하옵소서」(「서방의 사람」28)하고 기도하고 있을 때, 제자들마저도 예수의「심히 고민하여 죽게된」마음을 이해하지 못하고 잠자고 있다고 쓰 고 있는 부분은, 두 사람의 작품에서 공통적으로 표현되고 있다. 두 작가 모두 인간 예수의 고뇌에 주목하면서, 예수가 십자가상의 죽음을 선택하는 모습을 그리고 있는 것이다.

Ⅴ. 신앙의 모습

김동인의 기독교와 관련된 작품에는 「명문(明文)」(1925년)과 「신앙으로」 (1930년)가 있다. 「명문」은 『김동인 단편집』에 수록되어 있으며 대단한 역 작(力作)이다. 김동인 스스로 「나는 마침내 동인의 문체 표현 방법을 발명 했다」라고 자랑하고 있다.

이와 같은 동인의 자신감에도 불구하고 「명문」은 당시 그리 주목받지 못했다. 내용은 어떠한 죄의식도 없이 치매걸린 어머니를 살해한다는 충격 적인 작품으로, 맹목적인 기독교 신자에 대한 비판과 풍자가 담겨져 있는 작품이다.

전 주사(田主事)는 일본의 사족(士族)에 해당하는 양반계급의 부잣집에 서 자라 18세까지 맹자와 공자를 공부하고 있었는데, 어느 날 예배당에 가서 설교를 듣고 그 날부터 독실한 기독교 신자가 되었다. 부모에게 기독 교를 전하자 집안에서 갈등이 시작되었다. 아버지의 죄 용서를 바라는 기도 를 들은 그의 아버지는 자신의 죄가 무엇이냐고 물으며, 하느님 이외의 신 들을 믿는 것이 가장 큰 죄악 중의 하나라는 말을 들었을 때, 질투심이 강한 신을 믿을 수는 없다고 대답했다. 그 후 아버지의 집에서 쫓겨난 전 주사는 장사를 하여 얻은 이익 가운데서 아버지의 이름으로 기부를 하고, 그 사실을 구두쇠라고 불리는 아버지의 이름으로 신문에 실었다.

전 주사가 서른 살 때 아버지가 위독해져서 그를 만나러 갔는데, 따뜻한 아버지의 정을 느끼게끔 하는 말을 들었지만 아버지는 예수교도가 되지는 않았다. 과거(科擧) 대과(大科)에 합격하고 영의정까지 지낸 아버지 전성철 이 남긴 재산을, 전 주사는 아버지의 이름으로 공회당을 세우는 등 자선사 업에 썼다.

아버지의 사후 어머니가 치매가 걸려서 심한 말을 내뱉고 하인에게까지 조롱 당하는 것을 보자, 전 주사는 효도하려는 뜻으로 어머니를 살해했다. 그는 법정에서 어머니를 위해 주무시게 했을 뿐이라고 말하며 자신의 죄를 인정하지 않았다. 사형 선고를 받았을 때, 법률의 명문(明文)에 사형이라고 쓰여 있다면 그것에 따를 뿐, 십계명에 나오는 부모에게 효도하라는 말을 지킨 자신에게는 간섭하지 말도록 재판관에게 말한 후 처형되었다.

전 주사가 죽은 후 재판관 앞에 섰을 때, 하느님은 그에게 양심에 유쾌했던 것이 무엇이냐고 묻는다. 그 때 전 주사는, 하나는 아버지가 돌아가셨을 때 아버지의 이름으로 큰 공회당을 세웠는데, 아버지를 구두쇠라고 부르던 사람들이 아버지 만세를 불렀을 때 기뻤다고 대답했다. 또 하나는 어머니를 잠재운 일이라고 하였다. 그 이유는 그렇게 해서 우선 어머니의 명예를 보존하고, 또한 집안의 모든 사람들이 안심하고 지낼 수 있었기 때문이라고 말한다.

그 때 재판관은 전 주사를 지옥으로 끌고 가도록 명한다. 전 주사가 자신에게는 지옥으로 갈 만한 죄가 없고 자신의 행위가 모두 옳은 것이었다고 말했을 때, 재판관은 대답했다. 아버지의 이름으로 기부했다고 하고 있는데, 천국에서는 명예를 부정한다. 다만 아버지의 이름을 팔아 거짓말을 하고, 사람들을 속였기 때문에, 십계명 중에서 '거짓말을 하지 말라'고 하는 제 9계명을 위배했다. 그리고 어머니는 아무런 고통도 느끼지 않고 있었는데 죽인 것은 제 6계명에 반하는 것이다 하고 말했다. 이에 항의하는 전 주사에게 재판관은 자신이 하느님이며, 천국의 재판 역시 세상의 재판처럼 「명문(明文)」을 중요시 한다고 말한다.

「명문」에 대해 이문구씨는, 전통적 사회윤리와 대비되는 독선적인 기독교 교리를 비판하고 있다고 평한다.[11] 또 「명문」의 주제에 대해서 김춘미

씨는 「피상적으로 파악한 기독교를 맹신하는 기독교도의 어설픈 곡해가 빚어낸 웃지 못할 희비극이다」[12]라고 말하고 있다. 게다가 김영택씨는 「크리스트교 교리의 혁신적인 행동원리인 십계에 대한 정확한 이해를 하지 못한 맹목적인 신자에 대한 비판적인 풍자이며, 여유가 없는 신을 판관으로 등장시켜 종말의 엄격한 심판을 보여주는 작품」[13]이라고 한다. 이상 세 명의 지적에서도 알 수 있듯이, 「명문」을 맹목적인 기독교 신자에 대한 비판적인 풍자라고 보는 경향이 강하다. 또 박상준씨는 「명문」을, 「하나님의 신성을 인정하지 않고 인간화하여 묘사」하고 있고 「이 잔을」의 연속선상에 있다고 말한다.[14]

이와 같은 김동인의 기독교물(基督敎物)에 대한 비평에서는 대부분 한국의 기독교 수용에 대한 부정적인 면을 김동인이 그리고 있다는 식으로 논하고 있다. 한편으로는 그것도 바른 지적이다. 그러나 당시 기독교 역사가 얕은, 특히 프로테스탄트가 들어온지 얼마 되지 않은 시기였던 한국에서는 십계명의 해석도 신도들에게 어려운 점이 있었던 것이 사실이다. 「명문」에서 동인은 이와 같은 식민지 시절 조선의 기독교도들이 가지고 있던 신앙의 양태를 있는 그대로 소개하고 있는 것이다. 기독교와 유교간의 갈등, 그에 따른 집안 내부에서의 분쟁, 옳다고 생각해서 행한 것도 죄의식 부재나 맹신에서 오는 것이라는 등의 사실을 문제점으로 던지고 있는 점은 평가할 만하다.

게다가 「명문」에서는 일찍이 치매나 안락사 의 문제를 다루고 있는 점이 눈에 띈다. 주인공인 전 주사는 치매에 걸린 어머니를 살해해 놓고도, 그것을 어머니의 명예를 보존하기 위함이라고 생각하며 죄의식을 느끼지 않는다. 이는 1915년에 발표된 모리 오가이(森鴎外)의 「다카세부네(高瀬舟)」에서 다룬 안락사 문제를 떠올리게 한다. 치매 문제에서 「명문」은 일본의 작가 有吉佐和子의 「황홀한 사람」(1972년)보다 반세기 가까이나 빠른 작품인 것이다.

「명문」에 그려져 있는 신앙의 모습은 아쿠타가와 류노스케의 기독교물(基督敎物)과도 상통하는 면이 있다. 예를 들면, 「주리아노·기치스케(じゆりあの·吉助)」와 같은 작품은 기독교 교리를 모르기 때문에 오는 우직한 신앙을 그리고 있으며, 「오시노(おしの)」는 무사도의 갈등을, 「오긴(おぎん)」은 기독교와 불교 사이의 갈등을 그리고 있다.

김동인은 이미 아쿠타가와 류노스케가 차지하는 문단에서의 위치를 알ㄱ 있었기 때문에, 아쿠타가와의 기독교물을 읽었을 가능성이 충분히 있다. 동인이 「명문」을 아쿠타가와의 기독교물을 의식해서 썼는지 어떤지는 모르지만, 동시대를 살아간 두 작가, 그것도 기독교 신앙과 깊은 관련을 가지고 있었던 동인과 아쿠타가와인 만큼 같은 테마로 썼을 가능성이 높다고 생각된다.

「명문」과 같은 계통의 작품에 「신앙으로」가 있다. 주인공인 은희는 12살 때 남동생 만수가 병으로 죽지 않도록, 구하는 자에게 주어진다라는 성경 구절을 믿고 기도했으나 만수는 죽는다. 구해도 주어지지 않으니까 그 성경 구절은 거짓이라고 의심을 품게 된다. 그 해 크리스마스 때 종교극에서 은희는 성모마리아 역을 맡았다. 십자가 아래에서 예수의 죽음을 본 은희는 감격해서 목메어 울었다. 예수의 비참한 생애는 은희의 마음을 움직이고, 커다란 희생에 대한 존경과 애모의 감정이 솟아났다.

그 후 은희는 새로운 성화가 보이면 전부 손에 넣어 자신의 방에 장식해 두었다. 한 때의 청춘의 열정은 예수에 대한 애모의 감정이 되어, 차고 넘치는 사랑의 불꽃이 예수에게 쏟아졌다. 스무 살 봄에 은희는 결혼했다. 그러나 은희는 가장 좋아했던 다빈치가 그린 예수상을 정면에서 바라볼 수 없었다. 그 그림 속의 예수는 성자도 신도 아닌 한사람의 미남자에 지나지 않았다. 예수를 사랑한 것뿐이며 신앙이 아니라고 생각하여 은희는 교회에서 멀어졌다.

결혼하고 일 년 반이 지나 남자아이가 태어났다. 필립이라는 이름의 아이였는데, 세 살 때 감기가 폐렴이 되어 죽게 되자 은희는 목사를 초청하여 세례를 받게 한다. 만약 천국과 지옥이 있다면 필립을 지옥에 가게 해서는 안된다고 생각했기 때문이다. 그래서 그 다음 일요일부터 천국에서 기다리고 있을 필립과 만나기 위해 은희 부부는 교회에 다시 다니기 시작했다. 이렇게 은희의 잃어버린 신앙은 부활했다.

이 작품도 기독교 신앙의 측면에서는 부정적으로 평가되어 왔다. 이문구씨는 「기독교 신자가 자주 보여주고 있는 신앙에 대한 무지와 맹신의 허점을 놓치지 않고 문제점으로서 예리하게 부각시키고, 그들에게 내재하고 있는 위선적 신앙의 가능성을 경고하려는 의도를 보이고 있다.」[15]고 까지 말하고 있다. 그의 지적 가운데서, 위선적 신앙의 가능성을 「경고」하는 의도를 가지고 김동인이 「신앙으로」를 썼다는 것에는 동의할 수 없다. 「신앙으로」도 「명문」마찬가지로 기독교 신도들의 다양한 신앙의 양태를 그리고 있기 때문이다. 이러한 면에서는 박상준씨의 「은희를 바라보는 화자의 시선이 비판적·냉소적」이 아니라 「신앙생활의 의미를 실제적으로 그려냈다.」[16]는 지적 쪽이 김동인의 의도를 더 잘 읽어내고 있다.

또한 김동인의 「신앙으로」는 아쿠타가와의 「오긴(おぎん)」을 떠올리게 한다. 지옥에 가 있다고 생각하고 있는 부모를 따라가기 위해 오긴(おぎん)은 기독교를 버린다. 한편 「신앙으로」에서의 은희도 자신의 아들이 죽기 직전, 천국에 가게 하기 위해서 세례를 받게 한다. 그리고 은희 부부도 그 천국에 가기 위해 다시 교회에 나가기 시작한다. 한국과 일본이 공통적으로

가지고 있는 정신풍토라고도 할 수 있을 것이다. 더욱이 동인의 「신앙으로」
는 아쿠타가와의 「남경의 그리스도」와도 공통점이 있다. 은희가 다빈치의
작품인 그리스도상을 보고 있었을 때, 예수의 눈이 은희를 바라보았다.

> 은희는 몸을 떨었다. 그녀의 눈은 미친 듯이 광채를 발하고 있었다. 얼굴에
> 는 점점 핏기가 올라오기 시작했다. 숨도 점점 가파지고 있었다.
> "예수여"
> 은희가 문뜩 정신을 차렸을 땐, 그녀는 어느샌가 그 존영을 끌어당겨 볼에
> 대고, 이성을 잃어 그 존영에 자신의 '처녀의 부드러운 볼'을 대고 있었던
> 것이다.
> 그녀는 자신이 지금 행한 독신의 죄를 후회하여 뉘우칠 여유도 없었다.
> 자신의 행동이 어떤 행동인지 돌아볼 여유도 없었다. 문뜩 정신을 차린 순간,
> 그녀는 그 장소에 쓰러져 처녀의 달아오르는 정열에 울었다. 울고 울고 또
> 울었다.

이 부분은 은희가 예수를 신앙의 대상으로서가 아니라, 연애의 대상으로
생각하고 있는 것을 나타낸다. 당시의 기독교도가 가지고 있던 신앙의 형태
로서는 있을 수 없는 일이다.

「신앙으로」는 1930년, 아쿠타가와의 「남경의 그리스도」는 1920년에 발
표되었다. 두 작품의 제재에 대한 유사점은 인정할 여지가 충분히 있다고
생각된다. 남경에 내려 온 그리스도에 대한 금화(金花)의 애정은 남경의
「막달라 마리아」로서 그려져 있다. 경건한 기독교 신앙에 비추어 볼 때,
기독교에 대한 불경이라고 밖에 말할 수 없다. 그러나 아쿠타가와는 이러한
신앙도 있다는 것을 제시하고 있으며, 그와 같은 신앙에도 응답하여 금화
(金花)의 병을 낫게 해 주는 그리스도를 그리고 있다.

김동인의 「신앙으로」에서 은희가 가지고 있는 예수에 대한 연모는, 아쿠

타가와의 「남경의 그리스도」에서의 금화(金花)가 혼혈아를 그리스도라고 생각했을 때와는 차이가 있다. 두 사람의 신분과 그 대상이 다르다. 그러나 기독교 신앙 면에서 볼 때 불경한 것은 마찬가지다. 김동인의 경우, 한국이라는 유교의 영향이 강한 나라에서, 그것도 당시의 경건한 기독교 신앙의 풍토를 생각할 때 독특한 발상의 작품을 썼다고 생각하지 않을 수 없다.

Ⅵ. 맺는말

이상에서 단편작가로 유명한 한국의 김동인(金東仁)과 일본의 아쿠타가와 류노스케(芥川龍之介)의 작품을 비교해서 읽어왔다. 예술지상주의적인 경향을 보이는 작품군과 기독교와 관련이 있는 작품에는 공통점이 많이 있으나, 상이점(相異点) 또한 존재한다.

먼저 김동인의 「광염소나타」와 아쿠타가와 류노스케의 「지옥변」을 비교해보면, 양 작품에 예술지상주의적인 경향을 가지고 있는 면이 확실히 있다. 그러나 동인의 「광염소나타」쪽이 더 적나라하게 범죄 장면을 묘사하고 있다. 예술을 위해 인간이 이렇게 까지 할 수 있나 싶을 정도로 참혹한 묘사가 계속된다. 아쿠타가와의 「지옥변」의 경우는 잔혹한 장면을 억제하며 그리고 있고 그런 중에도 원숭이를 등장시켜 감동을 주고 있다. 교양인으로서의 면모를 의식하고 있는 아쿠타가와의 일면이 그의 필치에 반영되어 있다.

다음으로 김동인은 실제 생활에서도 방탕에 빠지고, 예술을 위한 예술을 문장뿐만 아니라 그 자신의 생활 속에서 연기했다. 그러나 동인은 「예술은 인생을 위하여서도 아니고, 예술 자신를 위하여서도 아니며, 다만 예술가 자신이 막지 못할 예술욕 때문에 예술입니다.」(『김동인전집』Ⅵ, 41페이지)라고 말하고 있다. 엄격한 검열을 받는 식민지하에서 문학을 하고, 다작(多作)으로 인한 신경쇠약에 고통받던 동인으로서는, 예술욕이 없었다면 문학을 계속 할 수 없었을 것이다. 이 예술욕은 아쿠타가와 류노스케에게 있어서는 「영원히 초월하고자 하는 것」(「서방의 사람」3 성령)이라고 할 수 있다.

아쿠타가와 류노스케는 「내 작품을 만들고 있는 것은 나 자신의 인격을 완성하기 위해서 만드는 것이 아니다. 하물며 현세의 사회조직을 일신하기 위해서 만드는 것은 더욱 아니다. 단지 내 안의 시인을 완성하기 위해 만들고 있는 것이다. 나는 시인 겸 저널리스트를 완성하기 위해 만들고 있는 것이다.」(「문예적인, 너무나 문예적인」)라고 말하고 있다. 이를 위해 아쿠타가와는 「서방의 사람」「속서방의 사람」에 걸쳐 「영원히 초월하고자 하는 것」을 구하고 있다.

또한 김동인도 아쿠타가와도 기독교물(基督教物)을 쓰고 있다. 아쿠타가와의 경우는, 그의 걸작에 기리시단물(切支丹物)과 기독교물(基督教物)이 포함 되어있어, 기독교적 신앙면에서 볼때 옳고 그름을 떠나 높이 평가받고 있다. 일본에서는 일찍부터 「기독교 문학」이라는 장르가 문학사 안에서 한 페이지를 차지하고 있는 것도 그 이유 중의 하나라고 할 수 있다. 그러나 동인의 경우는 그의 문학이 기독교문학으로 존재할 수 없다고 하는 엄격한 평가를 받고 있다. 한국에는 기독교도가 많은 면도 있어, 기독교 문학의 정의 자체가 기독교 신앙을 기준으로 내려지는 경향을 보이고 있다. 한국과 일본의 기독교 문학의 비교연구를 통해 서로 대화해 나갈 필요가 있다.

마지막으로, 단편에서도 한국 최고의 작가로 평가받는 김동인이 아쿠타가와 문학에서 영향을 받았는가 하는 문제이다. 김동인은 과로하여 건강이 악화됐고, 불면증으로 괴로워했다. 기억력이 감퇴하고, 글을 쓸 수 없던 때도 있었다. 작품 검열의 어려움을 토로하고, 식민지하의 합법적 문화가 결국 「노예문화」였던 것을 확인하게 되었을 때, 「북지종군(北支從軍)」에 임명을 못 받게 되었을 때, 「세상이란 그렇고 그런 것이다……(중략) 나는 사상적으로든 결론적으로든, 숙명의 불가항력을 믿었다」(1940년)고 말한다. 자비로 한국 최초의 동인잡지를 만들고, 일제에게 협력하지 않아서 사업의 실패를 거듭해 온 동인이, 건강이 악화되고 신경쇠약이 되었을 때에 「세상이란 그렇고 그런것이다」라고 타협하고 있다. 청일전쟁, 러일전쟁에서 이긴 일본이 아무리해도 멸망하지 않는다고 판단한 결과일지도 모른다. 이에 관한 김윤식씨의 문장은 우리에게 시사하는 바가 있다.

> 인생은 한줄의 보오들레에르도 미치지 못한다고 공언하면서 인형조종술 (작품을 일상현상에서 확실하게 단절시킨 형식감각)을 생과 함께 포기한, 동인이 깊이 영향 받았던 그리하여 깊이 숨겨둔 아쿠타가와 류노스케는 단순한 사치였던 것인가. (이 점에 대해서는 철저하게 분석해볼 용의가 있다.)[17]

「예술욕」과 다작으로 인한 불면증이 계속되고 건강이 악화되어 가는 와중에 김동인은 어렴풋한 「숙명의 불가항력」을 실감하여 한 말이겠지만, 「어렴풋한 불안」을 느껴 자신의 문학을 지키기 위해 삶을 포기한 아쿠타가와 류노스케의 문학에 대한 태도와 비교하여 지적하고 있는 것이라고 해석할 수 있다. 김윤식씨는 김동인의 문학이 아쿠타가와 류노스케의 영향을 깊이 받고 있는 것을 지적한 파이오니아적 존재이다. 김동인은 아쿠타가와로부터 「깊은 영향을 받은」 것을 「깊이 숨겼」기 때문에 영향관계를 살피는 것은 어려운 점이 있었다. 그러나 「광염소나타」, 「광화사」와 같은 작품에서는 「지옥변」, 「갓파」와 같은 작품에서 영향을 받았을 가능성이 있다고 보여진다. 한편 앞에서도 언급한 것처럼, 1925년에 발표된 동인의 「명문(明文)」은

1927년에 쓴 아쿠타가와의 「서방의 사람」「속서방의 사람」보다 먼저 인간 예수의 고뇌를 묘사하고 있다.

1900년 출생인 김동인과 1892년 출생인 아쿠타가와 류노스케는 거의 동시대에 살았던 작가이다. 동인은 아쿠타가와를 나쓰메 소세키의 뒤를 이은 출세한 작가라고 지적하고 있다(「문단 30년의 자취」,『김동인전집』Ⅷ, 393페이지). 동인이 이렇게 말할 수 있었던 것은 아쿠타가와의 문학을 숙독했기 때문일 것이다.

두 작가는 같은 일본제국주의 밑에서 문학을 하였다. 김동인에게는 식민지하에서 한국의 근대문학을 개척해 가는 「숙명의 불가항력」이 확실히 존재했었다. 지배국의 작가로서 일본제국주의에 저항한 아쿠타가와 류노스케에게도 같은 고뇌가 있었다. 그 중에서 「예술욕」, 「영원히 초월하고자 하는 것」을 가지고 예술의 완성을 위해 자신의 몸을 던졌다는 것에서는 공통점을 보이고 있다.

【주】

1) 長璋吉訳(1992),『金東仁短篇集』, 高麗書林
2) 『金東仁全集』全十七巻(1987~1988), 朝鮮日報社
3) 「文壇三十年의 자취」『金東仁全集』Ⅷ, p.393.
4) 백철(1982),「金東仁近代小説研究解説」,『金東仁研究』, 새문사, pp.4-5.
5) 「위태로운 산길, 험한 골짜기, 가파로운 뫼산, 깊은 물―온갖 고난은 또한 그를 괴롭혔다.
   그러나 그는 더욱 용기와 희망을 내어가지고 그 무지개를 가까이 갔다.
   그러나 얼마를 더 간 뒤에 소년도 마침내 넘어졌다. 인제 한 걸음도 더 걸을 수가 없었다. 그리고 그는 거기서 무지개는 도저히 잡지 못할 것을 처음으로 깨달았다. 그는 몸을 커다랗게 땅에 내어던졌다. 그리고 드높은 하늘을 바라보았다.
   「아아! 기어이 사람의 손으로는 잡지 못할 것인가?」
   아직껏 그와 같은 길을 걸을 수많은 소년들이 부르짖었던 그 부르짖음을 이 소년은 여기서 또한 부르짖지 않을 수 없었다.
   그리고 그는 여기서 그 야망을 마침내 단념하기로 결심한 것이었다.
   그때에는 이상하다. 아직껏 검었던 그의 머리는 갑자기 하얗게 되고 그의 얼굴에는 전면에 수없는 주름살이 잡혔다. (「무지개」,『金東仁全集』Ⅵ, p.461.)
6) 박상준(2006),「韓国現代小説에 나타난 基督教적 구원의 문제―金東仁의 〈明文〉등과 金東里의 〈사반의 十字架〉을 중심으로―」,『韓国現代文学研究』第十九集、韓国現代文学会, p.52.
7) 金春美(1985),『金東仁研究』, 高大民族文化研究所出版部
8) 박상준(2006),「韓国現代小説에 나타난 基督教적 구원의 문제―金東仁의 〈明文〉등과 金東里의〈サバン의 十字架〉을 중심으로」, p.55.
9) 李文九(1995),『金東仁의 美意識研究』, 景仁文化社
10) 葛巻義敏編(1965),『芥川龍之介未定稿』, 岩波書店
11) 李文九,『金東仁小説의 美意識研究』, p.368.
12) 金春美,『金東仁研究』, p.43.
13) 金永沢(1991),『韓国近代小説論』, 民知社, p.116.
14) 박상준,「韓国現代小説에 나타난 基督教적 구원의 문제―金東仁의 〈明文〉등과 金東里의〈サバン의 十字架〉을 중심으로」, p.57.
15) 李文九,『金東仁小説의 美意識研究』, p.214.
16) 박상준,「韓国現代小説에 나타난 基督教적 구원의 문제―金東仁의 〈明文〉등과 金東里의〈サバン의 十字架〉을 중심으로」, pp.61-62.
17) 金允植(1998),「半歴史主義志向의 과오」, 이재선編『金東仁』、西江大学校出版部, p.85.

다자이 오사무(太宰治) 『달려라 메로스(走れメロス)』론
─밝음에 배태(胚胎)된 겸비(謙り)를 중심으로─

홍 명 희

1. 문제 제기

『달려라 메로스』(「新潮」, 1940(昭和15)년 5월)는 작품 말미에 「고전설과 실러(シルレル)[1]의 시로부터[2]」라는 부기가 있다. 이로 인해 다양한 전거(典拠)의 검토와, 그 전거와 『走れメロス』의 비교가 시도되어 왔다.

우선, 가쿠타 료진(角田旅人) 씨가 『신편 실러 시초(新編シラー詩抄)』(小栗孝則訳、改造문고, 1937(昭和12)년)를 들어,

第一に言えることは、小栗訳「人質」とその註解とには、人名・地名・イタリーの伝説に由来すること等、「走れメロス」の材料は全て揃って出てきているということ。太宰は、Hyginusの「Fabeln」を参照することなしに、小栗訳「人質」とその註解とだけで「走れメロス」を書くことが出来たはずである。

첫째로 말할 수 있는 것은, 오구리(小栗)역 「인질」과 그 주해에는 인명·지명·이태리의 전설에 유래하는 것 등, 『달려라 메로스』의 재료가 모두 갖추어져 나와 있었다는 것. 다자이는 Hyginus의 「Fabel」을 참조하지 않고 小栗역 「인질」과 그 주해만으로 『달려라 메로스』를 쓸 수 있었을 것이다.

라고 지적했다.3) 이에 대하여, 구즈미 카즈오(九頭見和夫) 씨는, 왜「출전
(出典)으로「실러(シラー)의 시」라고 쓰지 않고「실러(シルレル)의 시」라고
했는가」, 또한「『실러(シルレル)의 시로부터』라고만 써도 충분하였을 것이
므로「고전설」이라는 말은 필요 없지 않았는가?」라는 두 개의 의문을 제시
하였다.4) 그 물음에 대하여, 미타니 노리마사(三谷憲正) 씨는「『신편 실러
시초』의「주해」가「이 시는 이태리의 전설 중에 재료를 취하고 있다」고
하였고, 또한「『친구』란, 전설에서는 세리눈티우스Selinuntius 라는 이름의
남자」라고 주를 달고 있는「전설」을 존중했기 때문」이라고 하였으며, 그리
고「두 친구의 이야기는, 옛 전설로 곳곳에 소개되고 있었다. 그것들을 일
괄하여 다자이는「고전설과」라는 말을「실러(シルレル)의 시로부터」의 앞
에 두었다, 라고도 생각된」다고 지적하였다.5) 또한 곤도 슈오(近藤周吾)
씨는『주석 실러 시선(註釈シルレル詩選)』(秋元喜久雄)(膚風)著『註釈シル
レル詩』(昭2・4・15 발행 南江堂書店)의 존재를 제시하여, 전자의 물음에 대
해서는 그것을「함께 참조한 것으로「실러(シルレル)」라는 표기는 이끌어
낼 수 있다」고 하고, 또 후자의 물음에 대해서는「『주석 실러 시선』도 함께
참조하는 것으로「고전설」의 내용을 알 수가 있다」고 지적하였다.6) 곤도
씨의「『주석 실러 시선』의 발견은 가쿠타 씨의 설에도, 구즈미 씨의 의문에
도 모순 없이 답할 수 있다」고 했다.

　　이상으로부터『달려라 메로스』는 가쿠타 씨가 제시한『신편 실러 시초』
를 전거로 하여, 그 외에도 복수의 자료를 아울러 참조하여 쓰여졌다고 판
단할 수 있다. 참조된 자료에 관하여는, 특히 디오니스상을 둘러싼 그 특정
이 시도되어 왔다. 디오니스는『신편 실러 시초』에서「험악한 얼굴을 하고」
「힐문하는」「폭군」으로밖에 나타나지 않은 것에 반하여,『달려라 메로스』
에서는 인간 불신의 고뇌의 소유자로 나타나 있어, 단순한 〈폭군〉에서 〈인

간 불신의 왕)으로, 라는 실러 시로부터의 개변을 볼 수 있다.

예를 들면, 소마 쇼이치(相馬正一) 씨는 「돈·카를로스」[7]를, 구즈미 카즈오 씨는 「『돈·카를로스』(DON Calos)와 『발렌슈타인』」[8]을, 미타니 노리마사 씨는 「『플루타크 영웅전』의 「다이온」전」[9]의 영향을 지적하고 있다. 이것들은 모두 의심 많은 폭군이라는 왕의 성격에 유의성을 보는 것들로, 이것들과 『달려라 메로스』간에 일치하는 표현 등을 확증한 지적은 없다.

본고에서는, 2장에서 다자이가 계속 읽고 있던 「성서지식(聖書知識)」 1931(昭和6)년 1월호의 「예수전 연구 헤롯과 예수」를 새로운 자료로 제시하여, 거기에 기록된 헤롯상과 『달려라 메로스』의 디오니스상의 유사성을 고찰함으로 참조 자료로서의 개연성을 밝혀 간다.

3,4장에서는 전거『신편 실러 시초』의 「인질」과『달려라 메로스』작품의 전개에 준거하여 비교함으로 새로운 작품 해석을 시도한다. 우선, 3장에서는 작품 전반부의 밝음을 체현(体現)하는 메로스와 전게(前揭)한 「성서지식」의 예수상과 신앙자상의 관련에 대하여, 그리고 4장에서는 전거와의 결정적인 차이가 지적되는, 3일간의 유예기간과 그 후의 메로스상에 대하여 고찰해 간다. 전반부에 나타나는 메로스의 밝음은, 그 내용에 있어서 자만을 표리로 가진 것이다. 그러나 메로스는 변모한다. 자신의 연약함과 대면하는 경험을 거치고,

> 私は、なんだか、もっと恐ろしく大きいものの為に走っているのだ。
> 나는 엄청나게 큰 무언가를 위해 달리고 있는 것이다.

라고 말하고

ただ、わけのわからぬ大きな力にひきずられて走った。

오로지 원인을 알 수 없는 힘에 이끌려 달리기만 했다.

는 것이다. 이러한 변모하는 메로스의 모습을 읽어내는 것으로, 거기에 인간적인 관계와 약속을 뛰어넘은 신뢰의 문제가 제시되고 있음을 밝혀가겠다.

그리고 5절에서는, 작품의 최종부에서 내적 갈등을 극복하는 디오니스상을 확인한다. 즉, 『달려라 메로스』에는 메로스 자신의 변모의 모습에 더하여, 디오니스의 감화라는 점에 있어서 인간적인 차원을 넘은 「신실」과, 겸비와 회심이 그려져 있다고 생각된다. 또한 그 배경에는 집필 당시의 다자이가 기독교를 동경하는 중에 겸비를 중시하고 있던 점이 추측된다. 5절에서는 그 점에 대해서도 검토한 후에 작품세계를 다시 파악하겠다.

2. 「성서지식」의 헤롯상과의 관련에 있어서의 디오니스상

그럼 우선, 전거의 디오니스상과 『달려라 메로스』의 디오니스상 및 「성서지식」의 헤롯상을 비교하는 것으로 『달려라 메로스』의 디오니스상을 명확하게 조명해 나간다.

【표1】의 ①과 같이, 『신편 실러 시초』의 「인질담시(人質譚詩)」10)에 있어서의 디오니스는 처음에는 단순한 「폭군」으로 등장하여 마지막에는 메로스와 세리눈티우스의 「미담」을 「전하여 듣고」, 회심하는 인물, 즉 메로스를 돋보이게 하는 역할로서의 존재일 뿐이었다. 그러나 『달려라 메로스』에 있어서는 회심을 향한 구도는 전거와 같으나, 디오니스가 단순한 〈폭군〉이

아니라 고독에 얽매인 고뇌자로 그려져 있다. 이 점을 생각하면 다자이의 의도는, 고뇌로부터 회심을 향한 드라마를 보다 강하게 떠오르게 하는 것에 있었다고 할 수 있겠다.

여기서, 디오니스의 고뇌의 원인에 대하여 고찰한다. 「사람을 믿지 못하는 거」라는 말에서 명확히 알 수 있듯이, 왕의 고뇌에는 신뢰의 문제가 관련되어 있다. 「입으로는 무슨 말인들 못 할까. 내겐 사람들의 속마음이 훤히 들여다보이느니라.」라는 말로부터, 본심을 감추고 좋은 태도를 보이는 것, 즉 위선과 기만이 그가 집착하고 있는 문제의 포인트임을 엿볼 수 있다. 자신과 친밀한 사람부터 죽이는 사실로부터는, 특히 가족을 포함한 친근자 중에 권력자인 왕 앞에서 미사여구를 늘어놓으나 실은 배반을 하는 배신자가 많이 있었기에 그의 인간 불신은 점점 커져갔다고 생각할 수 있다. 또한 메로스가 2년 전에 시라크스를 방문했을 때에는 「밤에도 모두들 노래를 부르고 시끌벅적」했기 때문에 디오니스는 2년 동안에 많은 배반을 경험하여 마음에 깊은 상처를 입었을 것이라 추측된다.

디오니스의 신뢰 문제에 대한 절실한 집착은, 「한 사람씩 인질로 잡아가」는 것, 「명령을 어기면 십자가에 매달아버」린다고 말하는 점으로부터도 엿볼 수 있다. 즉, 디오니스의 인간 불신으로 인한 살인은 직접 의심스러운 인간을 죽이는 것이 아니라 인질을 내게 함으로 왕을 향한 충성을 시험하여 일종의 「배반」을 체험시키고 나서 죽이는 것이었다.

또한 왕의 인간 불신의 내막을 생각할 때, 다음의 전거와는 비교는 주의할 필요가 있다(【표1】의 ② 참조). 전거에 있어서 왕이 친구를 인질로 삼는 것을 허락한 것은, 늦었을 경우에 그 인질을 죽이고 메로스의 벌은 용서하겠다는 단순하고 잔학한 계획으로부터였다. 한편『달려라 메로스』에 있어서는 「녀석은 분명 돌아오지 않을 것이다. 좋아, 그렇다면 이 거짓말쟁이에게 속는 척하면서 풀어주자. 그리고 나서 사흘째 되는 날 이 녀석 대신 인질을 죽이는 것도 나쁘지 않다. 이래서 사람은 믿을 수 없다는 듯이 슬픈 얼굴을 하면서 처형을 하면 된다. 그리고 세상에 정직한 자라고 하는 모든 녀석들에게 보여주자.」라고, 복잡하고 굴절된 심리가 나타나 있다.『달려라 메로스』의 디오니스가 유예기간을 주는 것은, 믿고 싶어도 믿을 수 없게 하는 주위 사람들이 나쁘다는 생각으로부터 나왔고, 그러한 사람들에게 복수하고자 하는 의미를 가지고 있다고 할 수 있을 것이다.

「조금 늦게 와도 좋다. 그렇다면 네 놈의 죄는 영원히 용서해주겠다.」 「목숨이 아깝거든 천천히 오도록 하라. 네놈의 속셈은 이미 알고 있다.」라고 반복해서 말하는 점에는, 디오니스가 메로스와 세리눈티우스의 우정과 신뢰를 표면적인 것이라고 파악하고 있으며, 과신에 지나지 않는다는 것을 폭로해 주고 싶다고 생각하고 있었음을 엿볼 수 있다. 그러나 한편, 디오니스는 「나 역시 평화를 바라고 있다.」라고도 말하고 있는데, 그 인간의 신뢰에 대한 물음은 슬픔과 허무를 동반한 깊고 절실한 것임을 알 수 있다.

이상과 같은『달려라 메로스』의 폭군 디오니스상의 조형에 대해서, 「성서지식」의 1931(昭和6)년 1월호 「예수전 연구 헤롯과 예수(마태전 제2장)」[11] 와의 관계를 지적하겠다.

「성서지식」의 대왕 헤롯과『달려라 메로스』의 디오니스는 이하의 점에 있어서 겹쳐진다.

첫 번째(【표2】의 ①)로,『달려라 메로스』의 「사람을 믿지 못」해서 잔학하게 살인을 반복하는 인간 불신의 디오니스와 「성서지식」의 「대왕 헤롯은 특히 잔인하고 간악하며 정열가이며 시의심(猜疑心)이 깊었다」는 것이 유사하다.

두 번째(【표2】의 ②)로,『달려라 메로스』에서 「처음에는 자기 여동생 남편을 죽이더니 그 다음에는 세자를 그리고 여동생과 그 여동생의 자식들을 죽였지. 그리고 황후도 죽였어. 그리고 나서 그 어질고 충성스러운 알렉스 님까지 말이야.」라고, 디오니스가 친근자를 차례차례로 죽인다는 점에 대해서, 「성서지식」에 있어서도 또한 헤롯이 죽인 인물이 열거되어 있으며 그리고 그 순서에 있어서도 유사점을 볼 수 있다. 1장에서 확인한 소마 씨 등의 선행 연구에서 지적된 자료에서는, 의심이 강한 폭군이 아내나 아들, 신하를 의심하거나 죽이지만, 「여형제」「여형제의 남편」 등은 나오지 않는다. 그러나 「성서지식」의 헤롯은 여동생 살로메의 두 명의 남편을 죽이며 또한 아들 세 명과 아내 마리암을 죽인다. 또한 「성서지식」의 살해당한 사람 중에 「혐의가 있는 바리새인 등」 사치스런 생활을 하고 있었다고 생각되는 「예루살렘의 유력자」가 있어서, 이것은 『달려라 메로스』의 「신하들을 의심해서 요만큼이라도 사치스런 생활을 하는 자는 (중략) 십자가에 매달아버려」라는 본문과의 중복으로 볼 수 있다.

세 번째(【표2】의 ②)로,『달려라 메로스』의 불과 2년 사이에 6명을 죽인 디오니스에 대해서, 「왕이 미친 건 아닐까요?」라고 메로스가 묻는 데는, 「성서지식」의 「각박 잔인, 미친 도우자(屠牛者)처럼」라는 대응을 볼 수 있다.

네 번째(【표2】의 ②)로,『달려라 메로스』에서 인질을 두고 출발하는 메로스에 대해 디오니스가 「놓친 작은 새가 다시 돌아올 것 같으냐?(逃がした小鳥が帰つて来るといふのか。)」[12]라고 하는 것에 대해, 「성서지식」에는 「어쨌든 사냥꾼의 올무는 끊어졌다. 그리고 새는 도망갔다.(兎に角、捕鳥者の罠は破れた而て、鳥は逃げた)」라고 하는 표현이 있다. 「작은 새(小鳥) / 새(鳥)」「놓친(逃がした) / 도망갔다(逃げた)」라는 부분은 우연의 일치라고 보기 어렵다.

다섯 번째(【표2】의 ③)로, 「성서지식」에는 헤롯에 대한 문장에 이어, 독일 시인 실러는 「세계 역사는 즉, 세계심판이다」Weltgeschichte ist Weltgericht 라고 했다.」라고, 문맥상 느닷없다고 말해도 좋을 형태로 「실러(シルレル)」라는 말이 기록되어 있다. 다자이의 실러(シルレル)에 대한 관심과 이해는, 1940(쇼와 15)년의 에세이 「마음의 왕자(心の王者)」[13]와 「제군의 위치(諸君 の位置)」 등에 현저한데, 『달려라 메로스』의 전거가 된 실러(シルレル)의 시 「인질」과의 만남과 이 실러(シルレル)에 대해 다룬 「성서지식」을 읽은 것과는 시기의 전후는 명확하지 않으나 역시 깊은 관계를 추측할 수 있는 것이 아닐까?

이상에서 든 것처럼, 「성서지식」의 의심 많은 왕 헤롯의 폭군상과 『달려라 메로스』의 디오니스상에는 겹치는 부분이 매우 많은 것을 확인할 수 있으며, 따라서 「성서지식」의 「예수전 연구 헤롯과 예수」가 『달려라 메로스』를 집필하는 데 있어서 『신편 실러 시초』 이외에 아울러 참조된 자료인 것이 분명하다. 헤롯은 주지대로, 예수의 탄생을 두려워하여 베들레헴 주변의 2세 이하의 남아를 모조리 죽인, 근본적으로 신을 두려워한 인물이다. 기독교에 흥미를 가지고 「성서지식」을 계속 읽고 있던 다자이가 헤롯에 주목하는 데는, 이 의심 많은 악왕의 내심에 고독과 고뇌만이 아니라 기독교와의 대면에 있어서 내적인 울림을 스스로 감지하고 있었기 때문이 아닐까? 다자이는 『달려라 메로스』에 있어서 그러한 헤롯을 디오니스상에 연결하는 것을 통해, 회심이라고 하는 구원을 강하게 그려내어 본인의 기독교를 향한 생각과 물음을 나타내려 했던 것이라고 생각할 수 있다.

이 관점은, 이하의 두 작품으로부터도 보강할 수 있다. 다자이는, 1940(昭和15)년 2월의 『유다의 고백(駆込み訴へ)』에 있어서, 배신자 유다를 애증(愛憎)이 착종(錯綜)하는 중에 예수의 아름다움에 한없이 이끌리는 존재로 그

리고 있다. 또한 동년 6월의 『고전풍(古典風)』에 있어서는, 크리스찬을 많이 죽인 폭군으로 악명 높은 「네로」에 대하여, 「○ 네로의 고독에 대하여.」 「그 녀석도 그렇게 나쁜 녀석은 아니었다.」[14]라고 쓰고 있다. 네로에 대한 관심이 구체적으로 어디에 있었는지는 명확하지 않으나 폭군 네로도 버리지 못하고 공감하여 구원하는 것이다. 즉, 다자이는 악을 행하는 자를 단순한 악의 존재로 내버려 두지 않는다. 『달려라 메로스』에 있어서는 디오니스를 헤롯에 겹치면서, 단순한 악한 왕이 아니라 고독의 소유자가 회심해가는 존재로 그림으로 구원했다고 할 수 있다.

3. 「성서지식」의 예수상과 신앙자상과의 관련에 있어서의 메로스상

3장부터는 전거와 비교하면서 『달려라 메로스』의 해석을 해 나간다. 전반부, 즉 3일간의 유예를 받기 전의 메로스상은, 단순함이 강조되는 형태로 그려져 있다.

메로스의 왕 살해에 관하여, 전거에는 「메로스는 단검을 품에 넣고 숨어 들었다」「나라를 폭군의 손에서 구하는 것이다!」「실은 왕이 / 나의 소업(所業)을 미워하여 / 책형(磔刑)에 처한다고 한다」라고 되어 있어서, 메로스가 정치적인 이유로 혁명을 일으키려는 존재로도 읽을 수 있게 서술되어 있다. 그러나 『달려라 메로스』에는,

> メロスは激怒した。必ず、かの邪智暴虐の王を除かなければならぬと決意した。メロスには政治がわからぬ。メロスは、村の牧人である。笛を吹

> き、羊と遊んで暮して来た。けれども邪悪に対しては、人一倍に敏感で
> あつた。
>
> 메로스는 몹시 화가 났다. 잔인하고 사악한 왕을 반드시 죽이기로 마음먹
> 었다. 메로스는 정치라고는 모르는 한적한 마을의 목동으로 피리를 불면서
> 양과 더불어 살아왔다. 그렇지만 사악함에 대해서라면 다른 사람의 배 이상으
> 로 민감했다.

라고, 왕 살해의 결의를 한 바로 직후에 「정치라고는 모르는」이라고 이어지
고 있어서, 정치적인 의도에 의한 것이 아님이 나타나 있다. 그리고 그 후의
메로스의 행동으로부터는 그의 무모하기까지 한 단순함이 떠오른다.

이 메로스상에 대하여, 「자기 중심성」과 「나르시즘」을 지적하는 부정론
도 존재하지만, 작품의 메로스는 눈앞의 사악에 대하여 즉시 반응하는 단순
하고 순수한 인물로 그려져 있다. 메로스는 전혀 모르는 노파의 말을 곧바
로 믿고, 왕의 복잡한 입장이나 상황 등은 전혀 상상도 못한 채, 느닷없이
「정말 어처구니없구나. 이대로 살려둘 수는 없어」라고 격노한다. 또한 자
신의 입장이나 이것을 행함으로 인해 초래될 고난이나 손해에 대해서도
고려하지 않는다. 메로스는 생각하고 느낀 것을 그대로 실천하는 직정적인
인물로, 바꾸어 말하면 「본심과 겉으로 보이는 명분(本音と建前)」을 가지지
않는 기만적이지 않은 인물, 정의감이 강한 인물이라고 말할 수 있다. 그리
고 메로스는 특별한 야심이나 허영심도 없으며 「피리를 불면서 양과 더불
어 살아」온 목동으로서 있는 그대로의 인생을 수용하며 기쁨을 가지고 살
아가는 사람이기도 한 것이다.

메로스는 「사람을 믿지 못하는」 왕에 대하여, 「사람을 의심하는 것은
가장 부끄럽고 나쁜 짓입니다.」라고 한다. 또한 결혼하는 여동생에게도 「오
빠가 가장 싫어하는 건 사람을 의심하는 것과 거짓말을 하는 것이다.」라고

말한다. 이것들부터 메로스가 「신뢰」를 모토로 하고 있으며, 그것이 그의 행동을 규정하는 것임을 알 수 있다.

　이렇게 무모하기까지 단순하고 순수한 메로스와 대면하는 것으로, 최종적으로 인간불신의 폭군 디오니스는 바뀌어 간다. 이 구도는 2장에서 든 「성서지식」의 「헤롯과 예수」의 개소와 호응한다.

　　ヘロデ王は奸計と、大王の武力とを以て迫つた。イエスは何をも知らず、ただ母の懷に眠りつつあつた。しかし、遂にイエスが勝つて、ヘロデが倒れた。／(中略)／我等は無力、無援、ただ信仰なる一本の流木に全生命を託して居る。この夢のやうな信仰一つを以て、我等はこの現代の惡ヘロデ大王と戰はうとするのである。何と危いことであるよ、また無謀であることよ！

　　헤롯왕은 간계와 대왕의 무력을 가지고 육박한다. 예수는 아무것도 모르고, 단지 어머니 품에서 자고 있었다. 그러나, 결국 예수가 이기고, 헤롯이 무너졌다. / (중략)/우리는 무력, 무원(無援), 단지 믿음의 유목(流木) 하나에 전 생명을 걸고 있다. 이 꿈과 같은 신앙 하나를 가지고, 우리들은 이 현대의 악 헤롯대왕과 싸우려는 것이다. 얼마나 위험한 일인가, 또한 무모한 일인가!

　여기에는, 「신앙 하나」로 현대의 악 헤롯대왕과 대결하는 위험과 무모함이 나타나 있는데, 최종적으로는 예수와 신앙자가 악에게 이기는 것이다. 또한 강한 악에게 도전하는 약한 신앙자의 모습으로, 성서의 「어린 아이처럼」[15]이라는 말이 상기된다. 이 성구는, 1936(昭和11)년 7월의 「성서지식」 「예수전 연구, 제102강 천국에서 가장 큰 사람-어린 아이처럼 되어라 - 마태복음 18장 1-5절」에, 「자존심도 자부심도 없고, 야심도 허영도 없는, 있는 모습 그대로의 아이다움」 「모든 것을 믿고, 주는 대로 마음 가득한 기쁨을 가지고 받아들일 수 있는 단순하고 기복이 없는 마음.」[16]이라고 쓰여 있다.

이야말로 순수하게 있는 그대로를 힘껏 살아가는 메로스상과 겹친다.

이러한 메로스에게 왕의 인간불신의 고독과 고뇌가 이해될 리 없다. 그러나 왕의 쓰디쓴 인간이해를 뒤집어 엎는 것 같은 메로스의 철저하게 단순하고 순수한 모습은 왕을 변화시키는 계기가 되었다고 생각된다. 단, 메로스 자신 또한 3일간의 유예기간 동안에 내성(內省)과 연약함의 자각이라고 하는 변화를 경험한다. 다시 말해, 단순하고 순수한 메로스가 겸손까지 갖추었을 때, 악왕도 바꿀 수 있는 참된 용자(勇者)가 되는 것이다. 다음 장에서는 그러한 겸손을 갖추어 참된 용자가 되어 가는 메로스의 변화에 대하여 확인하겠다.

4. 자신의 연약함과 직면하는 메로스상

우선, 메로스의 연약함이 명확하게 나타나는 본문을 세 군데 보겠다. 모두 전거에는 없는 다자이의 창조다.

여동생의 결혼식을 위해 마을에 돌아갔을 때의 메로스의 심경은 전거에는 전혀 나타나 있지 않다. 그에 반하여 『달려라 메로스』에서는 「메로스는 지금 이 순간이 영원히 지속되었으면 좋겠다고 생각했다.」 「조금이라도 더 이 집에 머물고 싶었다. 메로스에게도 미련이라는 것은 있었다.」라고, 미련의 정념이 나타나 있다. 여기에는 고난으로부터 도피하여 집에서 평안을 갈구하는 메로스의 인간적인 나약함이 나타나 있다고 할 수 있겠다.

또한 산적의 등장에 대해서 『달려라 메로스』에 있어서는 「왕의 명령일」 것이라고 의심하는 마음에 빠져 있는 것을 간파할 수 있다.

그리고 메로스의 연약함이 보다 현저하게 나타나는 것은 홍수와 산적의

위험을 통과한 후에 작열하는 태양 아래 놓여 있게 되는 부분에서다. 전거
에서는 단지 신에게 기도하는 모습이 나타나 있는 것에 비하여, 『달려라
메로스』에서는 자기 자신에게 사로 잡힌 인간 메로스가 그려져 있다.

　이어 이 메로스는,

　　身体疲労すれば、精神も共にやられる。もう、どうでもいいといふ、
　勇者に不似合ひな不貞腐れた根性が、心の隅に巣喰つた。/(中略)正義だ
　の、信実だの、愛だの、考へてみれば、くだらない。人を殺して自分が
　生きる。それが人間世界の定法ではなかつたか。ああ、何もかも、ばかば
　かしい。私は、醜い裏切り者だ。
　　몸이 피곤하면 정신도 허약해지고 만다. 용감한 메로스에게는 어울리지
　않는, 이젠 될 대로 되라는 식의 약한 마음이 마음속 깊은 곳에 자리잡기
　시작했다./(중략) 정의, 믿음, 사랑. 생각해보면 쓸데없는 것들이다. 타인을 죽
　이고 자신은 산다. 그것이 인간이 살아가는 이 세상의 법칙이 아니던가? 아,
　모든 것이 정말 어리석게 느껴진다. 나는 몹시 추한 배신자다.

라고 자신의 「배반」의 심정에 대해서 신체의 피로 때문이라고 생각한다.
　그러나, 이와 같이 육체의 피로에 의해 정신이 위험에 처하여 자신을
향해서만 의식이 향하는 것으로, 메로스는 육체·생리에 의해 지배되고 있
다고 하는 자신의 한계와 대면할 수 있었다고도 할 수 있다. 마음의 소원과
는 동떨어진, 자신의 육체의 나약함을 통절하게 감지하여 한층 더 디오니스
가 말하는 「의혹」 속에서의 「고독」을 맛보게 되었던 것이다.
　주의해야 할 점은, 맑은 물을 마시는 것으로 육체가 회복된 메로스가
다시 달리기 시작하는 장면이다. 여기서의 메로스는, 지금까지 관념 속에서
감상적으로 자만한 언행을 해 온 메로스로부터는 완전히 변모하여 세리눈
티우스의 생명을 구하기 위해서가 아니라, 「엄청나게 큰 무언가를 위해」,

최종적으로「원인을 알 수 없는 힘에 이끌려」달리는 것이다.

이 부분에 관하여, 예를 들면 미즈타니 아키오(水谷昭夫) 씨에 의해,「메로스가 말하는「엄청나게 큰 무언가」란,「성서적으로는「아버지의 계명」일 것이다」[17]라고, 기독교와의 관련이 지적된 것처럼, 메로스가 목전의 목표, 즉 세리눈티우스의 목숨을 구한다는 목표가 아니라, 인간의 힘을 초월한 것을 내부에서 발견한 것을 엿볼 수 있다. 그것은, 단지 세리눈티우스와한 약속의 차원이 아닌, 인간적인 차원을 초월한「나를 믿어 주고 있다(信じられている)」[18]라는 생각이며, 그 확신이 압도적인 깊이와 확고부동함으로메로스를 붙잡고 있다. 그것은 불신과 고독의 경험을 통과했기 때문에 획득할 수 있었던 생각이었으며, 메로스는 나약함을 알고 내면의 갈등을 이기고시련을 뛰어넘은 성숙한 모습을 여기에 나타내고 있는 것이다.

이 약함과의 대면과「원인을 알 수 없는 힘」에 이끌려 끝까지 달린다는구도에는, 1940(昭和 15)년 11월에 다자이가 쓴 『바울의 혼란(パウロの混乱)』이 상기된다. 여기에「이러므로 도리어 크게 기뻐함으로 나의 여러 약한것들에 대하여 자랑하리니 이는 그리스도의 능력으로 내게 머물게 하려함이라(고후12:9b-논자 주)」[19]라고 하는 표현에 있어서, 연약함을 깊게 자각하면할수록 주에게 모든 것을 맡기고 주가 지켜 주셔서 강할 수 있다는 다자이의 공감이 나타나 있는 것이다.

작품의 결말부에 메로스에게는 소녀에 의해「자색 망토」[20]가 바쳐진다.군중은 2년간 인간불신의 왕에 의한 잔학한 정치에 억압되어 있었다. 그렇기 때문에 진정한 용사 메로스에 의한 디오니스의 회심을 지켜본 군중은고대의 가장 고귀한 색으로 여겨진 〈자색〉의 망토를 바침으로 메로스를칭송했다. 그리고 그것에 얼굴을 붉혀 응하는 모습에는, 이미 이전의 자만하던 메로스가 아님이 분명하다.

5. 다자이의, 밝음에 배태된 겸비에 대한 시선

『달려라 메로스』의 결말 부분에 디오니스의 모습은 다음과 같이 묘사되어 있다.

　　暴君デイオニスは、群衆の背後から二人の様を、まじまじと見つめてゐたが、やがて静かに二人に近づき、顔をあからめて、かう言つた。
　「願ひはかなつた。おまへらは、わしの心に勝つたのだ。信実とは、決して空虚な妄想ではなかつた。どうか、わしをも仲間に入れてくれまいか。どうか、わしの願ひを聞き入れて、おまへらの仲間の一人にしてほしい。」
　　폭군 디오니스는 군중들 뒤에서 두 사람을 뚫어지게 바라보고 있다가 마침내 두 사람에게 가까이 다가가 얼굴을 붉히면서 말했다.
　　"너희 소원은 이루어졌다. 너희는 나를 이겼다. 믿음은 결코 공허한 몽상이 아니었다. 나도 너희와 친구가 되고 싶은데, 내 소원을 들어주지 않겠나? 부탁이니 너희와 친구하고 싶다. 제발 들어주면 고맙겠다."

「두 사람」의 모습이란, 전거에는 없는 형장에서 서로 때리는 장면이다. 이 메로스와 세리눈티우스의 난투는, 인간적인 갈등과 흔들림을 인정한 후의 회개의 행위임과 동시에 그 갈등을 극복한 증거의 행위이었다. 두 사람은 목숨의 위험에 직면하는 극한상태에 빠졌을 때, 관념적으로 머리로 낭만적으로 생각하고 있었던 「신뢰」「우정」을 관철하는 어려움과, 자신이 믿을 수 없는 존재임을 몸으로 체험했다. 또한 그 갈등을 극복했다고는 해도, 어쩌면 배반하고 있었을지도 모른다고 하는 부채를 안고 있었다. 그러한 생각을 깨끗하게 불식하려고 서로 때린 것이다.

이 난투에 대한 왕의 반응은, 전거에 있어서는 「곧 왕의 귀에 이 미담은 전해졌다 /곧 두 사람을 왕좌 앞에 불렀, 다고 되어 있으나,『달려라 메로스』 에서의 왕은 「군중들 뒤에서 두 사람을 뚫어지게 바라보고 있, 었던 것이다. 작품 전반부에서 「네놈이 나의 고독을 알 리가 있겠느냐.」라고 한 디오니 스는 말미의 메로스와 같이, 여기서 「얼굴을 붉히면서」 동료로 삼아 주도록 스스로 다가가 부탁한다. 디오니스는 메로스와 세리눈티우스와의 난투를 통해서, 극한 상태에서의 갈등을 뛰어넘고 겨우 신뢰를 관철한 진지한 인간 의 모습을 직접 보았을 때, 불신에 괴로워하던 마음이 치유되고 「너희는 나를 이겼다. 믿음은 결코 공허한 몽상이 아니었다. 나도 너희와 친구가 되고 싶은데, 내 소원을 들어주지 않겠나?」라고 말할 수 있게 된 것이다. 인간불신이라는 내적갈등으로부터의 극복이 디오니스에게 있어서도 쑥쓰 러워하며 겸비하는 점에서 실현되어 있는 것을 알 수 있다. 그리고 또한 신뢰를 서로 확인하는 감동 안에, 자신도 친구로 삼아 달라고 디오니스가 앞으로 나왔을 때, 거기에는 메로스의 회심에 의해 이끌어진 디오니스의 모습이 있다고도 할 수 있을 것이다.

즉, 「성서지식」의 헤롯상을 부풀려서 형성된 디오니스상은 인간 불신이 라는 내적 갈등을 안고 있는 존재이었으나, 최종적으로는 메로스와 동일하 게 스스로의 약함을 받아들이고 자신을 낮추는 점에 있어서, 또한 메로스의 모습에 도전받음으로 회심하기까지 이른다. 『달려라 메로스』에는 자신의 약함을 자각하고 자신을 낮추는 겸손에 의해서 이루어진 내적 갈등의 극복, 회심이 메로스와 디오니스 두 사람에게 있어서 그려진 것이다.

이하에서는 그 겸비로부터의 회심을 보강하는 것으로 당시의 다자이의 서간과 작품을 고찰하겠다.

당시의 다자이는 「단순」「소박」(『사랑과 미에 대하여(愛と美について)』『화 촉(花燭)』), 「정직」(『당선의 날(当選の日)』『정직 노트(正直ノート)』), 「자연」

(『여학생(女生徒)』『후지 산 백경(富嶽百景)』)이라는 밝음을 표방하고 있었다. 또한 밝은 중기의 요인으로 드는 한 요소인 「신은 있다(神は在る)」라는 인식은, 『새잎 돋은 벚나무와 마술 휘파람(葉桜と魔笛)』(昭和14년 6월), 『젠조를 생각한다(善蔵を思ふ)』(昭和15년 4월), 『동경 팔경(東京八景)』(昭和16년 1월)에 있어서, 밝음과 관련지어져 넘쳐흐르고 있었다. 그러나 동시에, 겸비와 회심의 표현이 많이 나타나고 있는 것도 놓칠 수 없다.

· 謙讓といふこと、ほんとうの謙讓といふこと、少しわかつてまゐりました。やつとわかりました。自分のちからの限度を知りました。私は、まだ、まだ、だめです。
    겸양이라는 것, 진정한 겸양이라는 것, 조금 알게 되었습니다. 겨우 알게 되었습니다. 저의 힘의 한도를 알았습니다. 저는 아직도 안 됩니다.[21]
· やはり九十円では、すまない気持ちで、少し減額してもらふつもりであります。/ふやけずに、ぎゆつと心を引きしめて、精進するつもりであります。
    역시 90엔으로는 죄송한 마음이 들어서 액수를 약간 줄여달라고 할 생각입니다. / 해이해지지 않고, 마음을 바짝 다잡고 정진할 생각입니다.[22]

이 서간들에 다자이의 회심과 겸비의 태도가 보인다. 또한 1940(昭和15)년 1월의 『갈매기(鷗)』에서는, 손님의 「선생님은 소설을 쓰실 때 어떤 신조를 갖고 쓰시는지요.」[23]라는 질문에 대하여, 주인공이 「회한, 고백, 반성」 「비루한 마음」, 「죄의 자식」 등, 겸비와 회심의 표현으로 대답하고 있는 것이다. 그 때, 「공중의 새를 보라」라는 「그리스도의 위로」가 자신에게 「살아갈 힘(生きる力)」을 주었다고 말하고, 「마태복음 5장 25,6」의 성구 「너를 송사하는 자와 함께 길에 있을 때에 급히 사화하라. 그 송사하는 자가 너를 재판관에게 내어주고 재판관이 관예에게 내어주어 옥에 가둘까 염려하라.

진실로 네게 이르노니 네가 호리라도 남김이 없이 다 갚기 전에는 결단코 거기서 나오지 못하리라.」24)를 들고 있다. 이러한 인물의 모습에는, 당시의 다자이가 기독교를 향한 앙망 속에서, 겸비와 회심의 마음을 품고 있었던 것을 알 수 있지 않는가?

게다가, 여기에 살펴 본 내적갈등에서 회심으로 변화하는 이야기가, 다자이의 실러(シルレル)에 대한 깊은 이해에 근거하고, 실러(シルレル)가 나타낸 흔들림 없는 「종교」의 틀에는 개변의 손이 더해지지 않고 성립되어 있는 점에 대해서도 다시 말해 두고 싶다. 회심으로 향하는 구도뿐만 아니라, 맑은 물에 의해 메로스를 부활시킨다는 것처럼, 절대적인 신이 확실하게 현현(顯現)하는 세계로서 작품 전체가 이루어져 있는 것이다.

다자이는 『달려라 메로스』와 같은 해에 『유다의 고백』에 있어서, 유다의 애증이 착종된 가운데 예수의 아름다움에 매료되어 마지않는 모습, 예수를 두려워하는 모습을 그려, 종교에 대한 적극적인 앙망을 형상화 했다. 『달려라 메로스』에는 실러(シルレル)의 시의 종교성에 뒷받침된 독특한 우화적 요소를 포함한 세계를 능숙하게 이용하면서, 기독교와 「성서지식」에의 관심을 포함시켜, 종교성에 열려져 가는 이야기가 나타나 있으며, 여기에도 또한 당시의 다자이의 기독교에의 동경과 앙망을 지적할 수 있다.

【표1】

	「인질담시(人質譚詩)」의 디오니스	『달려라 메로스』의 디오니스
①	暴君デイオニスのところに メロスは短劍をふところにして忍びよつた 폭군 디오니스가 있는 곳에 메로스는 단검을 품에 넣고 숨어들었다	"단검으로 무슨 짓을 할 생각이었는지 당장 말하라." 폭군 디오니스는 조용하면서도 위엄 있게 물었다. 왕의 얼굴은 창백했고 미간의 주름에는 골이 깊게 파여 있었다. /(중략)/"가소로운 놈이로다. 네놈이 나의 고독을 알 리가 있겠느냐." /(중략)/폭군은 침착한 어조로 말하고 한숨을 내쉬었다. "나 역시 평화를 바라고 있다."
②	それを聞きながら王は殘虐な氣持ちで北叟笑んだ。 そして少しのあひだ考へてから言つた 「よし、三日間の日限をおまへにやらう しかし猶予はきつちりそれ限りだぞ おまへがわしのところに取り戻しに来ても 彼は身代りとなつて死なねばならぬ その代り、おまへの罰はゆるしてやらう 그것을 들으며 왕은 잔학한 기분으로 혼자 웃었다. 그리고 잠시 생각한 후에 말했다 "좋다. 3일간의 기한을 네놈에게 준다 그러나 유예는 명확히 그것뿐이다 네놈이 여기에 돌아온다고 해도 그는 네놈 대신 죽어야만 한다 그 대신, 네놈의 벌은 용서해 주겠다	"닥쳐라. 이런 빌어먹을 놈." 왕은 고개를 들어 올리면서 외쳤다. "입으로는 무슨 말인들 못 할까. 내겐 사람들의 속마음이 훤히 들여다보이느니라. 잘 듣거라. 지금부터 널 처형할 것이다. 아무리 울고 용서를 빌어도 소용없다."/(중략)/ 그 말을 들은 왕은 잔인한 웃음을 흘렸다. 녀석은 분명 돌아오지 않을 것이다. 좋아, 그렇다면 이 거짓말쟁이에게 속는 척하면서 풀어주자. 그러고 나서 사흘째 되는 날 이 녀석 대신 인질을 죽이는 것도 나쁘지 않다. 이래서 사람은 믿을 수 없다는 듯이 슬픈 얼굴을 하면서 처형을 하면 된다. 그리고 세상에 정직한 자라고 하는 모든 녀석들에게 보여주자. "좋다, 그럼 네 녀석이 원하는 대로 해주겠다. 당장 인질로 삼을 네놈의 친구를 불러라. 사흘째 되는 날 해가 떨어지기 전에 돌아오도록 하라. 만약 늦게 오는 날에는 네 친구 놈의 목을 베겠다.아니 아니, 조금 늦게 와도 좋다. 그렇다면 네 놈의 죄는 영원히 용서해 주겠다." "뭐라고요? 무슨 말씀을 하시는 겁니까? 전 꼭 돌아옵니다." "하하하. 목숨이 아깝거든 천천히 오도록 하라. 네놈의 속셈은 이미 알고 있다."

【표2】

	『달려라 메로스』의 디오니스	「성서지식」의 헤롯
①	"왕이 사람을 죽이고 있어."/(중략)/ "사람들이 악심을 품고 있다는데 사실 그 누구도 악심을 품고 있지 않아."	헤롯가의 사람들은 대체로 무용(武勇)에 탁월했고, 실행력이 높았다. 그리고 <u>잔인성을 가지고 있으며</u>, 성적 관계의 문란을 가지고 가계의 특징으로 했다. <u>대왕헤롯은 특히 잔인하고 간악하며 정열가이며 시의심(猜疑心)이 깊었다.</u>
②	·"많은 사람을 죽였나요?" "그래, 처음에는 자기 여동생 남편을 죽이더니 그 다음에는 세자를 그리고 여동생과 그 여동생의 자식들을 죽였지. 그리고 황후도 죽였어. 그러고 나서 그 어질고 충성스러운 알렉스 님까지 말이야."	헤롯 일문의 <u>무도잔학</u>은 오른쪽에 의해서도 명백하다. 그 중에 <u>가장 잔학</u>한 것은 헤롯대왕이었다. 지금 나는 그의 유아학살이 그로서는 결코 이상하지 않음을 증거하기 위하여 그가 행한 참으로 잔인 무정한 살인표를 왼쪽에 게재한다― 1. 즉위하자마자 그는 예루살렘의 유력자 415명을 죽였다(37년). 2. 다다음해에는 아내 마리암의 형제이며, 게다가 헤롯 스스로 대제사장으로 임명한 아리스토부르스를 물에 <u>빠뜨려</u> 죽였다. 3. 다음 3년에는, <u>자신의 여형제 살로메의 남편</u>이며, 또한 자신의 숙부에 해당하는 요셉을 죽였다. 4. 30년 봄에 그는 <u>아내 마리암의 아버지인 80세 노인 힐카누스를</u> 죽였고, 5. 29년에는 <u>아내 마리암</u> 자신을, 6. 28년(?)에는 그 어머니 알렉산드라를 죽였다. 마리암과의 결혼은 힐카누스가의 세력 이용을 위한 것으로, 지금은 그 세력을 죽이려 하여 그 일문을 몰살시켰다. 7. 25년에는 <u>여형제 살로메의 제2의 남편</u> 되는 코스트바루스를 죽였다. 만년 더욱 광폭해져서 8. 7년(?)에는 <u>아들 알렉산더와 아리스토부르스를</u> 교살하고, 또한 <u>혐의가 있는 바리새인 등을</u> 처형하고, 끝내 9. 4년, 그가 죽기 5일 전에 그가 <u>가장 사랑하는 아들 안티파테르를</u> 죽였다. 뿐만 아니라, 10. 그는 자신의 장례식을, 큰 비탄의 날로 하려고, 예루살렘의 유력자를 경마장에 구금하고, 그의 죽음과 동시에, 모두 죽음에 처한다고 유언했다고 전해진다.(과연 이 유언은 실
	·"아니, <u>미친 건 아니고 사람을 믿지 못하는 거라.</u> 요즘에는 <u>신하들을 의심해서 요만큼이라도 사치스런 생활을 하는 자는</u> 한 사람식 인질로 잡아가	

	고 있지. 명령을 어기면 십자가에 매달아버려. 오늘도 여섯명이나 죽였다우." • "참으로 어이가 없도다."/ 폭군은 쉰 목소리로 소리 죽여 웃었다./"네 이 놈, 어찌 그런 터무니없는 거짓말을 하느냐. 풀어준 새가 다시 새장으로 돌아올 것 같으냐?"[12]	행되지 않았다고 한다)。 　이렇듯 헤롯은 각박잔인, 미친 도우자(屠牛者)처럼 살인을 멈추지 않았다./(중략)/어쨌든 사냥꾼의 올무는 끊어졌다. 그리고 새는 도망갔다. 이러한 헤롯도 하나님에게는 이길 수 없다. 아기 대왕은 사자의 입에서 건짐을 받았고, 팔레스타인 전도에서 사람의 생명을 좌지우지하던 대왕 헤롯은 마지막에 병으로 고통 받았다. 얼마나 재미있는 씨름인가?
③		예수 대(対) 헤롯전(戦)은 또한 우리 그리스도를 믿는 자 대비의 세상의 전쟁이다. 유물주의, 쾌락주의, 마르크스주의 등의 이 세상에 속한 모든 악은 헤롯이다. 그들은 홍수 때 황하가 범람해 큰 위력으로 파괴하듯이 저항할 수 없는 위력을 가진 혼탁한 흐름으로 우리를 에워싸려 한다. 우리는 무력, 무원(無援), 단지 믿음의 유목(流木) 하나에 전 생명을 걸고 있다. 이 꿈 같은 믿음 하나를 가지고, 우리는 이 현대의 악 헤롯대왕과 싸우려는 것이다. 얼마나 위험한 일인가, 또한 무모한 일인가! 　그러나 두려워할 필요는 없다. 바울이 말한 것처럼 만약 하나님이 우리 편이라면 누가 우리를 대적하리요,이다(롬8:31-39). 하나님이 살아 계신 이상, 그리고 우리가 하나님의 것인 이상, 승리는 우리 것이다.「우리가 이미 세상을 이겼노라」이다. 　독일 시인 실러는「세계 역사는 즉, 세계심판이다」Weltgeschichte ist Weltgericht라고 했다. 신이 살고 신이 지배하는 세계의 역사는, 요컨대 신의 심판 기록이다. 눈이 있는 자에게는 일견 혼연하고 맥락이 잘 안 보이는 세계 역사 속에 명백한 신의 심판을 읽을 수 있을 것이다. 세계 역사는 예수 대(対) 헤롯의 씨름이다.

【주】

* 본고는 『문학 어학』193 (전국대학 국어국문학회(全国大学国語国文学会), 2009.3.30) 에 발표한 「太宰治『走れメロス』論―明るさに胚胎する謙り―」론을 한국어로 번역 한 것이다.

1) 실러(Johann Cristoph Friedrich von Schiller 1759~1805)의 일본어 표기는 「シラー」 또는 「シルレル」로 되어 있다. 이러한 표기의 구분으로 인해, 다자이가 무엇을 참조했 는가 등에 대한 연구가 진행되어 왔다. 따라서 이하 논문의 본문에서는 일본어 표기를 병기하도록 한다.

2) 본고에서 인용하는 『走れメロス』의 본문은 『달려라 메로스』(김욱송 역, 도서출판 숲, 2002년)에 의한다. 단, (고전설과 실러의 시로부터(古伝説と、シルレルの詩から)라 는 부기는 번역본에는 표기되어 있지 않다.

3) 角田旅人「「走れメロス」財源考」「香川大学一般教育研究」제 24호, 1983(昭和58)년 10월. 인용은, 山内祥史編『太宰治『走れメロス』作品論集』、クレス出版、2001(平成13)년, p.136.

4) 九頭見和夫「太宰治のシラー―太宰の作品におけるシラーの影響について―」「福島大学教育学部論集」(人文科学部門),1989(平成1)년11월, p.66.

5) 三谷憲正「「走れメロス」試論―〈リアリズム〉と〈ロマンチシズム〉の相克をめぐって」「稿本近代文学」筑波大、1992(平成4)년 11월. 인용은, 「「走れメロス」試論――〈ロマンチシズム〉の可能性」『太宰文学の研究』東京堂出版,1998(平成10)년 5월,146p.

6) 近藤周吾「「走れメロス」の〈話型学〉―典拠・教科書・解釈―(前)」「日本近代文学会北海道支部会報」2001(平成13)년 7월, p.25.

7) 相馬正一「『走れメロス』の背景」『太宰治』津軽書房,1979(昭和54)년 6월, 190p.

8) 九頭見和夫、前掲論文, p.68.

9) 三谷憲正、前掲論文, p.152.

10) 小栗孝則訳「人質譚詩」『新編シラー詩抄』改造社, 1937(昭和12)년 7월, pp.263~419. 이후의 「人質譚詩」(『新編シラー詩抄』)의 인용은 전부 이것에 의한다. 또한 번역은 논자에 의한다.

11) 「第十二講 イエス伝研究 ヘロデとイエス マタイ伝第二章」「聖書知識」제 13호,1931(昭和6)년 1월, pp.10~17. 이후의 「헤롯과 예수」(「성서지식」)의 인용은 전부 이것에 의한다. 또한 번역은 논자에 의한다.

12) 『달려라 메로스』(김욱송 역)에는 「풀어준 새가 다시 새장으로 돌아올 것 같으냐?」로 번역되어 있다. 본고에서는 논문의 내용상, 논자의 번역에 의했다.

13) 본고에 사용된 다자이의 작품명은 한국어 번역이 있는 경우는 그것에 따랐으며, 없는 경우는 논자의 번역에 의한다. 예를 들면, 『駈込み訴へ』는 『유다의 고백』(상기 『달려라 메로스』, 김욱송 역)으로, 『葉桜と魔笛』는 『새잎 돋은 벚나무와 마술 휘파람』

(『인간실격』, 양윤옥 역, 시공사, 2010년 8월) 등이다.

14) 『古典風』「知性」、1940(昭和15)년 6월.『太宰治全集』4卷、筑摩書房, 1998(平成10)년 7월, 308, p.318.

15) 이 성구는 마가복음 10장 13절에서 16절로 「イエス伝研究 第百十六講 幼子のごとく─神の国への一本道)」(「성서지식」제88호,1937(昭和12)년 4월, pp.123∼125)에도 제시되어 있다.

16) 「イエス伝研究 第百二講 天国にて最大なる者─幼児の如くなれ─ マタイ伝一八章一─五節」「성서지식」제79호, 1936(昭和11)년 7월, p.248.

17) 水谷昭夫「「明るさ」の歌・苦悩と悔恨について」『日本近代小説の世界』清水弘文堂,1969(昭和44)년 10월.

18) 『달려라 메로스』(김욱송 역)에는 「믿고 있으니까」로 되어 있다. 본고에서는 논문의 내용상, 논자의 번역에 의했다.

19) 『パウロの混乱』「現代文学」, 1940(昭和15)년 11월.『太宰治全集』11卷、筑摩書房,1999(平成11)년 3월, p.225.

20) 『달려라 메로스』(김욱송 역)에는 「주홍색 옷」으로 되어 있다. 본고에서는 논문의 내용상, 논자의 번역에 의했다.

21) 太宰治、山岸外史宛書簡,1939(昭和14)년 5월 4일.『太宰治全集』12卷、筑摩書房,1999(平成11)년 3월, p.193. 번역은 논자에 의한 것이며 그 외의 서간의 인용도 동일하다.

22) 太宰治、井伏鱒二宛書簡, 1940(昭和15)년 2월 2일.『太宰治全集』11卷、筑摩書房, 1999(平成11)년 3월, p.212.

23) 『갈매기(鷗)』는『산화』(김욱 역, 책이 있는 마을, 2004년)에 의했다.

24) 개역한글

엔도 슈사쿠의 『사해근처』論
—「13번째의 제자」와 〈쥐〉의 동반자—

이 평 춘

서론

엔도 슈사쿠遠藤周作는 1966年『침묵』을 발표하였고, 2년 후인 1968년 5월부터 1973년 6월까지『성서이야기』를「파도波」에 연재하였다. 이 5년 동안 36회에 걸쳐 연재한 내용을 원본으로 하여 새롭게 집필해 발표한 것이 『예수의 생애』(1973년)이다. 그리고『예수의 생애』와 거의 같은 시기에 평행하여 쓰여 졌다고 보여 지는『사해근처』(1973년 6월)가 발표되었는데, 이 작품의「군중의 한 사람」에는『예수의 생애』에 등장하는 인물과 완전히 일치하는 인물이 등장한다. 본 논문은 이 인물에 초점을 맞춰 論을 전개하고자한다.

『사해 근처四海のほとり』는 처음부터 단행본으로 집필된 것이 아니라, 이전에 발표된 몇 편의 단편을「군중의 한 사람 1」~「군중의 한 사람 6」으로 구성하였고,「순례 1」~「순례 7」을 첨가하여 純文学 특별작품으로 발간한 것이며『엔도 슈사쿠 문학전집』제7권에 수록되어 있다.

그러나 이미『예수의 생애』에서 집필한 인물인 〈예수〉를, 같은 시기의

『사해 근처』의 「군중의 한 사람」으로 다시 반복하여 쓰게 된 이유는 무엇일까. 거기에는 분명히 어떤 의도와 이유가 있을 것이다. 본 논문은 『성서이야기』를 연재하면서도, 『사해 근처』를 쓰지 않으면 안 되었던 그 이유를 밝히며, 「13번째의 제자」와 〈쥐〉의 연관성에 관해 고찰하는 데에 목적이 있다.

제1장 작품의 구성과 순례의 이유

1. 작품의 구성

작품 구성은 〈순례 1〉~〈순례 7〉까지의 예루살렘을 순례하는 〈나〉의 기록과, 거기에 삽입되는 〈군중의 한 사람 1〉~〈군중의 한 사람 6〉1) 까지의 예수가 살던 시대, 즉 신약성서 속의 인물과 사건이 다루어지며, 두 이야기는 각각 독립되어 있으면서도, 상호 연관 지어져 있다.

미키 사니아(三木サニア)2)씨가 지적하고 있듯이 이 소설은 이중구조로 짜여 져 있다. 즉, 「군중의 한 사람 1」~「군중의 한 사람 6」까지는 1971년부터 단편으로 발표된 「知事」「쑥 파는 남자」「대사제 안나스」「백부장」「기적을 지닌 남자」를 씨줄로, 〈순례 1〉~〈순례 7〉은 예루살렘을 순례하는 〈나〉의 기록을 날줄로 하여 구성되어져 있다.

2. 〈나〉의 순례 이유

작가인 〈나〉는 예루살렘을 방문한다. 처음의 여행계획에서는 예루살렘

까지 올 생각은 없었는데, 여행 중 계획을 변경하여 예루살렘을 방문하게
되었다. 그 이유로서 「동행한 TV 방송국 사람과 런던과 파리, 마드리드를
다닌 후, 함께 북쪽을 경유하는 비행기를 타고 도쿄로 돌아올 예정이었다.
그러나, 로마에서 동행과 헤어진 후 갑자기 예루살렘으로 오려고 했던 그
마음을 이야기하는 것은 ……나의 모든 과거를 한 마디로 설명하는 것만큼
어려웠다」라고 이야기하면서, 갑자기 방향을 바꾼 예루살렘으로의 여정은
자신의 과거로부터 결코 분리시킬 수 없는 어떤 이유가 있다는 것을 암시하
고 있다.

〈나〉는, 성서학을 전공하면서 오랜 세월 예루살렘에 살고 있는 대학 동
창인 도다를 만나 함께 예루살렘 순례를 시작한다. 〈나〉는 소극적인 신앙
을 갖고 있는 남자로 그려져 있으며 어린 시절의 세례가 훗날 어떤 흔적을
남길지도 생각지 못하고 세례를 받으면서 「믿습니다」라고 답했는데, 지금
은 교회에 나가지 않고 있다. 〈나〉의 미완성 소설인 「13번째의 제자」는
예수의 모습과 함께 서랍 속에 넣어진 채이다. 그런데, 이 예루살렘 순례를
통해서 그 소설을 마무리 짓고 싶다고 생각한다. 〈나〉는 〈예수〉의 발자취
를 쫓으면서 교회에서의 예수뿐만 아니라 〈자신에게 있어서의 예수〉의 모
습을 탐구하는 순례를 시작한다.

엔도는 실존적 예수의 흔적을 쫓기 위해 이스라엘을 방문하면서 『성서이
야기』를 연재했으며, 이를 원본으로 하여 『예수의 생애』를 썼다. 그리고
이 여행의 경험과 구상을 『사해 근처』의 〈순례〉 부분에 활용했다. 즉, 『사
해 근처』의 〈순례〉는 엔도가 예수를 찾아 떠난 예루살렘 여행을 통해서
경험한 내용을 토대로 묘사된 것이라 생각된다.

〈나〉의 관심은 〈예수의 참모습〉을 찾는 것이다. 오랜 세월의 신앙 속에
서 지금은 희미해지고 잃어버린 예수의 참모습을 찾고, 더나가 〈나의 예수〉

를 찾아내는 것이 순례의 목적이다.

제2장 「13번째의 제자」와 코바르스키(쥐)

『사해 근처』의 주인공 〈나〉는, 「신앙은 오랜 세월 동안, 홈통처럼 부식되어 있고, 예수의 모습은 이 존 웨인의 간판화처럼 통속적인 묘사에 지나지 않게 되어버린」 인물로 설정되어 있다.

작가인 〈나〉가 예수를 그와 같이 느끼기 시작한 것은 수년 전부터 쓰기 시작한 「13번째의 제자」를 끝까지 완성시키지 못한 채 서랍 깊숙이 넣어버린 때부터이다. 「13번째의 제자」의 내용은 다음과 같다.

> 그 소설은 예수와 그의 제자 중 하나인, 교활하고 거짓말쟁이며 게으른 남자와의 일을 쓸 생각이었는데 - 그리고 그 남자는 나 자신의 투영이었다 - 그것이 실패로 끝났을 때, 나는 예수를 버린 느낌이었다.[3]

〈나〉는 「예수와 그의 제자 중 하나인, 교활하고 거짓말쟁이며 게으른 남자」인 유다를 묘사하려 했다. 예수의 제자 중 하나였지만, 예수를 배신한 제자가 되어버린 유다에게 자신을 투영시켜 그려보려고 시도했었다.

〈나〉가 쓰고 있던 소설의 주인공인 남자는 이가 빠지고 치료불능의 거짓말쟁이이며, 예수의 뒤를 따르면서도 끊임없이 불평을 하며 광야를 걷고 있었다. 남자는 다음과 같이 묘사되어 있다.

> 일본에 있을 때, 내가 상상하던 예루살렘과 같았고, 벌써 여러 해나 서랍

속에 던져 놓은 「13번째 제자」라는 나의 미완성 소설에도 그런 분위기를 짜 넣었다. 이 소설의 주인공은 이가 빠진 거짓말쟁이에다 겁쟁이 남자였는데, 그는 예수와 함께 이런 예루살렘을 걷고 있었던 것이다.[4]

그리고 〈유다〉는 어느새 '쥐'의 얼굴로 확장 된다. '쥐'는 〈나〉가 대학시 절에 살았던 기숙사에서 일을 도와주던 수도사였고, 이름은 고바르스키였 다. 무슨 이유에서인지 수도사를 그만두고 본국으로 돌아갔는데, 그 후 〈나〉는 그가 게르젠의 수용소에서 죽었다는 소문을 들었다. '쥐'는 우리 기숙사생들에게 있어 다음과 같은 존재였다.

'쥐'가 모습을 감춘 것은 무로토室戸가 어머니에게 이끌려 고베로 돌아간 후이다. 모습을 감추었다고 하지만, 실제로 그는 어느 사이엔가 우리 기숙사 에서도 대학에서도 보이지 않게 되어 버렸다. 기숙사생 중에 그 어느 누구도 그것을 알아차리지 못했던 것은 그가 우리의 흥미와 관심을 끄는 인간이 아니 었기 때문일 것이다. '쥐'가 사라졌다하더라도 기숙사에 영향을 주는 것은 없 다. 그 때문에 서운한 생각을 가질 이유도 없다. 막 울음을 그친 눈을 하고서 복도를 걷고 있던 그는 우리 기숙사생에게는 누군가가 기숙사 현관에 벗어던 진 낡은 슬리퍼와 같이 아무래도 좋은 존재였다.[5]

아무에게서도 관심을 끌지 못하고, 사랑받지 못한 '쥐'. 그가 사라 졌다고 해서 궁금해 하는 사람은 아무도 없었다. 그 '쥐'가 〈나〉의 소설의 주인공과 겹쳐진다.

그리고 '쥐'의 겁먹은 얼굴과 〈나〉의 소설 「13번째 제자」의 「이가 빠진 그 남자」의 얼굴과 「예수의 뒤에서 끊임없이 불평하면서 광야를 걷고 있는 유다」가 겹쳐지고, 더욱더 순례를 하고 있는 〈나〉의 곁을 〈예수와 함께 유다가〉 걷고 있다는 것을 느낄 수 있었다.

〈나〉는 순례를 하면서 도다에게서 대학시절 기숙사 일을 도와주던 수도사 고바르스키('쥐')에 대한 이야기를 들었다. 그리고 도다가 안내해준 「유태인 학살 기념관」에서 〈나〉는 그 '쥐'를 떠올린다.

> 도다가 '쥐' 따위에 흥미와 관심이 없다는 것을 나도 알고 있었다. 그것이 오늘까지의 나와 도다의 삶의 방식의 차이였는지 모른다. 서랍 깊숙이 던져둔 나의 미완성 소설. 그 소설 주인공에 '쥐'가 겹쳐지는 부분이 있다는 것을 이때 처음으로 느꼈지만, 내가 즐겨 쓰는 인간은, 생각해보면, 모두 '쥐'와 같은 인물들뿐이었다.6)

여기서 〈나〉의 話者는 「내가 즐겨 쓰는 인간은, 생각해보면, 모두 '쥐'와 같은 인물들뿐이었다」라고 이야기하고 있다. 〈나〉는 자신의 과거를 회상하면서 나병원癩病院에서 두려움에 떨던 자신과 노삭크 신부를 배신한 자신이 그 '쥐'와 무엇이 다른가, 라는 의문을 품는다. 〈나〉는 「나의 과거에는 더욱 비겁했던 모습이 수없이, 더 이상 채울 수 없을 정도로 가득히 채워져 있다」라고 고백하고 있다. 그리고 「도다」로부터 받은 「왜, 너는 '쥐'에게 그렇게 흥미를 갖는 건가」라는 질문에 대해

> 「이 나이가 되면, 예수를 따랐던 12명의 훌륭한 제자보다도 예수를 버리고 떠난 제자들 쪽이 더 마음에 걸려서. 결국, '쥐'도 나도 그 형편없는 제자와 닮았기 때문에……자네도 그렇지 않은가」7)

라고, '쥐'와 마찬가지로 자신 속에서도 비겁하고 형편없는 인간의 모습이 내재되어 있다고 고백하고 있다.

> '쥐'라고? 내 인생에 있어서도 두세 번 만났을 뿐인데도, 평생 잊기 힘든

흔적을 남긴 사람이 있고, 또한 매일같이 얼굴을 마주하면서도 아무런 의미도 없었던 사람이 많이 있었다. 생각해보면 오늘날까지, '쥐'는 내게 있어서, 학생 시절의 추억 속에 희미하게 남아있는, 안개 속 나무그림자처럼 어찌되어도 좋은 존재였다. 그것이 지금, 갑자기 마음에 걸리기 시작하는 것이다.[8]

라는 점에서 〈나〉는 '쥐'의 존재감에 시달린다.

그리고 '쥐'와 같은 수용소에 있었던 의사로부터 받은 편지를 통하여 고바르스키의 또 다른 모습을 접하게 되며, 〈순례 4〉부터 구체적으로 '쥐'의 흔적을 추적하게 된다.

제3장 「도다」와 〈나〉의 관련성의 설정

성서연구가인 도다는 〈나〉와 같은 대학의 친구이다. 그는 학창시절부터 자진하여 세례를 받고, 새벽 미사에 노삭크 신부와 가기도 하고, 어떤 때에는 신부가 되려고도 생각한 인물이다. 그는 〈나〉와 달리 적극적인 신앙을 지니고 있었고, 성서를 연구하기 위해 이스라엘로 건너갔다. 그런데, 졸업한 후로 20년 만에 만난 〈나〉의 눈에 비친 그는 옛날의 그와는 상당히 변해 있었다. 그는 성서를 신앙으로 믿기보다는 이성적으로 분석하고 있었고, 지금은 예루살렘에서 국제연합의 일을 하고 있었다.

〈나〉는 순례 도중 도다에게 「성서에 나오는 최후의 만찬 장소나, 게쎄마니 동산 같은 곳은 어디에 있느냐」고 묻는다. 도다는 「순례자용으로는 존재하고 있지만, 고고학적으로는 엉터리야」「때문에, 예수의 흔적은 이 성벽 안에서도 거의 존재하지 않지」라고 답한다.

〈나〉가 도다에게 「자네도 예수를 버렸나?」라고 묻자, 도다는 「버린 게 아냐. 잃어버린 거지」라고 말한다.

> 「왜」나는 끈질기게 물었다.「자네는 오랫동안 성서를 공부해왔지 않나?」
> 「그래. 그렇기 때문에 예수도 잃어버리지」라며 도다는 먼 곳을 바라보는 듯 했다.
> 「이곳에서 성서학을 공부하는 한 남자가 있는데, 오랜 기간 예수의 생애도 모습도 성서에 쓰인 대로라고 믿어 왔지. 하지만 공부를 해나감에 따라, 성서에 쓰인 예수의 생애도 말도 사실이라기 보다는 원시 그리스도교 공동체가 신격화하여 만들어냈다는 것을 알게 되지. 그로부터 오랜 기간, 그는 후세의 신앙이 만들어낸 성서의 예수像을 접어두고 사실적 예수의 생애만을 찾으려고 이 나라에 왔네」[9]

도다의 대답에 의해서 지금까지 걸어온 그의 여정이 엿보인다. 그리고 「사실적 예수의 생애만을 찾으려」하는 도다의 자세를 엿볼 수 있다. 〈나〉는 도다를 통해서 순례를 결심한 자신의 자화상을 확인할 수 있었다. 때문에 〈나〉는,

> 우리 사이에 흘러 간 세월동안, 나의 예수는 부식되어 버렸는데, 그의 예수는 어떻게 바뀌었을까?
> 때문에 〈나〉는 다시 한 번…… 잃어버린 그 남자의 발자취를 더듬어 봄으로써 결말을 내고 싶다는 생각을 하는 것이다. 예수의 흔적을 다시 따라 걷는 것은, 교회의 예수가 아니라 〈나의 예수〉를 찾는 길이었다.[10]

라고 순례하는 자신의 결의를 다시 한 번 확인한다. 그래서 이 두 남자는 힘겨운 과제를 안고, 함께 예수의 흔적을 따라가는 순례를 하게 된다.

제4장 군중의 한 사람

「군중의 한 사람」은 예수가 살아있던 시대를 배경으로 하며, 신약성서의 인물과 사건을 열거하는 형식으로 되어 있고, 주된 등장인물은 안드레아, 알패오, 대사제 안나스, 지사 빌라도, 쑥을 파는 남자 드보라와 백부장이다. 6명의 각각의 인물을 통하여 그들에게 비치고 있는 예수를 이야기한다. 그들의 눈을 통해서 보여 지는 예수는 나약한 인간이지만, 고통을 당하는 사람에게 등을 돌리지 않고 그들의 곁을 지키는 인물로 그려지고 있다. 구체적으로 그들에게 비친 예수는 다음과 같다.

「안드레아」의 눈에 비친 예수는, 사두가이파의 교사와 예언자의 이야기와는 달랐다. 교사와 예언자들은 항상 인간의 나약함을 책하고, 협박하듯 神의 분노, 神의 징벌에 관한 두려움을 이야기했지만, 예수는 그런 말을 한 번도 하지 않았고, 神은 예언자들이 말하듯 험난한 산과 광야에 숨어 있는 것이 아니라, 고통 받는 자가 흘리는 눈물이나, 버림받은 여자의 밤의 고통 속에 숨어있다고 가르쳤다.

『사해 근처』속의 「군중의 한 사람」은 『예수의 생애』에 그려진 예수像과 동일하다. 쌍방 모두 군중이 예수에게 기대하고 있는 것은 병을 고쳐주는 기적과, 고통에서 해방시켜주는 것이었다. 그런데, 예수는 그것에는 응하지 않으려 했다. 그가 군중에게 한 말은 「내가 할 수 있는 것은…… 너희들과 함께 고통당하는 것이기 때문에……」였다.

안드레아에게도, 「내가 할 수 있는 것은…… 너희들과 함께 고통당하는 것이다」라는 메시지였다. 그것을 통해서 예수의 메시지는 〈동반자 예수〉였다는 것을 암시하고 있다.

엔도는 이미 『예수의 생애』에서 표현한 〈동반자 예수〉를 이 부분에서 다시 등장시켰다. 그 예수는, 「아무것도 할 수 없었다.」「하지만 너희들을 사랑하려고 했다. 너희들과 함께 고통을 나누고자 했을 뿐이다.」라고 이야기하는 예수이다.

「알패오」의 시각으로 묘사된 예수는 다음과 같다. 열광적이었던 사람들은 실망하고, 민중은 예수를 경멸하게 되었다고 한다. 한때는 무슨 일이든 할 수 있을 것으로 보였던 예수가 결국 아무것도 할 수 없었던 것이다. 그런데, 그 사람은 알패오의 얼굴에 흐르는 땀을 닦아주었다. 물을 마시게 하고, 음식을 조금씩 입에 넣어주었다. 약초를 달인 약을 주고, 그가 잠들 때까지 가만히 곁에 앉아 있었다. 알패오가 고열에 시달려 비명을 지를 때, 그 사람은 말했다. 「네 곁에 있어. 너는 혼자가 아니야.」라고 그는 말했다.

군중은 과월절이 되자, 家長들이 아이들에게 구세주가 온다고 들려주었다. 이스라엘을 로마의 지배에서 해방시키고, 다윗의 성전을 본래 모습으로 회복시켜줄 구세주가 올 것을 믿고 있었다.

그러나 예수는 「다른 사람을 위하여 슬퍼하는 것, 어느 날 밤 죽어가는 사람의 손을 잡아주는 것, 비참함을 함께 견디는 것, 그것 조차도…… 다윗의 성전보다도 과월절보다도 더 위대한 일이다.」라고 말했다.

예수는 자신이 구세주라는 말은 한 번도 한 적이 없다. 그 사람을 구세주로 삼으려한 것은 군중이었다. 그는 기적을 행하진 않았지만, 고통스러워하는 사람들 곁에 있고자 했다. 그는 목숨을 내어줄 정도로 인간을 사랑했다. 그러나 군중은 그런 그의 사랑을 이해할 수 없었다. 군중은 그를 배척했다. 배척받은 그는 성전 모독죄로 체포되었다.

「대사제 안나스」에서는 「군중의 한 사람 1」과 「군중의 한 사람 2」의 話者와 달리, 話者는 〈나〉로 되어 있다. 이 내용에서는 대사제 안나스에게 보고된 내용에 초점을 맞추고 있다. 가야파가 보낸 파피루스에 쓰인 내용은, 갈릴래아 인들은 이 남자가 자신들을 해방시켜줄 것으로 생각했지만, 결국 아무것도 할 수 없었다고 쓰여 있다. 그 때문에 추종하던 제자들도 점차 숫자가 줄고, 이제는 10명 정도밖에 남아 있지 않고, 더욱이 이 예수는 성전을 모독하고, 안식일을 지키지 않았다는 내용이 쓰여 있었다. 안나스가 알 수 있었던 것은 다음과 같은 것이다.

> 목수가 말하는 것은 단 한 가지 (중략) 그 사랑이라는 것이었다. 목수는 그 사랑을 위해 갈릴래아의 마을들을 돌아다니며, 비웃음거리가 되고, 바보로 취급받고, 돌을 맞았던 것이다. 성전보다도 율법보다도 더욱 중요한 것은 사랑이다, 라고 그는 항상 교사들에게 이야기했으며, 그 때문에 그들의 분노를 샀다. 파피루스에 보고된 그의 3년간의 발자취를 보면, 의인과 덕 있는 사람을 멀리하며, 「나병과 열병환자와 매춘부만 찾아다니고, 혐오의 대상이 된 그들이 우리보다 사랑하는 것에 대해 잘 알고 있다고까지 말하였다. 그는 인생의 아름다운 것을 거부하고, 더러워진 것을 편애하는 狂人과 같았다」라는 것이었다.[11]

「빌라도」는 금년에도 무사히 과월절을 예루살렘에서 지내고, 처자가 있는 가이사리아로 되돌아가고 싶었는데, 그런 그에게 성전과 유대교를 모독해 체포된 예수를 끌고 왔다. 빌라도는, 그 남자가 갈릴래아인이라면, 유대의 분봉왕인 헤로데에게 끌고 가야한다며 헤로데 왕에게 떠넘겼지만, 헤로데는 빌라도에게 그 남자를 다시 돌려보냈다.

「쑥 파는 남자」는, 예수의 뒤를 따르는 드보라가 예수에게서 느끼는 것을 이야기하는 형식으로 되어있다. 어느 날, 병자인 걸인이 의지할 사람 하나 없다면서 예수에게 「네가 정말 예언자라면, 기적으로 이 병을 고쳐주지 않겠는가?」라고 말했다. 그 말에 대해 예수는, 「나는 네 병을 고칠 수 없다」「하지만 나는 너의 그 고통을 함께 나누고 싶다. 오늘 밤도, 내일 밤도, 그 다음 밤도……. 네가 고통스러울 때, 네 고통을 나누고 싶다」라고 말했다. 여기에서의 예수像도 동반자 예수의 모습이다.

드보라는 은화 세 개로 십자가를 짊어진 예수를 도운 유일한 사람이 되었다. 자신의 현실적인 문제가 해결되지 않은 걸인은 배신당했다는 듯이 욕을 하고, 모였던 여자들도 이 말에 실망했다는 듯이 사라졌지만, 예수는 아무것도 할 수 없었다. 유다 의회에 의해 유죄로 판결된 예수는 십자가를 지고 「해골」이라고 불리는 사형장으로 향했다. 그는 몇 차례나 넘어졌다. 드보라는 예수가 넘어졌을 때, 도와준 인물이다.

「백부장」은, 병사를 시켜 사형수를 형장까지 끌고 가게 했다. 사형수가 숨을 거두었을 때, 그 죽음을 확인하는 것도 그의 일이다. 그 때문에 「죽음의 확인자」라고 불린다. 그런데, 그는 예수가 이와 같은 고통과 참혹함 가운데 죽어가야 할 이유를 알 수 없었다. 사랑만으로 살아온 인간이 왜 이런 비참한 죽음을 당해야 하는지도 알 수 없었다. 고통을 견디면서 예수는 죽었다. 「모든 것을 당신 뜻에…… 나를 당신에게 맡기나이다」라고 말하고 예수는 숨을 거두었다.

이와 같은, 「군중의 한 사람 1」~「군중의 한 사람 6」까지는 각각의 인물에 투영된 예수가 성전 모독죄로 무력한 채 죽었다는 이야기로 구성되어 있다. 이 부분에서는 예수의 기적 이야기가 전부 배제되어 있다. 예수는 아무런 기적도, 아무런 도움도 행하지 않는 무력한 인간으로, 단지 고통당하는 사람들 곁에 있어주는 인물로 그려져 있다.

제5장 〈순례〉와 〈군중의 한 사람〉의 상관관계

앞서 열거했듯, 『사해 근처』에는 「순례 1」~「순례 7」까지와 「군중의 한 사람 1」~「군중의 한 사람 6」까지가 서로 교차되어 있으며, 「순례」의 〈나〉라는 話者는 도다와 함께 성서의 무대인 예루살렘을 순례하며 실존적 예수의 발자취를 쫓고 있다.

가사이 아키후(笠井秋生)[12]씨는 그 순례에 대해 「이러한 〈나〉와 도다의 예수의 발자취를 따라 걷는 여행을 예수의 非神話化의 여행이라고 해도 좋을 것이다. 예수에 대해 신화화된 부분을 모두 제거하고, 실제의 예수, 史的 예수를 추구하는 여행이다」라고 말하고 있다.

엔도는 신학을 배우기 위해 이스라엘에 와서 신앙의 실체를 잃어버린 도다의 입을 통해, 「후세의 제자 공동체는 예수를 신격화시키기 위해 점차적으로 구약의 예언과 영웅 전설로 장식했던 것이야」라고 이야기하고 있다.

이 부분에서 도다의 「예수를 신격화시키기 위해 점차적으로 구약의 예언과 영웅 전설로 장식했던 것이야」라는 견해와, 〈나〉의 입을 통해 「베들레헴 전설 따위가 없더라도 예수의 본래 모습에는 변함이 없기 때문에」라는 내용을 통하여 두 사람의 예수에 대한 생각을 나타내고 있다.

이러한 생각을 갖고 나선 순례를 통해서 엔도는 「神은 성전을 갖고 싶어 하는 것이 아니라, 神은 인간을 갖고 싶어 한다」라는 예수像을 형상화 시키고 있다. 그리고 「고통스러워하는 인간 곁에 있어 주는 것, 인간을 사랑하는 것」이 예수의 본질이라는 메시지를 전하고 있으며 이것이 〈순례〉의 내용이다.

「군중의 한 사람」의 6개의 章과 「순례」는 마무리 부분에서 연결된다. 엔도는 도다의 다음의 말을 통해서 「순례」와 「군중의 한 사람」을 일치시켰다.

　　갈릴래아의 주민들은 예수에게서 사랑 같은 눈에 보이지 않는 것보다도, 현실적인 기적을 바랐던거야. 절름발이를 고쳐주고, 열병으로 죽음에 이른 아이를 되살려주고, 맹인의 눈을 뜨게 해주고…… 그 이상을 예수에게 구하지 않았다는 말이야. (중략) 거창한 기적 이야기는 말이지, 나중에 예수를 신격화하기 위해서 각지의 전승을 성서작가가 짜 넣은 것이지. 때문에 그 기적 이야기 사이사이에 사람들과 제자들로부터도 버림받는 예수의 이야기가 갑자기 나타난 거야. 그것이 사실이야. 본래의 예수의 모습이지. 예수가 만약 거대한 기적을 보였다고 한다면, 왜 그는 1년 후에 모두로부터 버림받고, 갈릴래아에서 쫓겨났는지, 생각해봐.[13)]

　그리고 「순례」와 「군중의 한 사람」의 씨줄과 날줄을 하나로 일치시키는 장면은, ⅩⅢ장의 「다시 예루살렘으로」이다. 「다시 예루살렘으로」는 예루살렘을 출발점으로 유대인 학살 기념관, 사해 근처, 가나 마을, 갈릴래아 호수, 테르 데뎃슈의 키부츠 등을 순례하고, 일본으로 돌아오기 위해 재차 예루살렘에 들렀을 때의 예루살렘을 배경으로 하고 있다.

　「다시 예루살렘으로」는 상당히 복잡한 구조로 짜여 져 있다. 예를 들면, 구마모토 목사에게서 받은 번역본『소년을 위한 예루살렘 이야기』의 인용과, 〈나〉가 들렀던 성전 앞과, 두 번째 방문하는 「학살 기념관」에서의 감상, 그리고 일본으로 돌아오기 직전의 이야기, 키부츠 수용소에서 살아남은 야곱 이갈씨로부터 받은 편지가 혼합된 구성이다. 그런 구성 속에 갑자기 〈나〉와는 다른 또 다른 한 사람의 話者가 등장하고, 그 話者는 「군중의 한 사람」과 「순례」를 융합시키고 있다.

　이 話者는 「순례」에 해당하는 제ⅩⅢ장의 「다시 예루살렘으로」 중에서 〈예수의 죽음〉에 대해 이야기한다. 「군중의 한 사람 6」에서 이미 죽음을 맞은 예수였는데, 뒷부분인 이곳에서 또 예수의 죽음을 다음과 같이 언급하고 있는데, 그 이유는 무엇일까?

> 게쎄마니의 나무들 사이로는 시커먼 위협적인 성전과 성벽의 모습이 손에 잡힐 듯 보였다. 제자들로부터 돌을 던져 닿을 정도 떨어진 곳에서 예수는 손으로 얼굴을 덮고 고통스러워하셨다. 그는 피와 같은 땀에 젖었지만, 제자들은 아무도 그것을 알아차리지 못했다. 그때 그는 이렇게 기도하셨다. 여인은 아이를 낳기 위해 고통스러워합니다. 저는 지금 사랑을 낳기 위해 고통스러워합니다. 인간이 두 번 다시 고독하지 않기 위해 저의 죽음이 필요합니까?
> 정오, 세 개의 십자가가 형장에 세워지고, 예수의 좌우에는 죄수 둘이 똑같이 양손과 발목에 못이 박혀 고개를 떨어뜨리고 있었다. 형장까지 따라온 사제들도 세 사람이 십자가에 달린 것을 확인하자 시내로 돌아갔다. 남은 것은 백부장과 그의 부하 로마 병사 세 사람, 그리고 얼마 안되는 구경꾼들이었다. 형장은 매우 무더웠고, 죄수들은 목숨이 붙어 있었다. 오른쪽의 죄수가 갑자기 얼굴을 들고 할딱거리며 예수에게 말을 건넸다. 나도 천국에서······ 잊지 말아 주게. 예수도 땀과 피투성이의 얼굴에 고통스러운 미소를 떠올리며 말했다. 언제나······ 네 곁에 내가······있다, 라고.[14]

문체로 보면, 이 내용은 「순례」의 〈나〉의 話者가 아니다. 확실히 「군중의 한 사람」의 話者라고 생각된다. 그런데도 불구하고 갑자기 「순례」 속에 들어 와 있다. 더욱이 '쥐'에 대해 말하는 야곱 이갈씨로부터의 편지와 '쥐'가 비누가 되었다고 생각하는 「학살 기념관」에서의 〈나〉의 感想 속에 들어와, 「순례」와 「군중의 한 사람」의 이야기를 융합시키고 있는데, 그것은 무슨 이유에서 일까?

그것은 「군중의 한 사람」의 내용과 「순례」를 연결시키기 위한 장치이다. 「군중의 한 사람」과 「순례」가 별개의 이야기가 아니라, 하나로 이어져야 할 필연성을 구축하기 위해서이다. 그 때문에 「군중의 한 사람」에서 이미 죽음을 맞이한 예수의 죽음을 다시 「순례」속에서 또 한 사람의 話者에 의해 이야기 할 필요가 있었다고 생각된다. 이렇게 함으로써 「군중의 한 사람」이, 현실적으로 현재의 예루살렘에 있는 〈나〉와 연결되기 때문이다. 또한, 그것과 같은 구조로 반복되어 있는 부분이 있다.

「순례 5」인 「Ⅸ 갈릴래아 호수」속에서도 이제까지와는 다른 話者가 등장한다. 「그것을 들으면서 나는 자신의 「13번째의 제자」의 원고를 다시 쓰게 될 때가 온다면, 이 호반에서의 예수의 모습을 어떻게 표현할까라고 멍하니 생각했다」라는 부분에 이어서 「군중의 한 사람」의 話者가 도입되어 있다.

> 30년 가을부터 이 호수 주변을 예수는 몇몇의 제자들과 함께 걸어 다녔다. 키도 작고, 나이보다 훨씬 늙고 피로에 지친 얼굴은 바싹 말라 움푹 패인 눈에는 언제나 슬픈 빛이 있었다. (중략)
> 그는 교사들과 마을의 유지가 모이는 회당에서는 이야기하지 않았다. 석양이 버려진 쓰레기를 비추고, 오수가 고여 있는 마을을 벗어나, 처음에는 그 이야기를 들어주는 상대도 여자와 아이들 정도였다. 그는 어려운 율법 해석은 전혀 하지 않고, 누구라도 알 수 있는 비유를 낮은 목소리로 이야기했다.[15]

이것은 작품 「13번째의 제자」의 일부라고 생각하기는 힘들다. 이 부분은 「군중의 한 사람」에서 줄곧 이야기되어온 〈예수〉가 「순례」에서 그려진 예수와 일치하는 부분이다.

이처럼, 일부러 「군중의 한 사람」의 話者와 「순례」의 話者를 융화시키고 있는 것은 「군중의 한 사람」과 「순례」가 별개가 아니라 하나의 이야기로 구성되어 있다는 것과, 그리고 「군중의 한 사람」에서의 예수像이 나의 「순례」를 통해서 확인되면서 반복되어지고 있다는 것을 증명하기 위해서 일 것이다.

제6장 결론 〈유다/쥐〉의 동반자

「군중의 한 사람」의 예수는 무력했다. 무력했기 때문에 제자와 군중에게 버림받았다. 그러나 「자신이 아무것도 해줄 수 없었던 호반의 병자와 창녀와 노인들을 언제나 생각했」던 것처럼 무력했지만, 많은 인간의 아픔을 나누려고 한 예수로 묘사되고 있다.

「군중의 한 사람」과 병행하여 쓰여진 「순례」에서 '쥐'와 같은 수용소에 있던 야곱 이갈로부터의 편지를 통해서 '쥐'의 최후를 알게 된다. '쥐'는 모두로부터 교활하다고 여겨졌다. 수용소에서 살아가기 위해서는 다른 사람을 사랑할 수 없는 상황도 쓰여 있다. 그런데, 자신의 최후의 음식이 될 빵을 나누어 주는 '쥐'에 대해 다음과 같이 이야기한다.

> 가자라고 말하자, 그는 울면서 고개를 흔들었습니다. 그리고－나에게－이 나에게 그의 마지막 날의 식량이 될 쿠페 빵을 주었던 것입니다.
> 양복을 입은 독일인이 그의 좌측에 서서 걷기 시작했습니다. 뒤에서 나는 물끄러미 바라보고 있었습니다. 고바르스키는 절뚝거리면서 순순히 따라갔습니다. 그때, 나는 한순간－한순간입니다만, 그의 우측에 누군가 또 한 사람이 그와 마찬가지로 절뚝거리며, 발을 질질 끌고 있는 것을 이 눈으로 보았던 것입니다. 그 사람은 고바르스키와 마찬가지로 초라한 죄수복 복장으로, 고바르스키처럼 땅에 오줌을 누면서 걷고 있었습니다……[16]

라고 '쥐'의 곁에서 절뚝이는 동반자 예수에 대해 이야기한다.

이 부분에서 엔도는 동반자 예수의 모습을 극적으로 표현했다. 『예수의

생애』에서 史的 예수를 「사랑의 예수」로 묘사한 엔도는『사해 근처』에서
는 〈쥐와 함께하는 예수〉에 이르게 된 것이다. 그 〈동반자 예수〉는 교활하
고 비겁한 '쥐'의 곁에서 함께 절뚝거렸다.

엔도는 자신 속에 남겨져 있던 〈유다의 문제〉를 이렇게, 이런 방법으로
해결하기에 이른 것이다. 즉, 배신자에 대한 용서는 물론, 그런 유다의 곁에
도 함께하고 있다는 것을 나타내고 있는 것이다. 엔도는 '쥐', 혹은 「13번째
의 제자」의 주인공, 유다야말로, 유다이기에 용서받아야 한다고 말하고 있
다. 이것이 엔도에게 있어서『예수의 생애』를 발표하고 나서도『사해 근처』
의 〈순례〉를 쓰지 않으면 안 되었던 이유였다.

이노우에 요우지(井上洋治)씨는 엔도의 동반자 예수에 대해

> 별 수 없는 인간, 나약한 인간, 죄 많은 인간을 그리스도교의 神은 결국
> 구원해 주지 않을까− 집요하게 자기 자신에게 던져온 이 물음에 대하여『침
> 묵』에서 「母性的인 것」의 復權을 완성시켰다.17)

라고 이야기하고 있듯이,『침묵』에서 모습을 보인 「母性的인 것」이『사해
근처』에서는 〈현재의 나〉와의 연결을 통해서 더욱 깊어지고, 유다의 문제
가 〈동반자 예수〉로 완결된 것이다. 그것은 「13번째의 제자」의 주인공과,
'쥐'와 유다, 또한 〈나〉와도 연결되며, 함께한다는 것을 의미한다.

> 나는 이 추억을 한 번도 자신의 소설에 쓴 적이 없다. 하지만, 노사크 신부
> 를 배신한− 배신했다는 것이 과장된 말이라고 한다면− 버린 그 10분 동안의
> 일은 뿌옇게 인생의 먼지가 덮인 긴 세월 동안에도 때때로 마음속에 되살아나
> 는 일이 있다.
> 癩病院에서의 나. 10분 동안의 나. 나는 자신이 '쥐'와 어떻게 다를까, 라고
> 운전하는 도다의 옆에서 생각했다. 이 일은 너무도 사소한 일이다. 나의 과거

에는 더욱 비겁했던 모습이 수없이, 더이상 채울 수 없을 정도로 가득히 채워
져 있다·······.18)

〈나〉는 '쥐'와 유다만이 아니라 자신의 배신 속에도 예수가 함께하고 있
다는 것을 확신할 수 있었다. 「군중의 한 사람」에서 늘 이야기하고 있는
「나는 너의 병을 고칠 수는 없다」하지만, 나는 그 고통을 함께 나누고
싶다. 오늘 밤도, 내일 밤도, 그 다음 밤도·······. 네가 고통스러울 때, 나는
너의 고통을 나누어지고 싶다」라는 내용과 「순례」가 하나로 연결되는 장면
이기도 했다.

> 어쩌면, 당신은 '쥐'와 그 외의 인간과 함께 나의 인생에도 함께하셨는지도
> 모른다. 어쩌면 당신은 내가 서랍 속에 던져 넣어두었던 낡은 원고 속에도
> 몸을 감추고 계셨는지도 모른다. 이가 빠진, 그 거짓말쟁이인 「13번째의 제자」.
> 내가 쓴 그 외의 겁쟁이들, 내가 만들어낸 인간들 속에 당신은 계시고, 나의
> 인생을 붙잡으려 하고 있다. 내가 당신을 버리려한 때조차도 당신은 평생
> 나를 버리려 하지 않으신다.19)

때문에, 〈나〉가 「이 나이가 되면, 예수를 따랐던 12명의 훌륭한 제자보
도 예수를 버리고 떠난 제자들 쪽이 더 마음에 걸려서. 결국, '쥐'도 나도
그 형편없는 제자와 닮았기 때문에·······자네도 그렇지 않은가」라고 말하듯
이 형편없는 인간이기에 더욱 그 사람 곁에 동행하는 〈동반자 예수〉를 엔
도는 〈나의 예수〉로 형상화시켰던 것이다.
이때에 이르러서 조롱하면서도 한편으로는 마음에 걸린 '쥐'가 〈나의
'쥐'〉가 된다. 따라서 「그토록 나를 따라다닌 것은 예수였던가? '쥐'였던가?
잘 모르겠다. 하지만 당신은 그 '쥐'의 그림자에 숨어 있었다」라고 말할
수 있게 된다.

결국, 이스라엘의 순례는 자신의 투영인 「13번째의 제자」와 닮은꼴인 '쥐'의 곁에서 늘 동행하는 예수를 확인하는 순례이며, 그 확인을 통해서 자신과도 함께하는 예수를 확인하는 것이었다.

이 소설의 포인트는 「13번째의 제자」에 있었다. 〈나〉는 자신의 투영으로 묘사된 주인공의 배신과 그 주인공과의 관계를 맺고 있는 예수에 대해 쓰고자 했다. 하지만, 실패한 채 내던져버렸다. 이 소설은 순례를 통해서 지금은 희미해져 있는 〈자신에게 있어서의 예수〉를 반추하며, 그것을 다시 한 번 「13번째의 제자」로 형상화시키고 싶은 시도였다. 〈나〉는 史的 예수의 흔적을 걸으면서 '쥐'에게도 자신에게도 함께하고 있는 예수像을 발견했다. 그리고 그렇게 죽은 예수는 〈부활〉을 통해서 영원한 동반자가 된다는 것을 형상화시켰다. 또한, 「예수의 부활이란 인간이 그런 사랑의 행위를 계승하는 것」이라고 말했다. 이것이 「예수의 죽음을 닮는」 이를테면, 현재의 부활이리라.

【주】

1) 「군중의 한 사람」의 초판을 구체적으로 열거하면 다음과 같다. 먼저, 「사해 근처」의 제Ⅷ장인 「知事」를 1971년 1월호 「新潮」에 발표하였고, 제Ⅹ장의 내용인 「쑥 파는 남자」를 1971년 겨울호 「季刊芸術」에 발표했다. 그리고 제Ⅳ장의 「알패오」를 1971년 7월 「新潮」, 제Ⅵ장의 「대사제 안나스」를 1971년 10월에 「群像」, 제ⅩⅡ장의 「백부장」을 1971년 11월의 「新潮」와 1972년 1월의 「文芸」에, 제Ⅱ장 「기적을 지닌 남자」를 1973년 1월에 각각 발표했다. 1971년 5월, 新潮社에서 발간된 『母性的인 것』에 제Ⅷ장의 「知事」와 제Ⅹ장의 「쑥 파는 남자」만이 수록되었고, 1972년 5월, 講談社 발간의 『일본 문학선집 37』에는 제Ⅳ장의 「알패오」만이 수록되어 있다.

2) 三木サニア『遠藤・汁の作品世界』雙文社 1993年11月

『사해 근처』는 이 작가의 무기라고도 할 수 있는 구성의 묘를 다한 二重소설이라는 특이한 방법을 사용하고 있다. 中野記偉의 論에 의하면, 미국 작가 포크너의 작품에서 앞선 흔적이 보이지만, 일본의 근대소설에 있어서 성공한 예는 없다고 한다. 그 이중 구조성은 〈순례〉라는 제목의 홀수 장(1장〜7장)과 〈군중의 한 사람〉이라는 제목의 짝수 장(1장〜6장)이 서로 병행하여 배치되었으며, 전부 13장으로 완결되는 구조이다.

『死海のほとり』は、この武器ともいえる構成の妙を尽くした二重小説という特異な方法を用いている。中野記偉の論によると、米国作家フォークナーの作品に先跡がみられるが、日本の近代小説に於いて成功した例はないという。その二重構造性は、〈巡礼〉と題する奇数章(一章—七章)と、〈群衆の一人〉と題する偶数章(一章—六章)が交互に並行的に置かれ、全十三章で完結するしくみである。

3) 본 논문의 모든 인용은, 엔도 슈사쿠『사해 근처』(1975년 5월) 엔도 슈사쿠 전집 제7권 新潮社를 사용하였으며, 인용문의 번역은 논자가 하였고, 원문을 주에 명기하였다.

その小説はイエスとその弟子の一人の、小狡い嘘つきの、ぐうたらな男とのことを書くつもりだったが——そしてその男は私自身の投影だった——それが失敗に終った時、私はもうイエスを棄てた氣になったのである。

4) 日本にいた時、私が空想していたエルサレムと同じだったし、もう何年も引き出しに放りこんだ「十三番目の弟子」という私の未完の小説にも、そんな雰囲氣を織りこんでいた。この小説の主人公は歯の缺けた嘘つきの弱虫男だったが、彼はイエスと一緒にこんなエルサレムのなかを歩きまわるのだった。

5) ねずみが姿を消したのは、室戸が母親に連れられて神戸に引きあげたあとである。姿を消したと言う言葉を使ったが、実際、彼はいつの間にか我々の寮からも大学からも見えなくなってしまった。寮生たちの誰もが、最初、それを氣にとめなかったのは、彼が我々の興味や関心を引く人間ではなかったからだろう。ねずみが消

えたところで、寮に何かが缺けるわけでもない。そのために寂しい思いをする筈も
ない。泣きはらしたような眼をして廊を歩いていた彼は、私たち寮生には寮の玄
関に誰かが履きすてた古スリッパと同じように、どうでもいい存在だった。

6) 戸田がねずみなど興味や関心の對象にしないことは私にもわかっていた。そこが私
と戸田との今日までの生き方の違いだったかもしれぬ。引出しの奥即に放りこん
だ私の未完成の小説。その小説の主人公にねずみと重なる部分のあるのをこの時
初めて氣がついたが、私の好んで書く人間は、考えてみると、皆ねずみのような
連中ばかりだった。

7) 「この年令になると、イエスに従った十二人の立派な弟子よりも、イエスを見棄て
去った弟子たちのほうが氣になってね。結局、ねずみもぼくもその駄目な弟子に
似たもので……君もそうじゃないか」

8) ねずみか。私の人生にだって二度か三度、邂っただけなのに、生涯、忘れ難い痕
跡を殘した人が何人かいたし、また毎日のように顔を合わせながら何の意味もな
かった沢山の人間もいたのだ。考えてみると今日まで、ねずみは私にとって、学
生時代の思い出のなかの霧のなかの木の影のような、どうでもいい存在にすぎな
かった。それが今、急に氣になりはじめている。

9) 「なぜ」私はしつこく訊ねた。「君は長い間、聖書を勉強してきたのに」
『そうさ。だからイエスも見失うさ』と戸田は遠いものでも見るような眼つきをし
た。
『ここに聖書学を勉強している一人の男がいてね、長い間、イエスの生涯も姿も聖
書に書かれてあるその儘だと信じてきた。だが勉強が進むにつれ、聖書に書かれ
たイエスの生涯も言葉も事実というよりは原始基督教団が神格化し、創られたも
のだとわかってくる。それから長い間、彼は後世の信仰が創りだした聖書のイエ
ス像を丹念に横にのけて、本當のイエスの生涯だけを見つけようと考え、この国
にやってきた」

10) 我々の間に流れた歳月の間、私のイエスは腐蝕していったが、彼のイエスはどう變
わったのだろう。
だから、〈私〉はもう一度……見失ったあの男の足跡を歩きなおして、けりをつけ
たいと思うのである。イエスの跡を歩きなおすのは、教会のイエスではなく、〈私
のイエス〉をさがす道であった。

11) 大工が言っているのはただ一つ(中略)あの愛ということだったのだ。大工はその愛
のためだけにガリラヤの町を歩きまわり、笑われ、馬鹿にされ、石を投げられたの
である。神殿よりも律法よりももっと大事なものは愛だと、彼は教師たちにいつ
も言いつづけ、その怒りを買った。パピルスに報告された彼の三年間の足どりを
みると、「癩病や熱病患者や淫売婦ばかりたずね歩き、義人や有徳の者を避け、
それらいまわしい者たちのほうが、我々より愛することを知っているとさえ口にし
た。彼は人生のうつくしいものを拒絶して、よごれたものを偏愛している狂人のよ

うだった」ということだった。

12) 가사이 아키후(笠井秋生)『遠藤周作論』双文出版社 1987년 11월
    こうした〈私〉と戸田とのイエスの跡を巡る旅を、イエスの非神話の旅と呼んでも
    いいだろう。イエスについての神話化された部分をすべて取り除き、実際のイエス
    を、史的イエスを追い求める旅である。

13) ガリラヤの住民たちはイエスから愛などという眼に見えぬものよりも、現実的な奇
    跡のほうをほしがったんだよ。びっこを治してくれ、熱病で死にかかった子供を生
    きかえらせてくれ、盲人の眼を開いてくれ……それ以上をイエスに求めなかったと
    いうことだよ(中略)華やかな奇跡物語はね、あとでイエスを神格化するために、各
    地の傳承を聖書作家が織りこんだものだ。だからその奇跡物語の隙間隙間に、
    人々や弟子からも見棄てられたイエスの話が突然出てくるだろう。それが事実だ
    よ。本當のイエスの姿さ、イエスがもし力ある業を見せたとするなら、なぜ一年
    後に彼は皆から棄てられ、ガリラヤを追われたのか、考えてみろよ

14) 油搾り場の木立の間からは、威嚇するような神殿と城壁の影が、間近に、くろぐ
    ろと浮かびあがった。弟子たちとは石を投げて届くほど離れた場所で、イエスは手
    で顔を覆って苦しまれた。彼は血のような汗にまみれていたが、弟子たちは誰一
    人としてそれに氣づかなかった。彼はその時、こう祈られていた。母親は子を産
    むために苦しみます。自分は愛を産むために今、苦しんでいる。人間がもう二度
    と孤獨でないために自分の死が役に立つだろうか。
    正午、三本の十字架が刑場に立てられ、イエスの左右には二人の囚人が同じよう
    に兩手と足首とを釘づけにされてうなだれていた。刑場まで從いてきた祭司たち
    も、三人が十字架にかかったのを見とどけると市中に戻っていった。殘ったのは
    白卒長と、彼の部下の三人のローマ兵と、そして一握りの見物人たちだった。刑
    場はひどくむし暑く、囚人たちはいつまでも生き續けていた。左の囚人が急に顔
    をあげて、とぎれとぎれにイエスに聲をかけた。俺のことも天国で……忘れないで
    くれ。イエスも汗と血にまみれた顔に、それでも苦しい微笑を浮かべて答えた。
    いつも……お前のそばに、わたしが……いる、と。

15) 三十年の秋から、この湖のまわりをイエスはごく少数の弟子たちと歩きまわった。
    背も低く、年よりはひどくふけて疲れきった顔は痩せこけて、くぼんだ眼にはいつ
    も悲しげな光りがあった。(中略)
    彼が話をするのは、教師たちや町の有力者が集まる会堂ではなかった。ごみが捨
    てられ夕陽がそこに少しうつる汚水の水溜まりの殘る町はずれで、はじめはその話
    を聞いてくれる相手も女や子供たちぐらいなものだった。彼はむつかしい律法の解
    釈はなにもせず、誰にでもわかる譬話をひくい聲で話した。(201頁)

16) 行こうと言うと、彼は泣いて首をふりました。そして——私に——この私に彼の
    最後の日の食糧になる筈だったコッペ・パンをくれたんです。
    背廣を着た獨逸人が彼の左側に立って歩き出しました。うしろで私はじっとそれ

を見送っていました。コバルスキはよろめきながら溫和しくついていきました。その時、私は一瞬—— 一瞬ですが、彼の右側にもう一人の誰かが、彼と同じようによろめき、足を曳きずっているのをこの眼で見たのです。その人はコルバスキと同じようにみじめな囚人の服装をして、コバルスキと同じように尿を地面にたれながら歩いていました……

17) 駄目人間、弱い人間、罪深い人間を所詮キリスト敎の神は救ってはくれないのだろうか——執拗に自らに問い續けたこの疑問に對して、『沈默』によって、「母なるもの」の復權を完成させた

18) 私はこの思い出を一度も自分の小説に織り込んだことはない。が、ノサック神父を裏切った——裏切ったというのが大袈裟ならば——見棄てたあの十分間のことは、うす汚い人生の塵が覆った長い歳月の間にも時々、心に甦ることがある。
癩病院での私。この十分間の私。私は自分がねずみとどう違うのだろうと、運轉する戸田の横で思った。もっとも、こんなことは些細なことだ。私の過去にももっと大きな卑怯な姿勢が数多く詰まりすぎるぐらい詰まっている……。

19) ひょっとすると、あなたは私の人生にもねずみやそのほかの人間と一緒に從いてこられたかもしれぬ。ひょっとすると、あなたは私が引き出しにほうりこんでおいた古い原稿のなかにも身をひそめておられたのかもしれぬ。齒の缺けたあのうそつきの「十三番目の弟子」。私の書いたほかの弱虫たち、私が創り出した人間たちのそのなかに、あなたはおられ、私の人生をつかまえようとされている。私があなたを棄てようとした時でさえ、あなたは私を生涯、棄てようとされぬ。

엔도슈사쿠(遠藤周作)의 『내가 버린 여자(わたしが・棄てた・女)』연구
—「흔적」의 소설적 변용과 그 상징성을 중심으로—

김 은 영

서론

　『내가 버린 여자(わたしが・棄てた・女)』는 엔도 슈사쿠가 폐결핵으로 인한 오랜 입원생활에서 복귀한 후 발표한 최초의 소설이다. 엔도는 1960년 4월부터 1962년 5월까지 약 2년 3개월 동안 무려 세 차례의 수술을 경험했는데, 첫 번째와 두 번째 수술이 모두 실패하고 주변에 자신과 같은 증상의 환자가 절망 끝에 자살하는 등의 혹독한 경험을 하였다. 그러나 그는 자리보전 상태로 있기보단 죽기를 각오한다는 절박한 심정으로 세 번째 수술을 감행, 다행히도 실패율이 높다고 여겨지던 이 수술이 성공하여 사지에서 살아 돌아오게 된다. 긴 병상생활에서 겨우 해방된 후 엔도는 1963년 1월부터 12월까지 잡지「주부의 벗(主婦の友)」을 통해 이 작품을 연재, 이듬해인 1964년 3월에는 붕게슌주(文藝春秋)사를 통해 단행본으로 출간하게 된다.[1] 그런데 이 작품은 흔히『바보님(おバカさん)』과『시시한 녀석(へちま君)』의 계보를 잇는 '경소설(輕小説)'[2] 혹은 대중소설로 분류되고 있다. 이는 이 작품이 순문학으로서 써내려간 작품(書き下し小説)이나 순문학 전문 문예

지에 발표된 것이 아닌, 신문이나 대중 잡지의 난을 빌어 발표된 통속소설의 형태를 띠고 있었기 때문이지만, 그럼에도 불구하고 오늘날 엔도의 "경소설군 중에서 가장 많은 사람들의 공감을 불러일으키고 마음을 흔드는 작품"[3]이라 평가받고 있다. 또한 이미 여러 연구자들이 지적하고 있듯이 이 작품의 주제[4] 자체는 『침묵』에 버금갈 만한 것으로, 감히 작품의 경중(輕重)을 가리기가 어렵다고 할 수 있는데,[5] 비록 대중잡지의 지면을 빌어 창작활동을 재개하기 위한 "연습의 일환"[6]으로 쓴 것이라 할지라도 이 작품 역시 작가가 2년 남짓의 병상 생활 동안 "생각을 다듬고" "충분히 준비를 해서" 쓴 "회심"의 작품임에는 틀림없기 때문이다.[7]

비교적 창작활동 초기에 쓰인 이 작품에는 '우연과 운명'의 상관관계 및 '생활과 인생'의 차이, 인간의 인생을 스쳐간 사람들의 '흔적'에 대한 성찰 등, 만년까지 이어지는 엔도문학의 주요 키워드들이 이미 작품 곳곳에서 노정(露呈)되고 있는데, 이런 키워드들을 이해하는 작업은 작가의 사색의 도정을 추체험하고 그의 문학세계에 대한 이해를 보다 깊게 하기 위한 필수 조건이라 할 수 있을 것이다. 하지만 이제까지의 연구경향을 살펴보면 『바보님』이나 『내가 버린 여자』와 같은 작품의 경우 관련연구논문은 거의 전무한데, 이는 『침묵(沈黙)』이나 『깊은 강(深い河)』과 같은 순문학계통의 작품에 관한 논문이 압도적인 우위를 차지하고 있는 것에 비해 대조적이라고 할 수 있다. 따라서 본고에서는 통속소설로서만 평가 절하되어 왔던 엔도문학의 '경소설'군 중, 『내가 버린 여자』를 선택, 작품 속에 반복적으로 드러나는 여러 키워드 중 '흔적'이 갖는 의미를 총체적으로 분석함으로써, 이미 발표된 지 40여년이 지난 오늘날까지 유독 이 작품이 일본 독자들에게 사랑받고 있는 이유 및 그 의미를 이해하기 위한 하나의 계기로 삼고자 한다.[8]

본 론

제1장 「흔적」의 부정적 이미지

앞에서도 지적했듯이 『내가 버린 여자』를 읽어 내려가다 보면 무엇보다 눈에 띄는 것은 작가 엔도가 '우연'과 '운명'의 상관관계 및 '생활'과 '인생'의 차이, 인간의 인생을 스쳐간 사람들의 '흔적'에 대한 성찰 등, 자신의 사색을 엿보게 하는 여러 키워드를 반복적으로 사용하고 있다는 점이다. 특히 엔도는 '흔적'과 관련된 단어들을 집요하리만치 반복적으로 사용하고 있는데, 작품을 구성하고 있는 주요 목차에서부터 그런 경향은 두드러진다. 작가는 남자 주인공인 요시오카 츠토무(吉岡努)를 중심으로 하는 각 장의 제목을 '나의 수기(ぼくの手記)'로 삼아 요시오카 자신의 주관적인 시점에서 작품을 진행하고 있는 반면, 여주인공인 모리타 미츠(森田ミツ)[9]를 중심으로 이루어진 장에서는 '손목의 반점(手の首のアザ)'이라는 타이틀을 사용, 3인칭의 시점에서 미츠의 생애를 객관화하여 그려내는 구조를 취하고 있다. 그런데 여기서 한 가지 주목하고 싶은 것은 여주인공인 미츠를 중심으로 진행되는 각 장의 타이틀에 쓰인 '반점'이라는 표현으로, 결론부터 말하자면 이 '반점'이라는 표현은 본고에서 살펴보고자 하는 '흔적'이라는 단어와 상호 유기적인 관계를 갖고 있다. 이 뿐만이 아니다. 작품에는 '흔적'을 연상시키는 각종 단어들, 이를테면 "얼룩 자국"이라든지 "상처 자국", "불탄 자국", "눌은 자국", "화상", "벌레에 물린 빨간, 작은 자국", "새까만 얼룩"처럼 '흔적'을 연상시키는 관련 단어들이 스토리 전개상 중요한 복선이 되며 이야기 사이사이에 배치되어 있으며, 이밖에도 가벼운 "부스럼"과 같은 증상부터 "소아마비", "한센병"에 이르기까지, 발병하면 반드시 증상의 후유증을 '흔적'으로

남기고 마는 질병들을 등장시키며 역시 독자를 '흔적'에 관한 사유(思惟)속
으로 끌고 들어가고 있다.

이들 중에서 먼저 소설의 배경 속에 녹아있는 다양한 '흔적'들을 살펴보
도록 하자. 이야기는 패전 후 3년이 지난 1948년 늦가을, 도쿄(東京)의 간다
(神田) 주변을 중심으로 전개되고 있다. 아직 전쟁의 "황폐한 상처"가 곳곳
에 남아 있는 도쿄의 일각인 간다의 한 하숙방에는 남자 주인공인 요시오카
츠토무와 그의 친구 나가시마 시게오(長島繁男)[10]가 전쟁의 상흔, 즉 거리
의 "불탄 자국" 등이 고스란히 내려다보이는 하숙집에서 함께 생활하고 있
는데, 보증금도 권리금도 필요 없는 세 평 남짓한 그들의 하숙집은 천장에
는 "얼룩 자국이, 그리고 다다미 바닥에는 "커다랗게 눌어붙은 자국"이 있는
그야말로 가난한 그들의 처지에 걸맞는 지극히 초라한 방이다. 아직도 "전
재(戰災)의 상처에서 회복되지 않아" 사람들의 마음에 스산한 "바람을 불어
넣는" 황폐한 도쿄 거리를 배경으로 요시오카는 친구인 나가시마의 말을
빌자면 "몸도 마음도 더러워져만 가는" 기분을 느끼면서, 마치 이런 시대적
배경을 몸소 체현이라도 하듯 자포자기가 되어 전후(戰後)에 우후죽순처럼
생겨난 가키야(カキ屋)라든지 모테사세야(モテサセ屋)와 같은 수상스런 아
르바이트를 해치우고, 요령 좋게 대학생인 자신을 동경하는 미하[11]인 19살
처녀 미츠까지 "낚아서 자기 것으로 만들어" 버린다.

이처럼 작가는 배경 속에 다양한 흔적들을 등장시키고 있는데, 이들에서
나타나는 공통된 특징은 하나같이 부(負)의 이미지를 짊어지고 있다는 것이
다. 다시 말해 작품의 배경으로 등장하는 다양한 흔적의 편린들은 모두
'아물지 못하고, 스산하며, 더럽고, 황폐한' 상태에 놓여 있다. 그리고 이처
럼 부정적인 인상을 주는 더러움의 흔적들은 비단 공간적 배경으로만 한정
되어 있지도 않다.

　　방 벽에는 모기를 누른 듯한 검은 피와 손가락 자국이 묻어 있었다. 작은
창은 밖에서 들여다보이지 않게 울타리가 쳐져 있었다. 그리고 방구석에 얇은
이불과 손자국이 하얗게 묻은 물병이 놓여 있었다. 〈중략〉 갑자기 지금까지
눈에 띄지 않았던 붉은 빛으로 햇볕에 그을린 다다미도 모기를 눌러 죽인
핏자국이 남아있는 방안 벽도 이불도 물병도 모두가 나에게는 갑자기 불결한
토할 것만 같은 것으로 보였다. 그리고 아직 이불위에서 죽은 것처럼 천장을
보고 누워 있는 미츠마저도 칠칠맞고 불결했다. 땀에 젖은 그 이마. 머리카락
두 세 가닥이 이마에 찰싹 붙어 있다. 볼품없는 주먹코, 감색 스웨터, 팔의
손목 가까운 부분에 보이는 검붉은 반점. 남성용 셔츠. 나는 이런 지저분한
아가씨와 잔 것이다. (67-68, 밑줄은 필자. 이하 같음)[12]

　　위의 인용문은 두 번째 만남으로 요시오카가 미츠를 범하고 난 뒤 바라보
는 시부야의 여관방 정경이다. 그런데 특기할 것은 욕망이 충족된 후 요시
오카가 만족감이나 성취감을 느끼기 보다는 오히려 더러운 방과 자신이
범한 미츠를 동일시하고 욕지기(吐氣)를 느끼며 격한 거부감을 나타내고
있다는 점이다. 행위 전까지는 미츠의 순진하고 약한 마음을 이용하여 아무
런 저항도 없이 무사히 여관까지 끌고 온 것에 스스로 만족하여 "베개에
얼굴을 묻고", "상대에게 들리지 않도록 작은 소리로 웃기"까지 하던 그였지
만, 이미 여기에는 행위 전과 같은 만족감은 그 형태를 찾아 볼 수 없다.
반대로 요시오카는 일종의 실망감이나 분노와도 같은 심리상태에 놓여
있다.

　　그런데, 이러한 설정은 "몸도 마음도 더러워져 가는 것만 같다"는 작품
속 문장에 비유하자면, '시대도 정신도 황폐해져 가는' 상태임을 나타내기
위한 작가의 작의로도 보여 진다. 요컨대 엔도의 의도는 요시오카의 냉정한
눈에 비친 방의 각종 흔적들, 즉 죽은 모기에서 나온 피가 묻어 있는 벽의
자국부터, 물병에 찍힌 손가락 자국, 햇볕에 붉게 그을린 낡은 다다미, 미츠

의 손목에 생긴 검붉은 반점에 이르기까지 다양한 더러움의 '흔적'을 사용함
으로써, 궁극적으로는 그처럼 황폐한 시대적 상황을 배경으로, 정신적으로
도 황폐해져 있는 요시오카의 심리를 중층적으로 투영하고자 한 것은 아닐
까. 그것을 잘 나타내는 것이 상기의 인용문 부분으로, 일견 냉정하게 주변
을 바라보고 있는 것 같은 요시오카의 시선이지만, 이것은 실은 이미 그전
부터 그 자리에 존재하고 있던 방안의 "지금까지 눈에 띄지 않았던" 흔적들
을 그가 돌연 칠칠맞고 불결하고 지저분한 것으로 인식하게 된 것에 불과하
다. 요시오카는 신주쿠의 초라한 여관방에서 자신의 불순한 욕구를 해소하
기 위해 순결한 미츠를 농락하고 말았지만, 욕구가 채워지고 나자, 외부
주변 환경, 즉 삭막한 여관의 주변 환경과 여러 흔적들 속에서 자신의 추하
고 교활한 모습을 발견하고 그런 자신의 모습에 욕지기(吐氣)와도 같은 격
렬한 혐오감을 느끼고 있는 것이다. 이처럼 볼 때, 작가는 주인공의 주변
환경 속에 숨어있는 다양한 '흔적' 속에 부(負)의 이미지를 배치함으로써,
전후의 피폐한 시대와 그러한 시대를 살아 남아야만 했던 황폐한 인물의
이미지를 일체화시키는 효과와 함께 미츠를 농락하면서 추락해가는 요시오
카의 모습을 역설적으로 비추는 반면교사(反面敎師)의 역할을 담당하게 하
고 있는 것으로 여겨진다.

제2장 「흔적」과 「고통의 연대감」의 관계

다음으로 소설 속에는 마치 주홍글씨처럼 질병의 흔적들을 짊어지고 살
아야만 하는 인물들이 공통적으로 등장하고 있음을 지적할 수 있는데, 주인
공인 요시오카는 물론이고 여주인공 미츠, 그리고 그녀가 후에 만나게 되는
한센병 환자들이 모두 그러하다. 어려서 경미한 소아마비를 앓은 적이 있는

요시오카는 병의 영향으로 오른쪽 어깨는 비틀려지고 발을 약간 절게 된 "신체적 핸디캡"13)이 있는 학생으로 그의 말에 따르면 "소아마비를 앓았던 탓"에 "여자에게도 인기가 없는" "지금까지 한 번도 여자들이 좋아해 준 적이 없는" 학생이다.

　한편 미츠의 경우, 그녀에게는 "불길하고도 기분 나쁜 색"을 띤 반점이 있다. 처음에는 "아프지도 가렵지도 않"고 눈에 잘 띄지 않는 부스럼처럼 생겨난 이 "검붉은 반점"은 사건이 진행되면 될수록 점점 사람들의 눈에 띄게 되며 결국에는 "무섭고 더러운" 혐오감을 느끼게 하는 원인불명의 질병으로 확대되어간다. "옮기면 곤란한", "매(梅)자로 시작하는 병", 즉 매독일지도 모른다는 주위 사람의 말에 할 수 없이 병원을 찾게 된 미츠에게 의사는 매독보다 더 끔찍한, 당시로서는 청천벽력과도 같은 '나병' 즉 '한센병'의 가능성이 있다는 진단을 내리고, 결국 그녀는 한센병 환자들이 격리 요양소로 흘러 들어가 그곳에서 가노 다에코(加納たえ子)와 나카노(中野), 이마이(今井), 와타나베(渡辺)와 같은 한센병 환자들을 만나게 된다. 그런데 그녀가 병원에서 만난 한센병 환자들에게 있어서 가장 괴로운 점은 몸의 고통도 고통이지만, 그것보다 더한 고통은 말초신경이 죽어감에 따라 손발이, 그리고 얼굴이 흉하게 일그러져 마치 괴물처럼 변해가는 그들 자신의 흉한 용모를 보는 것, 그리고 그런 모습이 주변 사람들의 혐오어린 시선에 놓이게 되는 것에 있음은 두말할 나위도 없을 것이다. 작품에서는 요시오카의 회사 동료들이 야유회에서 돌아가던 길에 버스의 차창너머로 멀리 동떨어져 서 있는 한센병 병원을 보며 보이는 신경질적인 반응14)이 묘사되어 있어, 당시 일반인들의 한센병에 대한 불쾌감의 정도를 여실히 보여주고 있다. 그리고 한센병을 "일그러진 손가락과 부은 얼굴밖에 없는 세계", "별세계"로 생각한다는 점에서 미츠의 인식 역시 이들과 별반 다르지 않았다.

　　병원에서 나와 벌써 몇 번이나 본 팔의 검붉은 반점에 쭈뼛쭈뼛 시선을 떨어뜨리고 미츠는 작은 고개를 흔들었다. <u>한센병이라는 병은 그녀에게 별세계의 병이었다. 자신과는 전혀 관계가 없는, 아니 관계가 없다고 하기 보다는 한 번도 생각조차 해 본 적 없는 병이었다.</u> 팔의 검붉은 반점에 눈길을 떨구며 그녀는 과거의 추억 속에서 이 병에 대해 알고 있는 기억 모두를 떠올리려고 했다. 〈중략〉 어머니의 손에 이끌려 돌계단을 올랐다. 〈중략〉 어머니는 때때로 미츠를 야단쳤지만 돌계단을 올라가는 도중에 갑자기 그녀를 감싸며 계단 오른쪽으로 몸을 피했다. <u>"쉿, 오른쪽으로 가렴, 오른쪽으로……."</u> 어떤 걸인이 돌계단 왼쪽 끝에 앉아 구걸을 하고 있었기 때문이다. 땅바닥에 엎드려, 머리카락이 빠진 머리를 돌계단에 비비고 있다. 그 머리 옆에는 한 푼도 들어 있지 않은 그릇이 놓여 있다. 〈중략〉 <u>엄마의 손을 꼭 잡은 채, 겁을 먹은 채 커다란 엄마의 등 뒤에서 걸인을 바라보았다. 점토 빛깔의 손은 통나무 토막이랑 똑같이 생겨서 손끝이 둥글게 문드러져 있었다. 손가락이 없었다. 다섯 손가락이 없는 것이다.</u> 〈중략〉 엄마는 눈길을 돌렸다. <u>"쳐다보지 마, 저 사람은 거지야." "거지?" "그래. 나쁜 짓만 하면 미츠도 저렇게 손가락이 없어지고 거지가 되지. 그러니까……."</u> 이윽고 누군가가 연락을 한 것일까. 자전거를 탄 경관이 한 사람 왔다. 걸인은 경관에게 쫓겨 지팡이를 짚으며 사라져 갔다. (167-169)

　　미츠가 처음 한센병 환자들을 본 것은 어릴 적 어머니와 함께 가와고에 (川越)의 절을 방문했을 때의 일로, 본능적으로 미츠를 감싸고 필사적으로 한센병 환자에게서 조금이라도 멀리 떨어지려고 하는 어머니의 반응에서도 알 수 있듯이, 일단 발병하면 병의 '흔적'을 몸에 새기고 살아가야만 하는 한센병 환자들에게 있어서 '흔적'이란 세상으로부터 자신을 격리시키고, 사람들로부터는 "나쁜 짓만 한" 사람들이 받는 천벌이라는 편견과 차별의 시선을 받게 만드는, 심지어는 자신의 가족 친지에게서조차 버림받게 되는 천형(天刑)에 다름 아니다.[15]

옛날에 피아노를 치던 사람이라고 수녀님은 가르쳐주었다. 피아노를 칠 정도라면 분명 어딘가의 부잣집 아가씨였음에 틀림없었다. 결혼할 상대도 있었던 것이다. 그 때 이 사람은 미우라 마리코처럼 아름다웠음에 틀림없다. 그런 사람이 지금 이렇게 외톨이가 되어 산비둘기 울음소리밖에 들려오지 않는 병원에 있다. 그렇게 생각하자 미츠는 자신의 일은 모두 잊고 왠지 소리를 내어 울고 싶은 충동에 휩싸였다. 〈중략〉 "울고 있어요?" 다에코는 물었다. "아니요." "고통스러운 것은 몸 때문이 아니에요. 2년 동안 나는 겨우 알았어요. 고통스러운 것은······아무에게도 사랑받을 수 없다는 것을 견뎌내는 것이에요." 하지만 미츠는 다에코가 스스로에게 들려주듯 중얼거린 말의 의미를 알 수 없었다. 그녀는 이불깃을 손으로 잡고 병원을 에워싼 어둠의 깊이를 재고 있었던 것이다. 그렇다.······어둠에도 소리가 있는 것을 그녀는 처음으로 깨달았다. 그것은 비가 바람에 흔들리며 떨어지는 잡목림의 술렁임, 산비둘기의 소리가 아니었다. 어둠의 소리란 정적에 가깝지만 정적과는 전혀 달라서 고독에 처한 인간의 심장소리만이 이런 밤 뚜렷하게 들려올 뿐이었다.

(194)

미츠의 룸메이트인 가노 다에코는 2년 전 발병한 한센병 환자로, 그녀는 요시오카의 연인이자 후에 그의 아내가 되는 미우라 마리코(三浦マリ子)처럼 예전에는 그저 아름답고 행복하기만 한 부잣집 아가씨였다. 하지만 한때는 촉망받던 피아니스트였던 그녀도 한센병에 걸린 지금은 약혼자에게서 버림받고 가족과도 헤어져 한센병 병원에서 공동생활을 하는 처지이다. "사람들이 혐오하는 이런 세계", 즉 한센병 요양소인 고덴바(御殿場)의 부활병원에서 2년 동안의 신산(辛酸)한 삶을 살며 다에코가 알게 된 것은 한센병의 세계가 "일반 세계의 기쁨이나 행복"을 빼앗고 대신에 "아무에게도 사랑받을 수 없는" 처절한 고통을 안겨주는 세계라는 점. 더구나 이 고통은 누구와도 나눌 수 없고 오로지 홀로 견뎌내야 하는,[16] 고독이라는 참기 어려운 고통을 수반한다는 점이었다.

이렇게 봤을 때, 일단 소아마비와 한센병과 같은 질병들이 지닌 '흔적'의 이미지가 앞에서 논한 각종 '흔적'들과 마찬가지로 부정적인 이미지의 연장선상에 놓여 있는 것은 이미 재론의 여지가 없다 할 수 있다. 하지만 여기서 한 가지 더 부연하고 싶은 것은 그럼에도 불구하고 작가는 왜 굳이 이처럼 천형으로까지 여겨지는 온갖 질병을 등장시키고 있었는가 하는 문제이다. 다른 '흔적'들처럼 단순히 부정적인 이미지의 흔적을 등장시킴으로서 시대적 배경이 되고 있는 1950년 전후의 피폐된 일본과 그 속에서 살아가는 인물들의 황폐화된 심리를 묘사하기 위한 차원만은 아닌, 어떤 가능성이 이들 질병의 이미지 속에는 잠재하고 있는 것은 아닐까. 좀 더 명확하게 말하자면, 작가는 이처럼 '흔적'의 후유증을 남기는 질병을 앓고 있는 인물들을 등장시킴으로써 이들에게 어떤 공통의 자질을 부여하고 싶었던 것은 아닐까. 공통의 자질이란 세상에서 버림받아 본 자만이 알 수 있는 일종의 유대감과 같은 것이라고 할 수 있는데, 다시 말해 그것이 동정의 시선이든, 혹은 세상으로부터 경원시되어 심한 차별과 편견이 깃든 혐오의 시선이든, 세상에서 버림받고 "아무에게도 사랑받을 수 없다"는 고통을 감내하고 있는 이들은 질병의 흔적, 즉 고난의 흔적을 매개체로 일종의 연대감을 형성하고 있기 때문이다. 그것을 엔도는 작품 속에서 야마가타 수녀를 통해 "고통의 연대"라는 말로 설명하고 있다.

> 모두가 제각기 다른 과거와 생활을 가지고 있었어요. 하지만 <u>지금은 모두 같은 불행과 슬픔으로 맺어져 있어요. 〈중략〉 이 병은 병에 걸렸기 때문에 불행한 게 아니에요. 이 병에 걸린 사람은 다른 병 환자들과 달리 지금까지 자신을 사랑해 주던 가족에게도, 남편에게도, 연인에게도, 자식에게도 버려져 외톨이가 되기 때문에 불행한 거예요. 하지만 불행한 사람 사이에는 서로가 불행이라고 하는 연결고리가 생기게 되죠. 모두는 여기에서 서로의 고통과</u>

슬픔을 나눠 가지고 있어요. 일전에 모리타씨가 처음으로 밖으로 나왔을 때 모두가 어떤 눈으로 당신을 맞이했는지 알아요? 모두들 자신도 같은 경험을 했기에 당신이 하루빨리 자신들의 세계로 들어오기를 기다리고 있던 거예요. 이런 사귐은 보통 세계에서는 찾을 수 없지요. 여기에서도 생각 여하에 따라 별개의 행복을 발견할 수 있어요. (207-208)

미츠는 괴로워하는 사람들을 보는 것을 언제나 견딜 수 없어 했습니다. 하지만 어떻게 설명하면 좋을까요. 사람이 고통스러워하고 있을 때 주님도 함께 같은 고통을 나누고 계신다는 것이 우리들의 신앙입니다. 어떤 괴로움도 고독하다는 절망감보다 더한 것은 없습니다. 나 혼자만 괴로워하고 있다는 생각만큼 절망적인 것은 없습니다. 하지만 인간은 설사 사막에서 홀로 남겨져 있을 때에도 혼자만이 고통스러워하는 것이 아닙니다. 우리들의 괴로움은 반드시 다른 사람들의 괴로움과 이어지고 있을 터입니다. 그러나 이것을 미츠에게 어떻게 이해시킬 수 있을까요. 아니요, 미츠는 스스로의 인생을 통해 자신도 모르게 고통의 연대를 실천하고 있었던 것입니다. (250-251)

한편, 요시오카는 미츠에 대해 평소의 그와는 전혀 "어울리지 않는 묘하게 감상적"인 감정을 느끼고 있는데, 그는 이것을 "동정심", 혹은 "나답지 않은 연민과 후회와도 같은 감정"이라고 정의하고 있다. 그렇다면 감정의 강도는 차치하고라도 요시오카가 느끼는 이 '연민'의 감정도 또한 그와 미츠, 미츠와 한센병 환자들을 이어주는 '연대감'의 일종은 아닐까. 비록 "현실적이고 타산적이며 교활한 면"[17)까지 가지고 있는 요시오카는 세속적인 욕망, "평범하지만 안전한 행복"을 지키기 위해 미츠의 고통을 외면해버린 반면, 이에 대해 미츠는 스스로의 고통을 이윽고 고통의 연대감으로까지 승화시켜 애덕(愛德)을 실천하고 있다는 점에서 양자(両者)는 행동 상으로는 명백한 차이점을 나타내고 있지만, 심리적인 측면에서는 미츠를 동정적으로 혹은 연민이나 후회의 상념을 가지고 바라보는 요시오카의 시선이

미츠가 혹은 한센병 환자들이 서로를 향해 발산하는 "본능적인 연민"의 시
선과 이미지가 겹쳐지는 것 또한 사실이기 때문이다.[18]

> 처음으로 모리타 미츠는 타인의 행복을 질투하고픈 어두운 충동을 느꼈다.
> 이 신주쿠의 모든 사람들이 자신과 마찬가지로 불행해졌으면 좋겠다. 팔짱을
> 끼고, 사이좋게 걸어가는 연인들이 자기처럼 울지도 못하고 이 거리를 헤매고
> 다녔으면 좋겠다. 왜 나만 왜 이렇게 괴롭고 불행하지 않으면 안 되는 것일까.
> 〈중략〉 갈 곳이 없는 이상 다시 가와사키의 작은 움막 같은 방으로 돌아가는
> 것 외에 어쩔 도리가 없었다. 〈중략〉 역내에서 한 노인이 아코디언을 연주하
> 고 있다. 구세군의 제복을 입은 할아버지다. 언젠가 시부야의 역에서 요시오
> 카씨와 둘이 이런 할아버지로부터 십자가를 받았던 것을 그녀는 떠올렸다.
> "우리들을 사랑해 주시는 신" 그런 글씨를 쓴 종이가 할아버지 뒤쪽 벽에 붙어
> 있다. "당신들 누구라도 사랑해 주시는 신" (173-174)

작품에서 미츠의 성격을 설명하는 키워드로 반복적으로 사용되고 있는
것은 그녀가 생득적인 기질로서 타인의 고통을 자신의 것으로 동화시키는
성향이 강한 여자라는 것이다. 하지만 아무리 남에 대한 배려로 점철된
인생을 살아온 그녀라 해도 그녀 역시 천형이라 여겨지는 한센병과 한센병
환자들을 순순히 받아들일 수만은 없었다.[19] 상기의 인용문은 처음으로
한센병의 진단을 받고 절망과 고통 속에서 귀가할 때의 장면인데, 너무나도
큰 절망으로 인해 다른 사람의 '불행'을 참을 수 없어하는 생래(生來)의 본성
까지 부정하던 그녀가 때마침 기독교적인 신의 사랑을 연상시키는 문구를
발견하고 있는 것은 이후 미츠의 노정(路程)을 생각할 때 무척 의미심장하
다. 실은 절망 속에서 한센병 병원으로 향하는 그녀가 이제부터야말로 진정
혼자가 아니게 됨을 알려주는 복선으로 작용하고 있기 때문이다. 뿐만 아니
라 "우리들을 사랑해 주시는 신", "당신들 누구라도 사랑해 주시는 신"이라

는 문장은 앞에서 소개한 야마가타 수녀의 편지글 "사막에서 홀로 남겨져
있을 때에도 혼자만이 고통스러워하는 것이 아닙니다. 우리들의 괴로움은
반드시 다른 사람들의 괴로움과 이어지고 있을 터입니다"와 멋지게 조응하
는데, 결론을 서두르자면 자신이 한센병이 아니었음을 의사로부터 선고받
고 난 후, 미츠가 세간에서의 삶, 즉 도쿄행을 택하지 않고 다시 부활병원으
로 귀환하게 되는 계기는 병원에서의 힘든 체험을 통해 그녀가 얻게 된
것, 즉 한센병 환자들과의 소통을 통해 얻게 된 강한 연대감의 영향에서
온 것은 아니었을까.

> 돌아가더라도 고독한 생활이 이어진다는 것을 미츠는 깨달았다. 버려진
> 고양이처럼 홀로 불씨도 별로 없는 화로에 곱은 손을 쬐면서 지낸 작년 연말
> 밤. 전철이 지나가는 소리에 신문지로 틈새를 틀어막은 유리창이 가볍게 흔들
> 렸었다. 싫다. 이제 그런 생활은 싫다. (중략) 미츠는 정말로 지금 자신의
> 몸을 따뜻하게 해줄 사람이 옆에 있었으면 싶었다. 몸뿐만 아니라 때로는
> 적막한 나날 가운데, 지친 자신의 머리를 기대게 해주는 어머니와 같은 상대
> 가 필요했다. (중략) 그와 동시에 또 한편으로 미츠는 비에 떨던 잡목림과
> 군인 병영처럼 생긴 병동을 떠올렸다. 자신이 버리고 온 그 병동에는 지금
> 여자 환자들이 문화자수를 하고 있을 것이다. 다에코는 그 병실에 혼자 앉아
> 있을 지도 모른다. 미츠는 가슴이 미어지는 기분으로 퇴원하는 자신을 바라보
> 던 그녀들의 얼굴을 떠올렸다. (중략) 미츠는 트렁크를 든 채 역 밖으로 나왔
> 다. 그리고 버스 정류장을 향하여 천천히 광장을 가로질렀다. (271-273)

어느 덧 다에코를 언니처럼 따르게 된 미츠를 다에코는 "응석받이"라고
부르고 있지만, 병원에 들어오기 전까지의 미츠의 삶이야말로 응석은커녕,
가족들이 모두 모이는 연말에도 아무와도 만나지 않고 "홀로 불씨도 별로
없는 화로에 곱은 손을 쬐면서 지내"야만 했던 고독한 시간의 연속으로,
실로 '외톨이'로서의 삶 그 자체였다. 편부슬하에서 자라다 아버지가 재혼

하자 계모와 새 형제들이 불편해 할까봐 "집을 버리고" 나올 정도로 독립적
이었던 미츠. 하지만 그런 그녀에게 처음으로 '고향'을, 그리고 집에 돌아온
것 같은 따뜻함을, 그리고 가족 같은 사랑을 제공해 준 것은 아이러니하게
도 일반인들에게서는 철저히 버림받은 세계를 상징하던 "땅 끝", 즉 한센병
요양소인 고덴바의 부활병원이었다. 그녀처럼 이미 버림받고 고독한 삶을
살고 있던 한센병 환자들의 따뜻한 환대와 애정 넘치는 배려에 힘입어 역설
적이게도 미츠는 사람들과 어우러져 살아가는 "별개의 행복"에 눈뜨게 되는
것이다. 이런 의미에서 작가가 고덴바의 한센병 병원의 이름을 "부활병원
(復活病院)"이라 명명하고 있는 것은 실로 적절한 선택이었다고 할 수 있을
것이다.

이처럼 볼 때, 미츠와 한센병 환자들을 하나로 묶어줄 수 있었던 기연(機
緣)이 된 것은 '흔적', 즉 이들에게 있어서 고통과 괴로움을 맛보게 했던
"추한 검붉은 반점"과 "한센병"에 다름 아니며, 엔도는 요시오카와 미츠,
한센병 환자들에게 서로 소통할 수 있는 요인으로 '흔적'을 남기는 질병들을
공통으로 부여함으로서, 한편으로는 사회의 그늘에서 거부당하던 이들 인
물들이 서로를 동정하고 연민하는 기재(機材)로 삼고, 다른 한편으로는 버
림받아 고독해진 서로의 '고통'을 이해하고 '연대'해 갈 수 있게 '흔적'의 이
미지를 공통으로 부여하고 있었음을 지적할 수 있는 것이다.

제3장 「흔적」의 소설적 변용과 상징성

1. 요시오카와 「흔적」

작품에서 요시오카는 미츠를 세 번 만나고 있는데, 첫 번째는 잡지 「밝은
별(明るい星)」의 뒤에 실린 미츠의 글에 회신을 하고 시모기타자와(下北沢)

에서 처음 만나던 날이고, 두 번째는 그로부터 일주일 후 미츠의 동정심을 이용해 그녀를 여관으로 데려가서 순결을 빼앗던 날이다. 그리고 마지막은 세월이 흘러 마리코라는 연인이 생겼지만 그녀의 신뢰를 잃지 않기 위해 자신의 욕망을 억제해야만 했던 그가 자신의 욕구를 해결하기 위해 2년 만에 다시 찾은 미츠를 만났던 1950년의 어느 여름날이다. 하지만 이 세 번째의 만남을 위해서 그는 공장여공에서 터키탕의 마사지사, 파친코 숍의 점원, 저질 술집의 호스티스로 전락(轉落)해 가는 미츠의 모습을 일일이 뒤쫓지 않으면 안 되었다. 그리고 이 과정을 거치며 마침내 미츠가 자신의 인생에 "사라지지 않는" 깊은 '흔적'을 남겼음을 수기를 통해 고백하지 않을 수 없었다.

> 어쨌든 나는 마리코를 생각하면 생각할수록 옛날에 단 한 번 관계했던 모리 타 미츠와의 일은 점점 먼, 덧없는 존재가 되어 갔다. 이미 그것은 존재라고 말할 수 없는 것이었다. 하지만 나는 몰랐던 것이다. <u>우리들의 인생에서, 타인 에 대한 어떤 행위라도 태양 아래 얼음이 녹듯 사라지는 것이 아님을. 우리가 그 상대에게서 멀어져 전혀 떠올리지 않게 되어도 우리의 행위는 마음속 깊은 곳에 흔적을 남기지 않고는 사라지지 않는다는 것을</u> 몰랐던 것이다. (103)

일회성의 만남이길 바랐던 요시오카 본인의 바램과는 달리, 미츠를 버리고 나서도 미츠와 그의 관계는 단순히 버린 자와 버려진 자, 즉 가해자와 피해자의 관계로 끝나지마는 않는데, 그러한 징후는 이미 작품 여기저기에서 나타난다. 비록 요시오카는 미츠를 찾아다니는 이유를 마리코에 대한 "욕망의 배출구"로 이용하고 싶어서라고 스스로를 속이고 있지만, 수기 속에서의 그의 행적은 미츠를 추적하는 행적에 다름 아니며, 수기는 미츠의 삶의 기록 그 자체이다. 그렇다면 요시오카의 마음 속 깊은 곳에게 남겨진

'흔적'은 과연 어떤 의미를 담고 있을까. 먼저 한 가지 생각할 수 있는 것은 '흔적'은 요시오카에게 끊임없이 양심의 가책을 느끼게 하는 기재(機材)라는 것이다. 하지만 그는 결코 양심적인 사람이라고 볼 수 없는데, 보증금도 없이 빌려줬던 하숙집을 마지막 달 방세와 전기세도 내지 않고 어디로 가는지 말도 않고 이사 나가 버린, 옛날 대학생과는 달리 "순진한 곳도 없고, 뻔뻔하기가 말도 못한" 지극히 현실적이고 이기적인 학생이다. 말투 역시 "될 대로 되라는 식의 말투"로 미츠와 같은 순정적인 여자와 마리코처럼 마음씨 고운 아가씨가 "사랑할 자격이 없는 남자", "무책임한 남자" 그 자체이다. 다만 그의 장점이라면 '츠토무(努)'라는 그의 이름이 상징하듯, 소아마비로 신체가 불편하면서도 언제나 노력하는 자, 즉 "노력가"[20]라는 것 정도로, 그는 악인이라기보다는 이기적이고 타산적인 당시 일본의 일반적인 청년의 모습을 대변하고 있는 남자이다.

하지만 흥미로운 것은 사건이 진행되어감에 따라 미츠를 존재로도 인식하지 않았다는 요시오카의 주장과는 달리 그의 얼굴과 행동에 점차 변화가 일어나는 점이다. 그는 터키탕에서 만난 여자의 목에 걸린 십자가가 미츠에게서 받은 것임을 알았을 때, 저도 모르게 큰 소리를 질러 여자를 놀라게 하기도 하고, 이유야 어찌되었든 미츠를 찾기 위해 2년 만에 한국인 김씨를 찾아갔을 때는, 그녀에게 "반했냐"고 묻는 그의 물음에 그만 얼굴에 홍조를 띠어 순정파라는 소리까지 듣는다. 심지어 그녀를 찾았다는 전화를 받던 날은 그가 그토록 소중히 여기던 마리코로의 데이트 초대조차도 거절하고 미츠의 행방을 뒤쫓는데, 이런 모든 행동은 결코 예사롭다고는 할 수 없다. 하물며 그는 모리타 미츠의 일을 술을 먹었을 때를 제외하고는 '고통 없이' 떠올릴 수조차 없게 되어 간다.[21] 그런데 미츠의 일을 생각할 때 고통을 느낀다는 그의 고백은 곧 그가 미츠에 대해 일말의 죄의식을 느끼고

있음을 나타내고 있음에 다름 아니다. 그리고 이것은 그가 본격적으로 죄의
식을 느끼기 시작하는 시점을 보면 더욱 분명해진다.

> 미츠는 이 가게에서는 사키코라는 이름으로 일하고 있는 듯했다. "사키코
> 라면 쉬는 날이에요." "쉬는 날? 어디 아픈가?" "병원에 갔어요. 오늘" "무슨
> 병인데?" "몰라요. 뾰루지라도 치료받으러 간 거 아닐까요?······.저기, 괜찮아
> 요. 사키코가 없어도 뭐 들렀다가 가요." "난, 요시오카라고 하는데" 나는 내
> 이름과 주소를 적은 종이를 그녀에게 건네고 "요시오카가 왔었다고 전해 주지
> 않을래?' 내가 가게에 들르지 않을 것을 알자, 그녀는 뒤에서 지저분한 욕을
> 퍼붓고 있었다. (병인가?······. 그 녀석.) 나는 심한 피로를 느꼈다. 왠지 모르
> 지만 몸뿐만 아니라 마음 속 깊은 곳까지 지쳤음을 느꼈다. 비에 젖은 개
> 한 마리가 길을 비틀거리며 건너가고 있었다. 그 순간 갑자기 누군가가 귓전
> 에서 내 자신에게 묻고 있는 듯한 착각에 사로잡혔다. 지금도 그 순간 어째서
> 그런 소리를 들은 것 같은 기분이 들었는지 이상하다. (있잖아, 네가 그날
> 그녀와 만나지 않았더라면) 그 소리는 속삭였다. (그 여자도 다른 인생을——
> 좀 더 행복하고 평범한 인생을 살았을 지도 몰라.) (내 책임이 아냐.) 나는
> 고개를 저었다. (일일이 그런 일에 신경 쓴다면 아무도 만날 수 없잖아. 매일
> 을 살아갈 수가 없잖아.) (그건 그래. 그러니까 인생이라는 것은 복잡한 거야.
> 하지만 잊으면 안 돼. 인간은 다른 사람의 인생에 흔적을 남기지 않고 섞일
> 수는 없는 거야.) 나는 고개를 흔들고 빗(雨)속을 젖으며 계속 걸었다. 마치
> 시부야에서 그날 밤 강아지처럼 따라 온 미츠에게 눈길도 주지 않고 역으로
> 걸어가기 시작했을 때처럼······. (149-150)

미츠가 걸린 병이 어떤 병인지도, 그것이 중병인지 가벼운 병인지도 아직
확실하지 않음에도 그녀가 병원에 갔다는 말만으로도 그는 뼛속까지 젖어
드는 "심한 피로"를 느끼는데, 때마침 들려오는 그의 귓전을 울리는 정체모
를 소리는 여기서의 피로가 그의 죄의식임을 더욱 강하게 뒷받침해 준다.
미츠의 삶이 제약회사, 터키탕, 파친코 숍, 저질 술집 등을 전전하며 전락(転

落)해가면 갈수록, 자신이 그녀를 더럽히지 않았더라면 그녀가 "좀 더 행복하고 평범한 인생을 살았을 지도 모른다"는 요시오카의 죄의식은 점점 깊어지고 짙어져만 간다. 순결한 미츠의 몸과 마음에 첫 남자로서 그야말로 '흔적'을 남겼을 터인 요시오카였지만, 어느 덧 미츠의 전락(転落)은 부메랑처럼 되돌아와 그녀의 존재감은 요시오카에게 지워지지 않는 '흔적'으로 고착되어 간다. 작품에는 요시오카와 미츠의 관계를 상징하는 중요한 몇몇 메타포가 장치되어 있는데, 그가 미츠를 떠올릴 때마다 내리는 안개비는 미츠의 전락(転落)을 들을 때마다 그의 몸과 마음을 마치 "바늘처럼" 찌르고 있다.22) 또 일종의 BGM처럼 작품 전편에 흐르는 "그날 버린 그 여자 지금쯤 어디에 살고 있을까. 지금쯤 무엇을 하고 있을까. 내 알바 아니지만 이따금 가슴이 아파오네. 그날 버린 그 여자"라는 노래는, 마치 요시오카의 죄의식을 촉발이라도 하듯23) 그가 미츠를 버리고 돌아섰을 때와 그가 미츠의 소식을 듣기 위해 찾아간 파친코 가게 안에서 적절하게 울려 퍼진다. 혹은 요시오카는 자신의 그토록 원하던 마리코에게서 드디어 사랑한다는 고백을 듣거나, 혹은 후지산(富士山)의 야마나카 호수(山中湖)에서 신혼여행을 즐기고 있을 때 등, 행복의 절정을 맛보고 있을 때에도 갑작스레 스스로도 알 수 없는 쓸쓸함을 느끼며 미츠를 회상하는데, 그런 그의 얼굴을 보고 마리코는 "갑자기 쓸쓸한 얼굴"을 할 때가 있다며 신혼여행중임에도 "행복하지 않은 것 같다"고 물어볼 정도이다. 물론 그럴 때마다 요시오카는 자신이 유달리 미츠에게 나쁘거나 잔인했던 것도 아니라고 필사적으로 부정하며, 스스로가 감상적(感傷的)이 되는 것을 극력 피하려 들지만, 그의 부정이 반복되면 반복될수록 요시오카의 외침은 미츠에게서 자유롭지 못하게 된 자신을 속이기 위한 절망적인 외침처럼 메아리치며 돌아올 뿐이다. 결국 그는 미츠의 죽음을 알리는 야마가타 수녀의 편지를 읽고 미츠가 자신에게 가르쳐 준 것이 "우리들의 인생을 단 한 번이라도 스쳐지나간 것은 거기에 지울 수 없는 흔적을 남긴다는 것"이자, 그녀의 죽음에서 느끼는 자신의 "쓸쓸함"이 그 '흔적'에서 오는 것임을 깨닫게 되는데, 이렇게 볼 때, 요시오카에게 밀려오는 가슴 한편의 쓸쓸함은 오로지 이타적인 삶만 살다 간 미츠와 대조적으로 지극히 이기적으로 살아온 자신의 삶을 되돌아보게 하는 동인(動因)인 동시에, 미츠의 죽음을 알게 되고 느끼는 그의 슬픔이자, 영원히 지울 수 없는 흔적처럼 씻을 수 없는 양심의 가책, 즉 죄책감이나 죄의식, 더 나아가서는 일종의 원죄(原罪)의식[24]과도 같은 것이어서 이제 그는 그런 죄의식에서 영원히 자유로울 수 없게 되어 가고 있음을 알려준다.

2. 미츠와 「흔적」

한편 그렇다면 미츠 본인에게 있어서 손목에 새겨진 반점, 즉 흔적이 의미하는 바는 무엇일까. 미츠의 존재를 '흔적'으로 인지하는 요시오카와는 달리 미츠에게는 실제 눈에 보이는 '흔적', 즉 반점이 존재한다. 미츠의 반점에 대해서는 "인간의 무시무시한 '검은' 죄의 선명한 형상화"[25]라든가, "십자가"[26]의 상징, 혹은 예수가 걸었던 "십자가의 길"[27]을 의미한다는 등, 연구자의 사이에서도 의견이 분분하다. 하지만 한 가지 분명한 것은, 마침 소설 속 점쟁이도 예언했던 것처럼 반점을 한센병으로 오진 받는 "생각지도 못한 일"을 당하며 이미 "파친코의 구슬이 못에 부딪치며 튀어 올랐다가 천천히 밑으로 떨어져 가는 것처럼" 추락해 가던 미츠의 전락(轉落)으로의 여정에 더욱 박차가 가해지고 있다는 사실이다. 이런 의미에서 미츠의 반점은 곧 그녀의 고난이며, 더 나아가서는 예수의 고난을 상징하는 십자가, 그리고 십자가를 짊어지고 고난의 길을 걸었던 예수의 십자가의 길에 이르기까지 그 의미를 확대하여 해석하는 것은 전혀 무리가 없다고 할 수 있겠지만,[28] 그것보다 여기서 더 주목해서 논의하고 싶은 것은, 작품에서 미츠의 반점이 그녀에게 아픔으로 작용하는 장면이 유독 두 차례만 등장하고 있다는 점이다. 그렇다면 미츠를 괴롭히는 이 "타는 듯한" 아픔이 상징하는 의미는 과연 무엇일까.

> (저기, 돌아가지 않으련?......네가 가지고 있는 그 돈이 저 아이와 모친을 구할 수 있어.) (하지만) 미츠는 필사적으로 그 목소리에 대항한다. (하지만, 나는 매일 밤 일했단 말이야. 열심히 일했단 말야.) (알고 있단다.) 라고 슬픈 듯 말한다. (알고 있어. 나는 네가 얼마나 카디건을 원하는 지, 얼마나 열심히 일했는지도 모두 알고 있어. 그렇기 때문에 너에게 부탁하는 거야. 카디건 대신 저 아이와 모친에게 네가 천 엔을 빌려 주도록 부탁하는 거야.) (싫어요. 하지만 그건 다구치씨의 책임이잖아요.) (책임보단 보다 중요한 것이 있어. 인생에서 필요한 것은 너의 슬픔을 남의 슬픔과 합치는 것이야. 그리고 나의 십자가는 그 때문에 있어.) 이 마지막 목소리의 의미를 미츠는 이해하지 못했다. 하지만 바람을 맞고 있는 아이의 입언저리에 빨갛게 부어오른 부스럼이 그녀의 가슴을 죄었다. 누군가 불행한 것은 슬프다. 지상의 누구나가 괴로운 것은 슬프다. 점점 그녀는 부스럼을 참을 수 없게 되었다. 바람이 미츠의 눈에 먼지를 불어 넣는다. 바람이 미츠의 마음을 통과해 분다. 그 눈을 비비며 그녀는 되돌아선다. 갑자기 그녀는 손목에 아픔을 느낀다. 반년 정도 전에 어느날 갑자기 여기에 검붉은 동전만한 크기의 얼룩이 생겼다. 이 얼룩은 조금씩 부풀어 오른 종기인 것 같았다. 평소에는 아프지도 가렵지도 않다. 하지만 미츠는 일전에 요시오카씨에게 안겼을 때 이 반점이 한순간이나마 타는 것처럼 아팠던 것을 기억하고 있다. (88-89)

반점이 미츠에게 아픔을 가하는 것은 먼저 그녀가 요시오카를 위해 무섭지만 자신의 순결을 버렸을 때, 다음으로는 한 달 동안 야근까지 하며 힘들게 모은 돈 천 엔을 자신이 그토록 싫어하던 다구치의 아내에게 건네줘야만 했을 때이다. 하지만 미츠의 선행은 비단 이 둘뿐만은 아니어서, 한센병

선고를 받고 병원으로 향하던 기차에서 아픈 노인에게 자리를 양보하는
작은 일에서부터, 파친코 숍에서 알게 된 바바(馬場)씨를 대신하여 도둑
누명 쓰기, 그로 인해 가게 된 저질 술집에서 이번에는 여종업원 모두가
싫어하는 손님의 불평을 늘 들어주며 그때마다 그의 슬픔에 공감하기, 그리
고 한센병 병원에서 자원봉사를 하며 환자들이 힘들게 기른 달걀을 지키려
다 헛되이 트럭에 치어 죽게 되는 순간에 이르기까지 실로 다양하다. 하지
만 이런 미츠의 선행에서 반점이 미츠에게 아픔으로 다가오는 것은 상기의
두 차례 뿐인데, 이에 대해 한 가지 생각해 볼 수 있는 것은, 우선 미츠가
반점에서 아픔을 느끼는 것은 그것이 자신에게 있어서 의미가 있는 것, 혹
은 자신의 가치관을 굽히면서까지 남에게 자신을 희생해야 하는 경우에만
생겨나고 있었다는 것이다. 마치 어린 소녀가 멋진 영화배우라도 따라다니
듯, 대학생인 요시오카를 우상화하고 그런 요시오카와 "포플러 가로수 길을
걸을 수 있다면 얼마나 기쁠까"하며 "사랑을 동경하고 있던" 철부지 미츠였
지만, 그래도 그녀가 요시오카에게 아낌없이 자신을 내어준 것은 대학생과
의 연애를 성사시키고 싶다는 "계산적(功利的)"인 생각이 아닌, 소아마비로
인해 다른 젊은 여성들에게 사랑받지 못하고 경원되어 왔다는 요시오카의
"위악적(僞惡的)"인 말을 진실로 받아들이고 가련한 그를 구원하기 위한 행
위에 다름 아니었다. 또한 평소 자신을 괴롭히기에 그토록 싫어하던 회사
동료 다구치였지만, 그렇다고 해서 그의 아내와 자식이 돈이 없어 학교 급
식비를 내지 못하게 되어 발을 동동 구를 때, 그녀는 차마 그런 딱한 사정을
모른 척 할 수 없었다. 미츠가 다구치의 아내에게 돈을 건네주는 행위는
곧 그녀가 요시오카와의 데이트를 위해 그 무엇보다도 갖고 싶었던 소중한
카디건을 포기하고 자신을 희생하는 순간이다. 그리고 손목의 반점은 이처
럼 미츠가 남의 아픔과 혹은 남의 행복을 위해 그녀가 자신의 소중한 무엇

을 포기할 때 고통의 신호를 보낸다.

한편, 요시오카를 만나기 반 년 전에 이미 생겨나 있던 이 반점이 처음으로 아팠던 것이 요시오카에게 자신을 내어주었을 때라는 점을 감안하면 극히 평범했던 미츠가 요시오카를 만나서 순결을 바치고 나서부터 그녀의 인생에서 무언가 변화가 일기 시작했다는 느낌을 받게 되는데, 이것은 그 후로도 2년이라는 긴 세월동안 "아프지도 가렵지도 않고" 그저 미츠의 손목 한 쪽에서 잠자코 있던 반점이 저질 술집이라는 세속적인 인생에서도 가장 밑바닥 끝까지 추락한 이후 "웬일인지 조금씩 부어오르고" 그 붓기가 "차츰 크기와 두께가 더해만 가기" 시작하고 있는 것과도 좋은 대비를 이루고 있다. 즉 요시오카와의 만남으로 촉발된 반점의 아픔은, 미츠에게 고난을 주며 그녀를 인생의 맨 밑바닥까지 미츠를 추락시키는 것도 모자라 이번에는 죽음보다 절망만이 기다리는 한센병의 세계로 미츠를 인도해 가는 것이다. 그런데 미츠가 한센병 병원에 도착한 이후 반점의 상태는 아프기는커녕 전혀 아무런 진전이 없다. 이는 버려진 땅으로서의 고난의 세계로 상징되는 한센병 병원으로 미츠를 인도한 후에 이미 미츠에게 있어서 반점이 그 역할을 다 해냈음을 의미하는 것, 그 이상도 그 이하도 아니다. 미츠의 반점은 그녀를 고난으로 이끌고, 이제 반점이라는 슬픔의 십자가를 지고 불의(不意)의 죽음을 향해 인생을 걸어가야만 했던 그녀의 모습에서는 십자가를 짊어지고 골고다의 언덕을 걸어야했던 예수의 마지막 고난의 여정이 그대로 반추된다.

그런데 이미 앞에서도 살펴보았듯이 요시오카는 "인간은 다른 사람의 인생에 흔적을 남기지 않고 섞일 수 없는 거야"라는 내면의 소리를 듣고 있는데, 이 말은 요시오카에게 미치는 '영향'으로도 치환 가능하다. 왜냐하면 '흔적'은 말 그대로 요시오카에게 미치는 미츠의 영향력으로도 보이기

때문이다. 그리고 그 영향력은 더욱더 막강해져만 간다. 처음에는 미츠를
세 갈래로 딴 머리에 좀 뚱뚱하고 볼품없는 주먹코의 우둔한 여성으로만
여기던 요시오카는 미츠의 삶을 뒤쫓으며 어느덧 그녀가 일상 속의 우연을
통해 만나게 된 성녀임을 인정하지 않고는 있을 수 없게 되어 버린 것이다.

> 이것이 내가 그녀를 알게 된 계기이다. 이윽고 내가 강아지처럼 버려 버린
> 그녀와의 최초의 계기이다. 우연한 계기라고 생각하면 우연일지도 모른다.
> 하지만 인생에서 우리들 인간에게 우연이 아닌 어떤 연결이 있을 것인가.
> 인생에는 무엇보다 우연이라는 녀석이 작용하고 있다. 〈중략〉 하지만 그것이
> 별 볼일 없는 일이 아니라 인생의 의미를 찾는 단서라는 것을 알기 위해서는
> 나는 오늘날까지 많은 시간이 필요했다. 나는 그때 신 따위는 믿고 있지 않았
> 지만 만일 신이라는 것이 있다면 그 신은 이러한 별 볼일 없는 흔하디흔한
> 일상의 우연에 의해 그가 존재하는 것을 인간에게 보였을지도 모른다. 이상적
> 인 여자가 현대에 존재한다고는 아무도 믿지 않지만 나는 지금 그녀를 성녀라
> 고 생각하고 있다……. (25-26)

> 거기에는 헤아릴 수 없는 생활과 인생이 있다. 그 헤아릴 수 없는 인생
> 속에서 내가 미츠에게 한 짓 같은 건 남자라면 누구라도 한 번쯤은 경험하는
> 일이다. 나뿐만이 아닐 터이다. 하지만……하지만 이 쓸쓸함은 도대체 어디
> 에서 오는 것일까. 나에게는 지금 소소하지만 안전한 행복이 있다. 이 행복을
> 나는 미츠와의 기억 때문에 버리고 싶지 않다. 하지만 이 쓸쓸함은 어디에서
> 오는 것일까. 만일 미츠가 나에게 무언가를 가르쳤다고 하면 그것은 우리들의
> 인생을 단 한 번이라도 스쳐지나간 것은 거기에 지울 수 없는 흔적을 남긴다
> 는 것일까. 쓸쓸함은 그 흔적에서 오는 것일까. 그리고 또한 만일 이 수녀가
> 믿고 있는 신이라는 존재가 정말 존재한다면 신은 그러한 흔적을 통해 우리들
> 에게 이야기를 거는 걸까. 하지만 이 쓸쓸함은 어디에서 오는 것일까.
>
> (254-255)

극히 일반적이고 세속적인 눈으로 볼 때 미츠는 "불행을 짊어진 여인"29)

이자, 그녀의 인생은 어디까지나 "어둠"30)의 이야기이다. 하지만 요시오카나 일반 세상 사람들의 눈에는 비운으로만 비쳐지는 미츠의 삶이 하강곡선을 그리면서 추락해가면 갈수록, 그런 몰락의 과정을 통해 사실상 미츠의 삶의 가치는 수직으로 상승해간다. "사람에게 너무 정을 기울이다 몸을 망쳐가는" 미츠의 삶은 그녀 자신의 타자에 대한 연민과 동정과 어우러져 본격적인 "애덕(愛德)의 실천"으로 승화되어 가며 "자기성화"31)의 길을 걷게 되는 구조를 빚어내는 것이다.

엔도는 "칠칠치 못하고 좀 더럽혀져 있는 우리들의 일상생활에서 '괴괴한' 무언가가 들어올 때가 있다. 그럴 때를 나는 '인생의 시간'이라고 부르고 싶다. 그것은 '생활의 시간'에 들어오는 '인생의 시간'이다"라고 말하고 있다.32) 우리들이 일과 명성, 그리고 사회적 지위를 좇아 생활을 영위할 때 생활에서 잃어버린 소중한 무언가가 찾아오는 쓸쓸하고도 '괴괴한' 시간을 엔도는 인생의 시간이라 부르고, 그 '괴괴한 무언가'가 곧 인생의 의미라고 표현하고 있는 것이다. 의미심장한 것은 이 작품에서도 주인공인 요시오카가 어느 순간부터 모리타 미츠를 떠올릴 때마다 '인생'을 떠올리고 있는 것이다. 이것은 곧 요시오카가 노력해서 얻은 "소소하지만 안전한 행복"의 세계가 그에게 있어 생활의 세계에 불과하고, 그런 생활의 세계 속에서 요시오카에게 순간순간 덧없는 쓸쓸함을 느끼게 하는 미츠의 존재는 그를 인생의 시간으로 되돌리는 존재이자, 그에게 인생의 의미를 일깨우는 존재라고 하는 해석도 가능하다.33) 또한 남의 불행을 참지 못하는, 우둔하지만 착한 마음씨의 소유자 미츠는 요시오카에게는 성녀로, 야마가타 수녀에게는 "가장 좋아하는 사람"이자, 수녀 자신이 가장 본받고 싶은 여성으로서 그 모습이 변모해가며 점차 그 존재감이 커져간다는 점에서, 처음에는 일개 미천한 목수로 단지 가난하고 헐벗고 버림받은 자들을 위로하던 예수가 고난의 길을 통해 인류를 구원하는 구세주 그리스도로 승화되어가는 예수 그리스도의 이미지와도 맥락을 같이하고 있다. 예상치도 못한 고난의 길을 걸으며 점차 인생의 의미를 찾아 농밀한 인생의 한 가운데로 걸어가는 미츠의 모습은 생활 속에 매몰되어 가는 요시오카와는 달리 숭고하기까지 하다. 그야말로 일상 속의 성스러움의 세계가 미츠의 고난의 이야기를 통해 전달되어 오는 것이다. 엔도는 『내가 버린 여자』를 곧 "내가 버린 예수", "인간이 버린 예수"의 세계로 그려내고 싶었다고 말하고 있으며,34) 이때의 성녀는 "우리와 인연이 먼 성녀가 아닌" "아침 전철이나 오후의 거리에서 옆을 스쳐 지나가는 사람들에게 섞여 있는 성녀", "우리와 같이 평범한 보통의 인간"으로 스스로도 "예상치 못했던 감동적인 세계로 들어가게 되는 한 여인의 이야기"를 쓰는 것이 본래의 의도였다고 밝히고 있었다.35) 그의 말대로라면 마침내 미츠를 지울 수 없는 낙인처럼 가슴 속에 아로새기게 된 요시오카가 초라한 미츠의 존재를 자신을 넘어선 성스러운 존재로 재인식하게 되었음을 고백할 때, 그런 요시오카의 고백이 얼마만큼의 성실함을 가지고 작의적인 "부자연스러움"을 느끼지 않게 하며 독자에게 깊은 감동과 큰 반향을 울리며 되돌아오게 될 것인가. 이 작품의 성패여부는 바로 이 점에 있다고 해도 과언은 아니다.

결 론

이상으로 "얼룩", "자국", "흔적", "손목의 반점", "부스럼", "소아마비", "한센병"에 이르기까지 작품 곳곳에 다양한 단어로 배치되어 있던 흔적들의 의미를 중심으로 흔적의 상징성에 대해 살펴보았다. 그리고 그 결과 흔적의 이미지가 피폐한 시대를 대표하기 위한 부정적인 이미지로부터, 연민과 동정으로 서로를 보듬고 고독과 절망을 나눈다는 점에서는 등장인물들의 유대감을 강화시켜주는 기재(機材)이자, 더 나아가서는 서로의 고통을 연대하기 위한 "고통의 연대감"을 불러일으키기 위한 기연(機緣)으로 설정되어 있었음을 알 수 있었다. 또한 처음에는 더러움에서 출발했던 흔적의 의미가 남자주인공인 요시오카 츠토무에게 있어서 죄의식이나 원죄와 같은 이미지로 변용되는 과정과, 반대로 미츠에게는 그녀의 손목에 생겨난 반점, 즉 '흔적'이 고난과 십자가의 의미에서 아픔을 통한 희생과 애덕(愛德)의 실천, 그리고 이를 통한 자기성화로서 승화되어 가는 과정도 살펴볼 수 있었다. 처음에는 초라하고 우둔한 여인으로밖에 여기고 있지 않던 미츠를 어느덧 자신의 인생에 지워지지 않는 성녀로 각인되었음을 고백하는 요시오카의 태도는, 흔적을 메타포로 낮은 곳에서 임하여 인류를 구원하는 구세주가 되었던 예수 그리스도처럼 미츠의 인생이 낮은 곳에서 높은 곳으로 수직이동해 가는 과정을 잘 대변해준다. 그런데 이와 관련하여 한 가지 지적하고 싶은 것은 흔적의 소설적 변용이라는 소설적 장치가 비단 작품의 내적세계로만 한정된 것이 아닌, 작품 외적으로도 변용이 일어나고 있었다는 점이다. 다시 말해 『내가 버린 여자』라는 작품에 대한 평가자체에도 낮은 곳에서 높은 곳으로의 변용이 일어나고 있었음에 주목하고 싶다. 1975년 『엔도슈사쿠 문학전집』이 처음 편찬되었을 때, 통속소설이라는 이유로 전집에도 수록되지 못했던 이 작품은 그 후로 오랜 시간이 지난 1999년, 새로이 편집되어 출간된 신쵸샤(新潮社) 『엔도슈사쿠 문학전집』의 제5권에서는 『바보님』과 함께 '예외적으로' 수록되게 되었다. 우리 주변에서 흔히 볼 수 있는 평범한 여자 미츠가 이윽고 성녀가 되어가는 변용의 구조를 그리고 싶다던 작가의 창작 의도처럼, 처음에는 단순히 잡지를 통해 일반 독자들이 흔히

접할 수 있는 연재소설로 출발했던 이 작품이 시간이 흐르면서 차차 그 문학적 진가를 인정받게 되어 마침내는 문학전집에 수용되어가는 과정은, 마치 작품 내부에서 미츠의 존재가 점차 숭고한 존재로의 변용을 이뤄가는 것과 공명하고 있는 것처럼 보이며, 작품 외부세계에서도 통속소설에서 순문학 소설로의 변용이 이루어지는 이중구조가 참으로 흥미진진하다. 이처럼 이 작품이 '경소설'이라는 굴레를 벗어나 순문학의 세계로 들어갈 수 있었던 가장 큰 이유는 작가의 창작의도 및 주제의 무게가 순문학작품과 비교해도 결코 뒤지지 않는 진중한 것임을 이 작품 스스로가 독자에게 깊은 감동으로 호소함으로써 독자의 가슴 속에 지울 수 없는 흔적을 새긴 결과가 아니었을까.

【주】

1) 1969년과 1972년에는 고단샤(講談社)와 고단샤분코(講談社文庫) 등에서도 단행본으로 출판되었다.
2) 武田友寿『遠藤周作の文学』聖文舎, 1975, p.151
3) 木村一信「『わたしが・棄てた・女』論」『作品論─遠藤周作』双文社, 2000, p.107
4) 다케다 히데미는 이 소설을 "통속적인 스토리를 통해 신이 없는 일본의 정신적 풍토 속에서 살고 있는 사람들에게 예수의 사랑과 신의 존재를 묻는" 심오한 주제의식이 담고 있다고 평가하고 있다.(武田秀美「遠藤周作『わたしが・棄てた・女』考」『上智大学国文学論集』上智大学, 1994, p.28)
5) 다케다 도모쥬는 '엔도 문학의 애독자 중 순문학적 작품의 애독자는 경소설적 작품을 진지하게 읽으려고 하지 않고, 경소설적 작품의 애독자는 무거운 주제의 순문학적 작품을 어렵다고 여기며 경원시하는 좋지 못한 경향이 있다'며 이러한 경향에 대한 반발을 나타내고 있으며, 사코 준이치로는 경소설과 순문학으로 구분되는 작품들이 "작가 자신의 창작의식에 뉘앙스의 차이가 있는 것은 지극히 자연스러운 일"이지만 그렇다고 해서 작품의 주제에 대해 엔도가 의식적으로 차이를 두고 있었으리라고는 볼 수 없다고 논하고 있다. (武田友寿『遠藤周作の文学』聖文舎, 1975, pp.151-152. 佐古純一郎「『わたしが・棄てた・女』」『遠藤周作──その文学世界』星雲社, 1997, p.112)
6) 広石廉二「『わたしが・棄てた・女』──真の聖女とは何か」『遠藤周作のすべて』朝文社, 1991, p.161
7) 1962년 12월호 「주부의 벗」에는 새로운 연재소설의 예고가 실려 있다. 작품의 제목은 『안녕(さようなら)』으로 이 작품은 작가가 '생각을 다듬길 2년여, 충분한 준비를 하고 회심의 붓을 잡은' 것이라고 소개되고 있다.(山根道弘『遠藤周作文学全集』5 長編小説Ⅴ 解題, 新潮社, 1999, p.343)
8) 필자는 유학중이던 2004년, 엔도 문학의 팬들로 구성된 슈사쿠 클럽(周作クラブ)을 통해 30여 년간 엔도의 애제자였던 가토 무네야(加藤宗哉)와 만난 적이 있었는데, 그 자리에서 엔도의 작품 중 일본인에게 가장 사랑받는 것이 무엇인지를 묻자, 그가 그 즉시 『내가 버린 여자』야말로 오늘날 자신을 비롯한 다른 일본인 독자에게 가장 사랑받는 작품임을 단언하던 모습은 지금도 기억에 새롭다. 그의 단언처럼 『내가 버린 여자(わたしが・棄てた・女)』는 두 차례에 걸쳐 「내가 버린 여자(私が棄てた女)」(1969)와 「사랑한다(愛する)」(1997)라는 타이틀로 영화화되었으며, 1994년에는 「울지 말아요(泣かないで)」라는 제목의 뮤지컬로 초연되어, 이 후 십여 년이 지난 2006년에도 다시 뮤지컬로 만들어지며 일본 곳곳에서 상연되는 등, 오늘날에도 일본의 독자들에게 변함없는 사랑을 받는 엔도문학의 대표작이다.

9) 작품에서는 단 한번 모리타 미츠의 실명을 미츠코(ミツ子)(77)라고 언급하고 있지만, 그 외에는 모두 미츠라는 이름으로만 등장하고 있으며, 작품 외적으로도 이후에 발표된 엔도의 다른 작품인 『등불이 촉촉이 어릴 무렵(灯のうるむ頃)』(1964), 『피에로의 노래(ピエロの歌)』(1974), 『스캔들(スキャンダル)』(1986) 등은 모두 모리타 미츠라는 동일한 이름이 사용되고 있으므로 이에 따라 여주인공의 이름을 편의상 미츠코가 아닌 미츠로 통일하여 표기하고자 한다.

10) 엔도는 일본의 야구 영웅이자, 당시 최고의 스타플레이어였던 나가시마 시게오(長嶋茂雄)의 실명을 룸메이트의 이름으로 차용하고, 이밖에도 이케베 료(池部良), 다카미네 히데코(高峰秀子), 사다 게이지(佐田啓二), 등등 당시 유명했던 영화배우들의 실명은 물론, 민요작가인 마츠무라 마타이치(松村又一)의 「달려라 트로이카(走れトロイカ)」(1931년)와 딕크 미네(ディク・ミネ)의 「그날 버린 그 여자(あの日に棄てたあの女)」(1950년과 1951년 사이에 유행된 것으로 추정됨)처럼 당시 유행하던 유행가, 또 당시 갓 등장한 캐러멜이나 홍차 등을 소개하고 있는데, 이는 전형적인 연재소설의 형식 속에서 통속적인 장치를 사용하여 일반 독자들을 자신의 작품세계에 보나 친근하게 접근시키기 위한 작가의 작의가 잘 드러나고 있는 부분이라고 할 수 있겠다.

11) 미하(ミーハー)란 미짱 하짱(みいちゃんはあちゃん)의 준말로, 취미와 교양 등이 저속하고 유행에 민감하여 좌우되기 쉬운 사람들을 가리킨다. 작품에서 미츠와 그녀의 친구 요코야마 요시코(横山ヨシ子)는 당대 인기영화배우를 동경하여 팬레터를 보내거나, 좋아하는 배우가 살고 있는 집을 찾아다니는 등 미하로 설정되어 있다.

12) 본문에서 사용하는 텍스트는 『내가 버린 여자(わたしが・棄てた・女)』(講談社文庫, 1972)이다. 인용문의 번역은 필자에 의한 것이며 괄호안의 숫자는 텍스트의 인용한 페이지를 뜻한다. 이하 같음.

13) 木村一信「『わたしが・棄てた・女』論」双文社, 2000, p.109

14) 요시오카의 직장동료인 오노(大野)는 홀로 동떨어진 건물이 한센병 병원임을 알자, 차창을 닫으라고 소리치고 있으며, 개중에는 "정말 허둥지둥 신경질적으로" 창문을 닫는 사람들의 모습도 묘사되고 있다.

15) 1889년(메이지22년) 시즈오카(静岡)현 고덴바(御殿場)시에 고야마 후쿠세(神山復生) 병원이 개설된 이래, 한센병에 대한 편견과 공포는 변함이 없었으며, 쇼와시대에 들어서서도 프로민이라는 약이 아직 보급되지 않았던 시절이라 '한센병=천형병(天刑病)' 이라는 이미지는 불식되지 않았다. 따라서 당시 한센병에 대한 사람들의 혐오감은 본능적이고도 뿌리가 깊은 것이었다고 할 수 있다. 일례로 작품에서 한센병으로 오진을 받는 모리타 미츠의 이야기는 이부카 야에(井深八重)라는 실제 모델이 있었는데, 그녀는 한센병으로 오인되어 고덴바의 후쿠세병원에서 생활할 때 가족들에게 폐를 끼치지 않기 위해서 처음에는 호리 키요코(堀清子)라는 가명을 사용했다고 한다. 엔도도 또한 학생시절 자신이 봉사를 위해 방문했던 후쿠세병원에서 한센병 환자들과 야구시합을 할 때 2루와 3루 사이에서 환자에게 공으로 몸을 터치당할 위기에 처해 두려움으로 오도 가도 못하고 멈춰 서자 환자 쪽에서 먼저 만지지 않을 테니 들어가라

고 조용히 속삭여줬던 사건을 자신 속의 추한 에고이즘을 발견한 부끄러운 날의 기억
으로 수필 등에서 종종 소개하고 있다.(牧野登他『人間の碑——井深八重への誘い』
井深八重顯章紀念会, 2002 및 遠藤周作「ハンセン氏病病院」『遠藤周作文学全集』
12 新潮社, 2000 참조)

16) 모리다 미츠(ミツ)의 이름이 의미하는 바에 대해서는 미츠의 의미가 빛(光)을, 그리고
죄(ツミ)의 반의어로, 이는 곧 미츠가 "죄의식을 자각시키는 존재"(야마네 미치히로)이
자, 사람을 원망하지 않고 신을 증오하지 않는 "성모마리아적 여성"(다케다 도모쥬)이
라는 설이 있으며, 이밖에도 요시오카 츠토무(努)의 이름은 "노력하는 자"(기무라 가즈
아키)를 나타낸다는 주장이 있다. 그렇다면 여기서 가노 다에코(たえ子)는 고난을 참
고 '견디는(耐える)' 존재라는 의미를 담고 있다고 볼 수 있다.

17) 斎藤末弘「罪について——遠藤周作『わたしが・棄てた・女』」『影と光と——作家
との出会いから』ヨルダン社, 1981, p.134

18) 이밖에도 요시오카와 미츠는 정체를 알 수 없는 '소리'를 듣는다는 점에서 서로 공통점
을 가지고 있다. 물론 미츠의 경우, 그녀에게 들려오는 소리가 "십자가"라는 단어를
직접 언급하며 소리가 곧 기독교에서의 예수의 목소리, 혹은 성령의 소리임을 다소
당돌하고도 노골적으로 나타내고 있는 반면, 요시오카의 귀에 들려오는 소리는 마치
그의 내면에서 울려오는 양심의 소리와 같은 역할을 하고 있다는 점에서는 차이가
보이지만, 어찌되었든 이들에게는 이처럼 같은 소양을 가진 자로서의 공통점이 존재하
고 있던 것만은 부정할 수 없다.

19) 작품 속에서 엔도는 유일하게 미츠로부터 마음에 상처를 입는 인물을 그리고 있는데,
그것은 바로 후에 미츠가 언니처럼 따르게 된 가노 다에코이다. 낯선 병원에서의 첫날
을 위로해주기 위해 친절하게도 손수 음식을 날라다 주겠다는 다에코에게 미츠는 저도
모르게 한센병 환자인 다에코의 손길이 닿은 음식을 먹기를 주저하는 기색을 보이게
되고, 이런 미츠의 심리를 민감하게 알아차린 다에코는 야마가타 수녀에게 대신 음식
을 날라다 주길 부탁하게 된다. 이후 미츠는 자신이 다에코를 상처입힌 것에 대해
세 차례에 걸쳐 정중히 사과하고 있다.

20) 斎藤末弘「心の奥に潜むもの——遠藤周作『わたしが・棄てた・女』」『罪と死の文
学』新教出版社, 2001, p.114

21) 원문은 "이상하게 취기가 돈 머리에는 모리타 미츠와의 일이 고통스럽게 마음속에
되살아나지 않아서 고마웠다(ふしぎに酔のまわった頭には森田ミツのことは苦痛を
もって心に甦らない. 有難かった)"라고 되어있다.

22) 작품의 배경으로 비는 모두 77회 등장하고 있으며, 폭우처럼 거칠게 쏟아지는 비가
아닌 '가랑비(小雨)' '안개비(霧雨)' '안개같은 비(霧のような雨)'처럼 촉촉이 만물을
적시는 정적인 이미지가 반복적으로 사용되고 있다. 이와 관련하여 엔도 유는 비의
이미지가 인생을 상징함과 동시에 예수를 환기시키는 기연이라 설명하고 있으며, 기무
라 가즈아키는 비는 곧 "죄를 기동시키는 단서"이자 "요시오카의 죄와 얽힌 추억 혹은
반추의 행위"를 나타내고 있다고도 주장하고 있는데, 모두 안개비가 갖는 상징성에

주목한 적절한 주장이라고 할 수 있겠다. (遠藤祐「『わたしが・棄てた・女』」国文学解釈と鑑賞, 至文堂, 1986 및 木村一信「『わたしが・棄てた・女』論」双文社, 2000 참조)

23) 가사이 아키후는 딕크 미네의 노래가사인 "あの日に棄てたあの女、今ごろ何処で生きてるか、今ごろなにをしているか、知ったことではないけれど、時々胸がいたむのさ、あの日に棄てたあの女"를 "죄의식에 괴로워하는 요시오카의 마음의 표현"이라고 설명하고 있는데, 특이한 것은 작품 속에서 가사가 전부 소개되고 있는 것은 요시오카가 모테사세야를 하며 만난 그레이프 이나다를 통해 노래를 처음 들을 때뿐으로, 이후 미츠와 관련되어 등장하는 가사에서는 "이따금 가슴이 아파오네" 부분이 생략되어 있다. 이런 생략은 오히려 마음이 아픔을 숨기려는 요시오카의 심리를 그대로 반영하는 방증이라고도 할 수 있으리라. (笠井秋生「『わたしが・棄てた・女』について――人間の無意識領域にかくれている〈本当の自己〉――」『遠藤周作を読む』笠間書院, 2004)

24) 1968년에 영화 '내가 버린 여자'를 감독한 우라야마 기리오(浦山桐郎)는 이 작품을 영화화하면서 가장 중요하게 표현하고 싶었던 것은 '남자의 원죄'였다고 한다. 기무라 가즈아키는 '남자의 원죄'에 대한 우라야마의 말을 인용하면서 작품의 제목이 요시오카 자신을 지칭하는 'ぼく'가 아닌 'わたし'로 되어 있는 의미를, 단순히 요시오카 한 사람만이 아닌 남자 일반을 총칭하기 위한 표현으로 하고자 한 작가의 의도일 것이라고 추측하고 있다. (木村一信「『わたしが・棄てた・女』論」『作品論――遠藤周作』双文社, 2000, p.115)

25) 斎藤末弘「罪について――遠藤周作『わたしが・棄てた・女』」『影と光と――作家との出会いから』ヨルダン社, 1981, p.137

26) 武田秀美「遠藤周作『わたしが・棄てた・女』考」『上智大学国文学論集』上智大学, 1994, pp.24-25

27) 三木サニア「遠藤周作, 『わたしが・棄てた・女』――「棄てる」をめぐって――」久留米信愛女学院短期大学研究紀要, 2005, p.82

28) 미키 사니아는 예수의 양손, 양발, 그리고 옆구리에 5개의 '성흔(聖痕)'이 있었음을 지적하고, 작품에서 '손목의 반점'의 장이 총 5장으로 구성되어 있는 것은 결코 "우연이 아닌, 예수의 성흔을 상징한 것"이라며 반점과 성흔의 관련성을 주목하고 있는데, 엔도가 정말 소설의 구성에 있어서 성흔까지도 고려하고 있었는지에 대한 사실여부는 차치하더라도 흥미로운 견해라고 할 수 있다.

29) 木村一信「『わたしが・棄てた・女』論」『作品論――遠藤周作』双文社, 2000, p.107

30) 斎藤末広「罪について――遠藤周作『わたしが・棄てた・女』」『影と光と――作家との出会いから』ヨルダン社, 1981, p.138

31) 武田友寿『遠藤周作の文学』聖文舎, 1975, p.166

32) 遠藤周作『ひとりを愛し続ける本』講談社文庫, 1992, p.99-p101. 원문은 "だらしなく、うす穢れた我々の日常生活にも「しーん」とした何か入りこんでくる時がある。

その時を私は「人生の時」とよびたい。それは「生活の時間」にさしこんできた「人生の時間」だ」이다.

33) 요시오카에게 있어서 흔적의 의미에 대해서는, 흔적은 곧 '신의 의지' 혹은 '신의 존재'를 나타낸다고 분석하고 있는 히로이시 렌지의 논문과 흔적을 요시오카의 인생에 남긴 '인상'으로 해석하고 있는 마크 윌리암스의 논문 등도 참고할 만하다.(広石廉二「『わたしが・棄てた・女』──真の聖女とはないか」『遠藤周作のすべて』朝文社, 1991 및 마크・ウィリアムス「「本当の自我」の追求の問題」『遠藤周作とShusaku Endo』春秋社, 1994 참조)

34) 遠藤周作・加賀乙彦「最新作『深い河』──魂の問題──」『遠藤周作─グローバルな認識』国文学, 学燈社, 1993, p.9

35) 山根道弘『遠藤周作文学全集』5 解題, 1999, pp.343-344. 재인용

우치무라 간조(内村鑑三),
비전론과 재림론의 관계

박 상 도

1. 서론

우치무라 간조(内村鑑三 : 1861-1930, 이하 우치무라)의 생애에 있어서 중요한 전기가 되는 세 가지 분기점이 있다. 첫째는 그가 처음으로 유일신 하나님을 받아들였을 때이고 둘째는 미국 유학 중에 구속의 체험을 하였을 때이다. 그리고 세 번째는 만년의 사상의 궁극이라고 할 수 있는 재림신앙을 받아들였을 때 이다. 이러한 세 가지 사건을 기초로 그의 사상의 근원을 더듬어 보면, 구속사상과 재림사상이 그 중심에 위치함을 알 수가 있다.

본고에서 다루고자 하는 비전론은 구속사상에서 재림사상으로 발전해 가는 과정에서 형성된 것으로 그 사상의 기반은 오히려 재림사상 쪽에 있다고 말해지고 있다. 그러므로 우치무라의 비전론은 재림론의 관점에서 해석되는 것이 맞다고 하겠다.

그런데 이러한 우치무라의 비전론이 재림론과의 관련성 가운데서가 아니라 기독교의 박애주의적 성격에서 다루어지는 경향이 있다. 그래서 여러 가지 오해도 있는 것 같다. 실제로 비전론이 발표되었을 당시에 우치무라를 비판했던 자들은 사회주의자들이나 불신자들만이 아니었다. 오히려 기독교인들과 그의 제자들에게서도 거센 비난이 있었던 것이 사실이다.

이런 가운데 최근에 출판된 도미오카 고이치로(富岡幸一朗)의 『비전론(非戰論)』(NTT, 2004년)은 우치무라의 비전론을 재림사상과의 관련 가운데서 다룬 역작이라고 말하지 않을 수 없다. 도미오카는 칼 바르트의 연구에도 조예가 깊은 문예 비평가로서 성경적 종말론적인 입장에서 우치무라의 재림사상을 다루었다. 그는 자신의 저서에서 집필동기와 관련하여 「전후 일본에서 우치무라 간조의 비전론을 전쟁포기를 외친 일본국의 헌법과 결부시킨 일은 있었어도 그 종말론을 본격적으로 받아들인 적은 없었다. 때문에 나는 기독교적 종말론의 관점에서 우치무라의 종말론을 평화론으로서의 스케일로 부활시켜보고 싶다」라고 말하고 있다.[1] 도미오카는 칼 바르트의 종말론에 영향을 받은 학자로써 종말론적 관점에 비추어 우치무라의 재림사상을 잘 부각시키고 있다. 우치무라의 비전론에 대한 기존의 인식과 선입관을 깨는데 중요한 역할을 했다고 할 수 있다. 그런데 도미오카의 서적은 우치무라의 재림사상 자체를 밝히고 드러내는 점에 있어서는 아쉬움을 남기고 있다. 그는 비전론의 본질이 재림론이라는 점을 분명히 하고 또 이 재림론이라고 하는 것은 궁극적으로 절대 평화론이라고 하는 사실을 강조하였다. 마지막 시대의 평화가 어떻게 도래하는가? 라고 하는 점을 설명하면서 그는 오늘날의 화약고라고 불리는 중동지역의 예를 들면서 이 중동지역에서 이스라엘과 주변민족이 서로 공존하며 같이 평화롭게 사는 것이 성경적인 것이라고 말하고 있다. 이 중동지역의 분쟁이 해결되고 평화가 도래하는 부분에 대해 「결국 예레츠, 이스라엘은 유다=아랍의 공동체, 〈이웃〉으로서의 공동체를 요구하는 열정으로써 이해될 때에만 그 진실의 역사적 의미를 분명히 할 수 있을 것이다.」라고 하고, 또 「성경적이라고 하는 것은 인간이 혹은 민족이 같이 있다는 것이며,[2]라고 했다. 그러면서 오늘날 이스라엘 민족들 가운데 있는 시오니즘 사상 즉 성경적 예언에 기초해서 지중해로부터 요르단 강까지를 지배하게 된다고 하는 것은 「대이스라엘주의」이며 정치적 이데올로기라고까지 말한다. 이러한 그의 언급한 평화주의, 박애주의 입장에서 보면 쉽게 수긍이 가는 것이다. 하지만 이러한 점은 기존 비전론의 기독교 박애주의적 범주와 별반 차별되지 않는 점이라고 말할 수 있다. 이에 대한 우치무라의 생각이 어떠했는지가 더 중요하다고 여겨진다.

도미나가 식으로 이야기 하자면 우치무라는 중동의 평화와 관련해서 「대이스라엘주의」를 주장했다고 할 수 있다. 하지만 우치무라는 「예루살렘은 세계의 지리학적 중심이다」라는 문장을 비롯해서 여러 문장가운데서 성경의 예언이 그대로 성취됨을 말하고 있다. 그의 말대로 하면 예루살렘이 세상의 중심이 되는 것이지 이웃 나라와 공존공영을 하게 되는 것은 아니다.

그러므로 우치무라의 재림론의 본질이 어디에 있는지 우치무라의 발언을 통해서 확인해 보는 것이 중요하다고 하겠다. 본고에서는 이러한 문제의식에 기초해서 우치무라가 파악한 재림론의 구체적인 의미와 이와 관련된 전쟁의 종식 그리고 평화의 도래 등의 문제에 대해서 생각해 보고자 한다. 아울러 우치무라가 어떻게 해서 초기의 비전론을 거쳐 재림론에 이르렀는지 그리고 그의 재림론을 둘러싼 제 평가는 어떤 것들이 있는지에 대해서도 생각해 보고자 한다.

2. 비전론에 대한 오해

우치무라의 비전론은 시기별로 나누어서 생각해 볼 수가 있다. 청일전쟁, 러일전쟁, 그리고 1차 세계대전을 경계로 하여 그의 비전론에 대한 주장이 크게 바뀌는 것을 알 수 있다. 지금까지 흔히 알려져 온 바로는 우치무라가 청일전쟁 시에는 의전론(義戰論)을 주장했다가 러일전쟁 당시에는 비전론 으로 입장을 바꾸었다. 이러한 우치무라의 비전론은 당시의 시대분위기 및 기독교계의 분위기와도 상반되는 것이었고 이로 인해 우치무라는 여러모로 고립될 수 밖에 없었다. 스스로 고립을 자초하면서도 비전론을 굽히지 않았 던 우치무라의 면모는 많은 이들에게 강한 인상을 심어주었고, 양심적 기독 교인의 한 예로 언급되고 있다. 우치무라의 비전론은 이러한 그의 신앙적, 인간적 면모와 결부되어 주로 이야기 되는 경향이 있는 것 같다.

하지만 러일전쟁시기의 비전론만을 가지고 우치무라를 논할 때 종합적 이고 전체적인 우치무라 이해를 어렵게 할 수 가 있다. 예를 들면 앞에서 언급한 바 있지만 그의 비전론은 기독교 박애주의적, 인간생명의 존엄사상 에 근거한 것으로 오해되는 경향이 있다. 이러한 기독교 박애주의적 관점에 서 우치무라의 비전론을 이해하려고 하면 러일전쟁 시기까지라고 하는 전 제를 달아야 한다. 하지만 실제로 이러한 전제를 가지고 우치무라의 비전론 을 이해하는 사람은 없다. 이렇게 제한 된 시야에서 비전론이 이해 될 때 전후의 일본의 평화헌법유지를 위한 하나의 이론적인 근거로써 우치무라가 거론되는 것이 전혀 이상한 현상이라고는 볼 수 없는 것이다.[3] 또한 이러한 우치무라 이해는 당시의 사회주의자들의 전쟁반대론과 아무 구분 없이 이 해되는 현상을 불러올 수도 있는 것이다.[4]

그리고 러일전쟁 당시의 우치무라의 비전론 가운데 자주 논란이 되는

것이 전쟁발발 후의 우치무라가 취한 태도에 관한 것이다. 그는 「전시에 있어서의 비전주의자의 태도(戰時に於ける非戰主義者の態度)」(1905年4月)라는 문장에서 비전론자는 전쟁이 시작된 이상 전쟁이 빨리 끝나고 평화가 임하기를 기도해야 한다고 하면서 전쟁반대의 입장을 표명하지 않았다. 이는 그동안 비전을 주장해 오던 것과는 상반된 것이라 할 수 있다. 이를 가지고 우치무라 비판론자들은 이상적인 기독교신앙의 틀 안에 매여 현실을 직시하지 못했다고 비판한다.[5] 이 뿐 아니라 우치무라는 비전론자가 전장 터에서 죽음을 맞이할 때 이는 예수그리스도의 십자가의 속죄의 죽음과 성격을 같이 하는 것이라고 말하기도 했다.[6] 물론 이는 논란의 여지가 있는 부분이기도 하고 우치무라 스스로 자기모순을 드러낸 부분이라고 말할 수도 있다. 하지만 이 정도의 단계에서 우치무라의 비전론에 대한 평가가 이루어진다면 이 또한 비전론을 오해하는 것이라고 말하지 않을 수 없는 것이다. 우치무라의 비전론은 그의 만년의 사상의 핵심인 재림론과의 관련성가운데서 이해되어져야 한다.

3. 우치무라의 재림사상에 대해서

그러면 지금부터 우치무라의 비전론의 핵심이라고 할 수 있는 재림사상에 대해 고찰해 보도록 하겠다. 구체적으로는 첫째 우치무라의 재림사상에 이르는 과정을 세밀하게 분석해 보고, 둘째 우치무라의 재림사상이 의미하는 바를 살펴보고자 한다. 그리고 마지막으로 이러한 우치무라의 재림사상을 둘러싼 지식인들의 반응에 대해 살펴보고자 한다.

3.1 재림사상에 이르는 계기

  우치무라의 비전론은 시기별로 러일전쟁(1904년), 세계1차 대전(1914년)
을 기점으로 각각 그 양상을 달리하고 있다. 그런데 박애 주의적 비전본의
입장을 수정하게 된 큰 계기가 된 사건은 미국의 친구 벨로부터 재림사상에
관한 잡지를 받은 것과 세계1차 대전의 미국의 참전(1917년)이라고 할 수
있다.7) 1885년 미국유학 시절 우치무라는 워싱턴에서 열린 전국 자선자(慈
善者)대회에 참석했다가 거기서 생면부지의 신사 벨을 처음 만나게 된다.
그 후 호텔의 객실에서 두 사람은 환담을 나누었고 우치무라는 그 해 여름
보스턴에 체재하면서 다시 벨을 만난 적이 있다. 그리고 그 후에 1921년
여름 벨이 우치무라를 만나기 위해 일본에 오기까지 둘은 만나지를 못했다.
하지만 그동안 두 사람은 서신교환을 하였고 독실한 기독신자이며 재림주
의자였던 벨은 우치무라가 재림신앙을 갖기를 바라면서 관련 잡지나 서적
을 일본에 보내오고 있었다. 1916년 8월 24일의 편지를 보면 우치무라는
『Sunday School Times』게재의 논문을 읽고 「그것은 오랫동안 마음속에서
몽롱하게 있었던 옛 신앙을 소생의 마음속에 부활시켜주었습니다. 소생이
지금 확실히 아는 것은 재림은 성경의 열쇠라는 사실, 이것 없이는 성경은
처음부터 끝까지 알 수 없는 것이라는 것입니다」라고 말했다.8) 이렇게 우
치무라의 재림사상의 형성은 그의 미국 유학생활의 인연과는 떼어 놓고
생각할 수 없는 것이라고 할 수 있다. 그리고 세계1차 대전의 미국참전
또한 재림사상 형성에 큰 영향을 주었다. 평화를 수호해 줄 기독교국가로서
마지막 희망의 대상이었던 미국의 적극적인 전쟁개입은 우치무라로 하여금
기독교국가에 대한 근원적인 신뢰를 잃어버리게 하였다. 그는 이로써 평화
와 결부시켜서 믿고 있던 모든 기독교적인 신념체계가 붕괴되는 경험을

하게 된다.[9] 그가 미국의 참전소식을 듣고 미국 친구 벨에게 보낸 당시의
1917년 4월11일자 서간문에는 다음과 같이 기록되어 있다.

> 그런데 미국마저 참전을 하므로 이 어두운 지구상에서 이제 한 점 남은
> 하얀 부분이 없어져버렸습니다. 저는 믿습니다. 교전국들을 대상으로 무기와
> 탄약을 팔아서 거액의 돈벌이를 하는 죄악을 범해온 미국은 이렇게 함으로
> 스스로를 벌하고 있는 것이라고. 하지만 주는 오시고 계십니다. 「기독교」미
> 국이 아니라 그리스도 자신이 다시 오셔서 이 악한 세상을 구원하시는 것입니
> 다.[10]

편지의 전체적인 분위기는 담담한 이조로 진행되고 있다. 하지만 「이
어두운 지구상에서 이제 한 점 남은 하얀 부분이 없어졌습니다」라고 말하
는 우치무라는 깊은 절망의 터널을 빠져나왔다는 것을 알 수 있다. 왜냐하
면 그는 바로 「기독교국 미국이 아니라 그리스도 자신이 다시 오셔서 이
악한 세상을 구원하시는 것입니다」라고 문장을 이어가기 때문이다. 그는
마지막 믿었던 미국에 완전히 절망하고 새로운 희망을 붙든 것이다. 우치무
라는 이 문장에 이어서 「우리들에게는 정치나 외교 경제 등 모든 악하고
그릇된 것으로부터 떠나서 우리자신이 해야 하는 일이 있습니다」라고도
말하고 있다. 그는 기독교국 미국에 대한 절망을 통해서 전쟁과 관여한
국가들의 정치, 외교, 경제의 부조리, 모순등도 깊이 자각하고 절망하였다.
그의 재림사상은 이러한 이 세상의 구조적이고 현실적인 기반위에서 성립
된 기독교신앙을 뿌리로부터 부정하는 데에서 시작되었다고 할 수 있다.
그리고 이러한 부정은 미국을 비롯한 각 기독교국가의 현실에 대한 깊은
절망이 있었기에 가능한 것이었다. 물론 이러한 우치무라의 절망이라고 하
는 것은 그의 개인적이고 내면적인 절망과도 결코 무관하지 않다고 할 수

있다. 1912년 사랑하는 딸 루쓰코의 죽음을 계기로 그는 깊은 절망을 체험하게 되었다. 그의 재림신앙의 결정적 계기는 미국의 참전이었다고 할 수 있지만 딸의 죽음을 통해서 어느 정도의 내면적인 기반이 형성되었다고도 볼 수 있다. 재림사상이 우치무라의 가치관에 어느 정도 안정적으로 자리 잡게 된 때에 그는 세상의 역사와 현실에 대한 절망에 대해서 다음과 같이 말하고 있다.

　　우리들은 사회 어디에서도 희망을 발견할 수가 없다. 정치가, 실업가, 의사, 교육가, 모두 우리들의 의지는 되지 못하고 정부, 사회 또한 그러하다. 그렇다면 어떤 것을 의지할 수 있는가? 자기 자신인가? 아니, 나 또한 하나의 인간에 지나지 않는다. 그렇게 사람이라고 하는 자들, 개인도 사회도 즉 인류사회에서는 희망을 발견할 수 없는 것이다. 이곳에 이르러 우리들은 이제 인류 가운데서 희망을 구하는 일을 중지하고 전혀 다른 곳에서 희망을 찾지 않으면 안 되는 상황에 이르게 된 것이다. 이 최대의 요구에 부응하기 위해서 하나님은 성경을 통해 구원의 길을 보여주신 것이다. 인류의 절대적 절망을 가르치는 것이 하나님의 성경인 동시에, 그 절망으로부터 탈출하는 길을 제시하는 것도 마찬가지로 이 성경이다.11)

　여기에서 우리는 우치무라가 인류에 대해 「절대적 절망」을 하고 있는 것을 알 수 있다. 그리고 그러한 절망으로부터 「성경」의 가치를 희망으로 붙들고 있는 것을 알 수 있다. 인류에 대한 「절대적 절망」이라는 의미는 인류사회의 평화에 대한 모든 노력으로 전쟁을 그치게 할 수 없다는 체념적이고도 냉철한 전쟁 개념이 포함된 말이다. 전쟁을 그치게 하고 평화를 도래시키고자 하는 모든 인류의 노력이 결국 수포로 돌아갈 수밖에 없다는 우치무라의 체념적 선언은, 현재까지도 이 땅위에서 평화를 외치며 비전론을 주장하는 모든 평화주의자들의 노력을 송두리째 부정하는 것이다. 그리고 우치무라는 평화적 노력을 주장하는 대신 성경을 펼쳐드는 것이다.

그러므로 우치무라의 재림사상은 기본적으로 신앙적, 성경적 가치관의 토대위에 있다는 대 전제 위에서 만이 바르게 이해될 수 있는 것이다.[12] 그리고 그의 비전론이라는 것도 이러한 성경적, 예언적 진리를 기초로 하여 평화적 노력을 부정하는 가치의 기반위에 서 있는 것임을 알 수 있다. 다시 말해서 근대적인 의미에서의 합리적인 인간학을 연구하는 관점에서 우치무라의 재림사상은 이해하기 어려운 부분을 내포하고 있다고 할 수 있다. 이에 대해 가와카미 테쓰타로(河上徹太郎)는 「우치무라의 재림신앙은 결정적으로 신학의 사건이고 인간학의 영역이 아니다」[13]라고 말하기도 했다. 즉 신학적이고 신앙적인 관점에 섰을 때만 그의 재림사상의 본질을 이해할 수 있는 길이 열린다는 것이다.

3.2. 재림사상의 내용

그러면 여기서는 구체적으로 우치무라의 재림사상의 내용에 대해서 살펴보자. 미국의 참전을 계기로 재림사상을 확신하게 된 우치무라는 이듬해 (1918년) 1월부터 재림운동을 시작하게 된다. 그리고 이러한 재림사상은 그의 남은 생의 궁극적인 도달점이었고 사상의 중심이었다고 할 수 있다. 그의 재림사상의 중심내용은 성경에서 예언한 예수그리스도가 성경의 예언대로 이 지상에 재림한다는 것이었다.

그리고 이러한 재림 후에 진정한 평화가 도래하고 인류의 완성이 이루어진다고 하는 것이다. 이러한 우치무라의 재림사상은 성경적 절대가치 위에서 성립된 것이다. 그는 성경의 중심 진리가 바로 재림이라고 말하고 있다.[14] 그리고 그는 성경이 제시하는 재림에 대해서 정신적, 영적인 것으로 받아들이지 않았다. 그리스도가 육체로서 문자 그대로 지상에 오신다고 하는 사실을 받아들였다. 이는 당시의 기독교지도자였던 에비나 단조의 의견과는 상반되는 것이기도 했다.

이렇게 우치무라가 재림을 정신적, 영적이 아니라 문자적, 실제적으로 받아들이기까지는 몇 가지의 단계를 거쳤다고 볼 수 있다. 앞에서도 언급했듯이 그는 1912년 사랑하는 딸의 죽음을 통해 현 세상에서 자기가 할 수 있는 일이 아무것도 없음을 깨닫게 된다. 그리고 1914년의 세계1차 대전을 통해 이 세상에서 이루어지는 기독교적 가치에 대한 심한 회의를 가지게 되고 1916년에는 미국친구 벨로부터 받은 한 잡지를 통해 재림사상을 자각하게 된다. 이때까지만 해도 그의 재림사상은 완전히 내면화되었다고 말하기 어려운 부분이 있다. 기독교 국가 미국에 대한 일말의 희망이 있었기 때문이다. 하지만 미국의 참전으로 그의 현세에 두고 있었던 기독교적 가치는 무너지고 깊은 절망을 체험하면서 재림사상에 대한 확신이 깊어졌을 것으로 여겨진다. 그리고 여기서 그의 재림사상이 우치무라의 사상적 틀안에서 내면화되고 이론화되는 동기를 제공한 한 사건을 소개하지 않으면 안 된다. 이 사건은 1917년 11월에 영국이 선언한 「발포아 선언」[15]이다. 이는 팔레스타인의 지역에 유대민족이 자신들의 나라를 회복한다는 것을 약속한 선언이었다. 우치무라는 오랜 세월동안 자신들의 나라를 갖지 못한 채 살아온 유대민족이 성경의 예언대로 자신들의 나라를 회복한다는 사실을 목도하고 성경에서 예언된 재림도 문자 그대로 실현된다고 하는 믿음을 갖게 되었다.[16] 유대민족의 국가회복과 재림사상을 받아들이는 것의 관계에 대해서 우치무라는 다음과 같이 말하고 있다.

이 문제로 인해서 유대인 사이에서 두 파가 생기기에 이르렀다. 한 파에

속한 자들은 팔레스테인 회복에 관한 성경의 명백한 예언이 있음에도 불구하고 이를 정신적 의미로 해석해서 토지문제에 대해서는 주의를 기울이지 않고, 이에 대해서 다른 한 파는 하나님의 약속을 굳게 믿고 성경의 예언을 문자대로 해석해서 오로지 그것의 실현을 바라며 기다리고 있다. 두 파의 관계는 흡사 재림에 관한 기독신자의 상태와 같다. 성경을 그대로 믿고 받아들이려고 하는 자와 이를 영적으로 해석하려는 자, 기독신자 중에는 이러한 두 파가 있는데 유대인들 사이에서도 또 이러한 두 파가 있다. 그런데 성경의 예언을 그대로 믿는 자의 신앙이 많은 어려움에 당해도 결코 약해지지 않고 더욱 견고해 지는 것은 현저한 사실이라고 하겠다.[17]

우치무라는 재림을 보는 두 그룹에 대해서 이야기 하고 있다. 즉 성경의 예인을 「문사내로」 해석하는 그룹과 「영적으로」 해석하는 그룹이다. 그리고 유대민족의 팔레스타인 귀환을 받아들이지 않는 사람들에 대해서는 성경의 예언을 무시하고 「정신적으로」 해석하는 자들이라고 말하고 있다. 이렇게 성경의 예언을 「영적으로」, 「정신적으로」 받아들이는 자들의 대치점에 우치무라가 서 있는 것이다. 우치무라의 재림신앙은 성경적 기반 위에 성립된 것 이라고 말한 바 있다. 이는 신학적, 신앙적 접근을 하지 않는 자들과의 대화, 타협점이 없다는 것을 의미하는 것이다. 그리고 또한 이러한 사실은 신학적, 신앙적 접근을 하는 사람들이라 하더라고 성경의 예언을 「영적으로」, 「정신적으로」 해석하는 자들과는 우치무라의 사상이 타협점을 찾기 어렵다는 말이기도 하다. 반대로 이야기하면 우치무라의 재림사상은 세상과의 고립이기도 하고 기독교계 내에서의 고립을 초래하는 사상이라고 할 수 있다. 하지만 이러한 재림사상을 우치무라는 평생의 가치 신념으로 여기고 살아갔다. 이렇게 좁은 길을 가고자 했던 우치무라의 사상적 경향은 우치무라에 대한 많은 오해를 불러일으켜 왔던 것이 작금의 현실이라고 할 수 있다. 그런 가운데서도 우치무라의 가치와 사상을 물려받고 내면화한 소수의 사람들이 있다. 이러한 우치무라 평가에 대해서는 뒤에서 잠시 논하기로 하겠다.

그러면 이러한 재림의 구체적인 상황에 대해서 우치무라는 어떻게 묘사하고 있는지 잠시 살펴보도록 하자. 즉 우치무라가 성경의 예인을 「문자대로」받아들인다고 하는 것에 대해 알아보기로 하겠다. 그는 성경의 예언이 문자 그대로 성취된다는 사실에 대해 성경의 스가랴서와 이사야를 인용하면서 다음과 같이 적고 있다.

> 세계 최후의 중심은 팔레스타인을 제외하고 다른 곳에서 찾을 수 없다. 팔레스타인은 세계를 지배하는 목이다. 이번의 전쟁에 있어서 중요시되어 쟁탈의 대상이 된 이유도 바로 여기에 있다. 그런데 팔레스타인의 중심은 예루살렘에 있다. 때문에 예루살렘을 점령하지 않고 전 세계를 통치하는 것은 불가능하다. 예루살렘은 세계의 지리학적 중심이다. (중략) 때문에 그리스도가 다시 오셔서 세계 왕국을 건설하실 때 그는 반드시 예루살렘에 오실 것이다. 「그의 발이 그 날에 예루살렘 동편에 있는 올리브산 위에 서시리니」(스가랴서 14장4절) 「이는 율법이 시온에서 나오며 주의 말씀은 예루살렘으로부터 나올 것임이라」(이사야서 2장3절)[18]

이처럼 우치무라는 성경의 예언을 문자적으로 그대로 받아들이고 있다. 그리스도가 예루살렘의 동편에 있는 올리브 산 위에 직접 재림한다는 것을 받아들이고 있는 것이다. 예루살렘이며 올리브 산이며 하는 지명들은 현재도 존재하는 지명이다. 정신적이며 영적인 세계에 존재하는 눈에 보이지 않는 것이 아니다. 그러므로 우치무라의 재림사상에는 그리스도가 눈에 보이는 육체를 가지고 이 세상에 다시 온다는 내용도 포함되는 것이다. 가시적이고 실제적인 장소에 가시적이고도 실제적인 모습으로 다시 온다고 하는 것이다. 그리고 그리스도가 재림하게 될 때 이 세상은 어떻게 되는 것인가? 이 부분이 바로 세계평화와 관련이 있고, 그의 비전론의 핵심에 해당하는 분이다.

3.3. 재림사상이 주는 의미－우치무라에게 있어서－

우치무라는 성경의 예언을 기초로 그리스도가 재림할 때 인류의 역사가 완성된다고 말한다. 그는 이렇게 종말론적인 관점에서 인류의 역사를 이해하게 됨으로 그의 자연관, 인생관, 역사관이 바뀌게 되었음을 「그리스도의 재림을 믿은 후에 임한 나의 사상의 변화(基督の再臨を信ずるより来りし余の思想上の変化)」(1918年12月)라는 문장을 통해서 말하고 있다. 그는 여기에서 종말론적 인간관과 자연관에 대해 이야기 한다. 성경의 로마서 8장18절을 인용하여 인간뿐 아니라 자연도 구원의 완성을 기다리고 있으며 인류의 구원의 완성이 이루어질 때 자연과 만물도 완성된다고 하는 것이 그의 생각이다. 그가 이렇게 재림으로 인류와 자연의 완성이 이루어진다고 하는 주장하는 것은 바꾸어 말하면 재림이 있기 전까지의 인류와 자연은 늘 불완전한 상태에 있을 수밖에 없다는 것을 의미한다. 지구상에서 강구되는 모든 인류의 노력과 수고가 결국은 재림을 맞이하기까지는 결실을 맺을 수 없다는 것을 의미하는 것이다. 우치무라의 이러한 자연관 및 인간관은 어찌 보면 현실에 대한 체념과, 회의로 받아들여질 수도 있다. 하지만 그는 결코 현실에 대해 체념하거나 회의하지 않았다. 이는 그가 궁극적으로 현실을 바라보지 않았기 때문이다. 오히려 그는 재림사상에 기초하여 종말에 이루어질 인류사회의 완성된 모습을 바라보았다.

이러한 그의 가치관은 인류사회의 역사를 바라보는 데에도 그대로 적용될 수 있다. 그는 인류사회의 역사는 진보하는 것이 아니라 오히려 세월이

지남에 따라 퇴보한다고 했다. 이러한 그의 말은 청일전쟁, 러일전쟁, 1차
세계대전을 거치면서 드러난 불의에 대한 자각을 통해서 가능하게 된 것이
었을 것이다. 이에 대해서 그는 「성경연구자의 입장에서 본 그리스도의
재림(聖書硏究者の立場より見たる基督の再来)」(1918年2月)라는 문장에서 상
세히 논하고 있다. 그는 인류사회의 역사 속에서 진정한 의(義)가 발견되기
어렵다고 보았다. 인류의 역사는 선과 악이 싸워서 선이 보존되기보다는
오히려 악이 항상 이기고 종국에는 그 세력이 홍수처럼 전 지역을 세계를
덮는다고 그는 보고 있다.

　하지만 이러한 슬픈 비관적인 역사관에도 불구하고 그의 재림사상은 이
러한 현실을 긍정적으로 바라보게 해 주는 것이다. 세계의 파멸이 결코
인류의 마지막이 아니라 오히려 그것이 그리스도 재림의 기쁜 징조라고
보는 것이다. 정의와 평화가 그리스도의 재림으로 인해 지상에 도래하는
것을 기대하는 것이다. 한편으로는 현실세계에 있어서의 비관적인 역사인
식을 가지면서도 다른 편으로는 정의로운 승리를 믿는 낙관적 입장을 나타
내고 있다. 우치무라에게 있어서 이 둘은 결코 모순 된 것이 아니다. [19]
이렇게 우치무라의 재림사상은 인간적인 차원을 초월한 것이었다. 그리고
전적으로 성경의 예언에 기초해서 정의와 평화의 도래를 확신한 사상이라
고 할 수 있다. 이러한 재림사상이 우치무라에게 주는 의미는 근대적 인간
의 한계를 성경적 예언으로 극복했다고 하는 점에 있다고 할 수 있다.

3.4 재림사상과 비전론의 관계

　그러면 이러한 우치무라의 재림사상이 어떠한 점에서 비전론의 핵심을
이룬다고 할 수 있는가? 인간적 노력의 근원적인 한계를 인정한다고 하는

측면에서 살펴보면, 그의 비전론은 평화를 위한 어떠한 군축회담, 전쟁반대 운동 등의 평화활동이 궁극적으로 실효를 얻지 못한다고 하는 대 전제를 갖고 있음을 알게 된다.

> 오랫동안 이 몸을 바쳐 자신의 작은 힘으로 세상을 바꾸어보려 했던 일이 참으로 어리석었다. 이는 나의 할 일이 아니었다. 그리스도가 오셔서 이 일을 완성하시는 것이다. 평화는 그의 재림에 의해서 비로소 실현되는 것이다.[20]

「자신의 작은 힘으로 이 세상을 바꾸어보려 했던 일」이란 재림사상을 확신하기 전까지의 그의 비전론의 일련의 활동을 의미하는 것일 것이다. 기독교 박애주의 및 생명존중사상에 기초한 비전론을 전개하던 우치무라의 내면에는 그러한 자신의 활동이 평화를 가져 올 수 있다는 신념에 근거한 것이었다. 그가 러일전쟁 발발 직후 「비전주의자의 전사(非戰主義者の戰死)」(1905年10月)를 발표하며 전장 터에서 죽음이라는 절박한 상황을 맞이하게 되는 비전론자의 결연한 자세를 말할 때도 그는 비전론자의 죽음을 평화와 연결시키고 있었다. 이처럼 이 세상에서 평화를 위해 할 수 있는 신념에 찬 행동은 비전론자에게 있어서 너무도 당연한 것이다. 하지만 여기에 이르러 우치무라는 그러한 숭고한 노력들을 「자신의 작은 힘으로 이 세상의 개선을 꾀하고자 했던 일」이라고 말한다. 그리고 더 나아가서 「평화는 그의 재림으로 실현 된다」라고 단정하고 있다. 이러한 우치무라의 신앙적이며, 예언적인 발언은 듣는 이에게 체념적으로 들릴 수 있다. 이 현실 속에서 이루어지는 모든 비전론의 주장이 쓸모없는 것인가? 하는 의문을 가질 수가 있다. 더구나 우치무라처럼 신앙적이고 예언적인 입장에 서 있지 않은 비전론자의 입장에서는 의문을 가질 수가 있다. 우치무라는 이러한 의문에 대해서 「비전(非戰)은 모든 경우에 있어서 외쳐져야 한다. 하지만 전쟁은 비전 (非戰)에 의해서 그치는 것이 아니다. 우리들이 비전(非戰)을 외치는 것은 이렇게 함으로써 전쟁이 그친다고 믿기 때문이 아니다」[21]라고 말하고 있 다. 우치무라는 「비전을 외치는 행동자체보다 비전을 외치는 자의 내적자 세」를 중요시 하고 있다. 다시 말하면 평화에 대한 구체적인 비젼(Vision)을 가지고 비전(非戰)을 말하는 것이다. 비전론자(非戰論者)가 비전을 이야기 할 때 어떠한 가치관과 신념에 근거해서 그러한 주장을 하는가? 하는 점을 우치무라는 중요시 하였다. 무엇보다 그는 단순한 비전론의 행위자체보다 비전론이 평화로까지 연결되기까지의 가치구조를 중요시 하였다. 그리고 그러한 비전론이 평화로까지 연결되는 가치의 중심에 재림사상을 확신한 것이다.

4. 재림사상을 둘러싸고

우치무라의 비전론을 둘러싼 논쟁에 대해서 야마모토 타이지로(山本泰次 郎)『우치무라 간조의 근본문제(内村鑑三の根本問題)』에서 많은 비난과 오 해가 있었다고 말하고 있다. 그리고 그는 우치무라의 비전론에 대해 오해나 비난을 한 사람들로서 「사회주의자, 학자, 기독교신자, 우치무라의 제자」등 을 들고 있다.[22] 우치무라의 비전론이 그의 신앙적인 입장에서 완성된 측 면이라고 생각할 때 비기독교인의 입장에서 비난받았다는 점은 어느 정도 납득할 수 있다. 하지만 기독교신자뿐 아니라 그의 제자조차까지 비난했다 는 사실을 우리는 어떻게 받아들여야 할까? 그리고 이렇게 거의 모든 계층 에 걸쳐서 그의 비전론이 외면당했다는 현실은 그만큼 그의 비전론의 본질

이 이해받기 어려운 부분을 가지고 있다는 것을 의미하기도 한다. 하지만 야마모토가 지적한 이러한 부분들은 우치무라의 재림사상이 완성되기 전의 상황들을 나타내고 있다. 재림사상이 완성된 후의 그의 비전론과 관련해서는 에비나 단조(海老名弾正)가 「세계의 항구적인 평화는 어떻게 해서 오는가?(世界恒久の平和は如何にして来る乎)」라는 문장에서 우치무라를 정면으로 반박하고 있다. 그리고 마루야마 마사오(丸山真男)는 「우치무라 간조와 비전의 논리(内村鑑三と非戦の論理)」라는 문장을 가지고 있으며 마사무네 하쿠쵸(正宗白鳥)도 그의 저서 『内村鑑三』(細川書店、1949年)에서 우치무라의 비전론에 대해 논하고 있다. 하지만 이들은 우치무라의 비전론의 핵심인 재림사상을 이해하는 데는 이르지 못하고 있음을 알게 된다.[23] 근대의 선각자요, 사상가인 우치무라의 한 측면을 이해하고 있을 따름이다.

무엇보다 우치무라를 가장 잘 이해하고 있던 사람은 야나이하라 타다오(矢内原忠雄)였다고 할 수 있다. 야나이하라는 1948년 히로시마의 일본문화평화협의회가 편집한 논문집 『항구평화론(恒久平和論)』에 「상대적 평화론과 절대적 평화론(相対的平和論と絶対的平和論)」라는 제목의 논문을 기고했다. 여기에서 그는 모든 경우에 있어서 전쟁을 부정하는 그의 이론을 「절대적평화론」이라고 하면서 「영구평화는 달성 불가능한 이념이 아니고 실현이 확실한 희망이다」라고 확신 있게 말한다.[24] 그리고 1951년 어느 성경강연회에서 그는 「성경으로부터 본 일본의 장래(聖書から見た日本の将来)」라는 주제로 강연을 했다. 여기에서 그는 「하나님의 나라」와 「평화의 나라」에 대해서 말하면서 인류가 점점 나아질 때 하나님의 나라가 이 땅에 나타나는 것이 아니라고 했다. 이는 우치무라가 주장한 것처럼 궁극적으로 비전행위 자체가 평화를 가져오는 것이 아님을 말하는 것이다. 물론 그의 이러한 발언은 우치무라와 같이 재림사상에 기초한 것이다. 그는 앞의 인용문장에서 평화의 도래에 대한 자신의 신념을 다음과 같이 말한다. 「세상 끝날 때까지 하나님의 나라와 이 세상의 나라와 두개의 세력이 평행해서 발전하며 결국 하나님이 정하신 때에 그리스도가 재림하여서 악마는 최종 적으로 멸망 받으며 의로운 자의 나라는 영광으로서 나타난다. 하나님의 나라는 반드시 오지만 그것은 심판을 거쳐 오는 것이다」[25] 여기서 그가 사용하고 있는 「심판」「악마」라고 하는 말을 통해서 볼 때 그는 전쟁의 현 실에 대해 정치적으로 해석하기보다 신앙적으로 해석하고 있다는 것을 알 게 된다. 이러한 그의 전쟁론 및 평화에 대한 시각은 성경적 가치, 예언적 가치를 가지지 않는 자들에게는 납득되어지지 않는 것이고, 기독교인이라 할지라도 재림사상을 확신하지 않는 자들에게는 납득되어지지 않는 것이 다. 이러한 점에서 그는 우치무라처럼 좁고 험한 길을 자처한 인생을 산 사람이었다. 1937년 일본제국주의가 한창 중국과 전쟁을 수행 중이던 때에 『국가의 이상(国家の理想)』라고 하는 논문을 통해 전쟁을 비판하므로 동경 대 교수직을 물러나야 했던 사람이다. 그의 전쟁에 대한 태도, 평화에 대한 신념은 재림사상이라고 하는 신앙적 가치에 뿌리를 둔 것으로 전쟁을 수행 하는 국가이념 및 정치제도와는 양립할 수 없는 성질의 것이었다고 말할 수 있다.

  야나이하라는 젊은 시절부터 우치무라에게서 배우고 감화 받은 사람이 었다. 말년에 우치무라는 그의 애(愛)제자들과 헤어지는 아픔을 겪는다. 이 는 그의 무교회주의, 재림사상 등에 대한 신앙적가치관의 대립으로 인한 것이었다. 그러한 가운데서 야나이하라는 우치무라 생애의 핵심적인 사상 이라고 할 수 있는 재림사상을 그대로 계승했다고 볼 수 있다. 우치무라와 야나이하라는 흔히 일본근대사를 대표하는 지성의 거목이라고 불리고 있 다. 하지만 이러한 대표적인 인물들이 소유한 사상이 대다수의 사람들로부

터 외면당하고 있다는 사실은 참으로 아이러니하다고 말하지 않을 수가
없는 것이다.

5. 결론

본고에서는 우치무라의 비전론의 본질인 재림사상에 대해서 고찰해 보
았다. 이러한 연구를 통해 지금까지 러일전쟁 시기에 국한되어서 이루어진
비전론에 대한 연구가 많이 극복되어졌으리라고 여겨진다. 무엇보다 재림
사상과 관련하여 그 의미를 고찰하고 비전론과의 관련성 가운데 논한 부분
이나 비전론의 초기단계에서 재림사상에 이르는 과정을 우치무라의 절망이
라는 측면에서 논한 부분은 가치가 있는 부분이라 여겨진다. 마지막에 다룬
우치무라의 비전론을 둘러싼 지식인들의 다양한 견해에 대해서는 문제제기
가 된 정도이므로 다음 기회에 지면을 할애하여 상세히 논하고자 한다.

거듭 말하자면 우치무라의 비전론의 핵심에는 재림사상이 있었다. 그리
고 이 재림사상이란 그의 신앙의 대상이었던 그리스도가 가시적이고 실제
적인 형태로 이 지상에 재림하여서 세상을 평화로 다스린다는 내용이다.
그러므로 재림이 있기 전까지의 모든 전쟁과 관련한 인간적이고 정치적인
노력은 부정될 수밖에 없는 것이 우치무라의 주장이다. 그렇다고 해서 그는
현실을 회의적으로 보거나 소극적으로 대하지도 않았다. 오히려 인류의 마
지막 날을 소망하며 가장 치열하게 현실의 삶을 살아간 사람이기도 했다.

이러한 우치무라의 비전론은 신앙적이고 예언적인 관점에 입각한 것이
다. 그러므로 신앙적인 입장에 서지 않고 재림론을 사상의 측면에서만 이해
하고자 할 때 쉽게 납득되기 어려운 부분이 있을 것이다. 그리고 신앙적

입장에 서 있다하더라도 재림을 이해하는 교리적 관점이 다를 때 이 또한 납득할 수 없는 부분이 많음을 보게 된다. 우치무라의 재림사상을 가장 심하게 비판한 사람이 바로 기독교라고 하는 같은 울타리 안에 있었던 기독신자였다는 사실에서 우리는 이를 확인할 수 있는 것이다.

【주】

1) 富岡幸一朗(2004)、『非戦論』NTT

2) 「つまりエレツ。イスラエルは、ユダヤ＝アラブの共同体、〈隣人〉としての共同体を求める情熱として理解されるときのみ、その真実の歴史的意味を明らかにするだろう」「聖書的ということは人間があるいは民族が、共にあるということであり」 富岡幸一朗、前掲書、pp.83、84

3) 이와 관련해서 富岡씨는 1991년 걸프전쟁 이후 국제연합평화유지활동의 협력법안이 가결(1992년6월)때 우치무라의 비전론이 이론적 근거로 이용되었음을 말하고 있다(富岡幸一朗、前掲書、p.58) 기독교 박애주의적 관점에서의 비전론주장은 오늘날뿐 아니라 당시의 기독교계 일반에서도 받아들이고 있는 일반적인 입장이었다고 볼 수 있다. 때문에 기독교계라는 넓은 범주 안에서 우치무라의 비전론도 이와 동일시하여 해석히고 받이들이는 깃이 오늘닐의 연구풍토의 일성 부분을 점하고 있다고 할 수 있다.

4) 예를 들면 우치무라와 같이 万朝報에서 근무했던 사회주의자 幸德秋水는 러일전쟁에 대한 반대의 입장을 표명하였다. 그의 비전론은 「사회주의와 민주주의에 의한 빈부의 격차를 타파하고 전 세계에 평화주의를 실현하는 것을 이상으로 인류동포주의, 군비전폐, 계급제도의 전폐, 토지자본의 공유화, 교통기관의 공유화, 재산분배의 공평, 참정권의 평등, 교육기회의 균등」등을 기조한 것 이었다(土肥昭夫『日本プロテスタントキリスト教史』新教出版者、1980年、p.205)

5) 이 부분에 대해서 鈴木貴久子는 그의 논문 「内村鑑三に見る矛盾の原理－朝鮮認識を中心に」(『日語日文学研究』第64輯2巻、2008年2月、p361)에서 다음과 같이 우치무라의 비전론을 비판하고 있다. 「非戦論において見る通り、戦争回避が実現しなかったとき、非戦の実現を行動に移すことを選択しない。それに伴う、戦場での死の問題は十字架の死に対比され選択される。戦死者の美化とも言える表現であり、現実を真っ向から捉え、それを克服する行為には至らないのである。しかし、それが内村自ら選択した行動様式である」

6) 이에 대한 본문은 다음과 같다. 「逝けよ両国の平和主義者よ、行いて他人の冒さゝる危険を冒せよ、行いて汝等の忌み嫌う所の戦争の犠牲となりてたふれよ、戦ふも敵を憎む勿れ、蓋は敵なるものは今は汝に無ければなり、只汝の命ぜられし職分を尽し、汝の死の贖罪の死たらんことを願へよ、人は汝を死に遂ひ遣りしも神は天に在て汝を待ちつゝあり、其処に敵人と手を握れよ、只死に至るまで平和の祈願を汝の口より絶つ勿れ」(「非戦主義者の戦死」1905年10月)

7) 세계1차 대전에 앞서 우치무라의 재림신앙에 영향을 준 사건으로 두 가지를 들 수가 있다. 첫째는 사랑하는 딸 루쓰코의 죽음(1912년)이고 둘째는 미국의 친구 벨이 보내

준『Sunday School Times』라는 책자를 통해 재림신앙을 자각하게 된 사건(1916년)이
다. 딸의 죽음을 통해 우치무라는 인간의 노력으로는 불가항력적인 죽음이라는 현실
을 깨닫게 되면서 재림사상의 내면적 기초를 갖게 되고 벨의 책자를 통해서는 재림이
성경의 가장 중요한 사실을 깨닫게 된다.

8) 土肥昭夫(1962)、『內村鑑三』日本基督敎団出版局、p.151

9) 세계1차대전은 기독교국가가 두개의 진영으로 나누어 서로 싸우고 있는 것을 의미하였
다. 우치무라는 이러한 상황가운데서 근대서구의 기독교의 문제점을 깊이 자각하고
진정한 기독교의 본질에 대해 고민하였다. 그리고 세계대전은 우치무라에게 큰 충격
을 주기는 했지만 기독교정신에 기초한 인류평화에 대한 신념을 완전히 버린 것은
아니었다. 이는 그가 기독교국가 미국이라는 나라에 대해 일말의 희망을 가지고 있었
기 때문이다. 하지만 이러한 미국도 1917년 연합군 측에서 윌슨대통령의 정치지도
하에 참전을 선언했다. 그는 이러한 상황아래에서 하나님이 세계를 창조하고 지배함
에도 불구하고 인간의 이상이나 노력에 의해서 역사가 진보하는 것이 아니고 세계로부
터 불의, 분쟁이 없어지지 않는다고 하는 기독교신앙의 난관에 부딪히게 되었다. 그리
고 그는 이에 대한 해결책으로 역사의 종말에 그리스도의 재림과 심판으로 세계의
만물이 완성된다고 하는 재림신앙을 가지게 되는 것이다. (松沢弘陽(1984)『內村鑑三』
中央公論者、pp.56-57参考)

10) 山本泰次郎編(1965)、『內村鑑三日記書簡全集 7』教文舘、p.140

11) 內村鑑三(1933)、「ヱレミヤ伝研究」『內村鑑三全集』第 4 巻、岩波書店、p.553.

12) 이에 대해 우치무라는 다음과 같이 말하고 있다. 「再臨問題は聖書問題である、聖書
全部を神の言なりと信じて基督再臨を信ぜざるを得ない、又再臨を拒否して聖書
の大部分を拒否せざるを得ない、聖書は果たして神の言である乎、或は神の言は
聖書の中に在りて、聖書はれ神の言に非ずと謂ふ乎、問題は茲に在るのである」
(再臨と聖書」大正7年10月、全集13、632−633) 이렇게 말하는 우치무라의 문장의
이면에는 성경은 모두가 하나님의 말씀으로 오류가 없다고 하는 믿음이 전제 되어있
다. 그뿐 아니라 성경의 예언이 일점일획도 없어지지 않고 역사상에서 성취되어 온
진리라고 인정할진대 성경이 말하는 재림 또한 역사 가운데 성취된다는 사실을 받아들
여야 한다는 의미가 내포되어 있다.

13) 그가 우치무라의 재림사상과 관련해서 한 발언을 구체적으로 인용해 보면 다음과 같다.
「しかし再臨を語ることの困難は、いうまでもなくこれが事実上今までに起ってい
ないこと、そしてこれが超自然的である点にある。つまり何としても一般社会科
学的常識では、そこまで踏み込んでゆけないのである。しかし逆に見て、社会
的・歴史的にも傾聴すべきもののある鑑三の人間学を追求して行って、再臨説の
閾で止ったら、それは点睛を欠くであろう。否、初めから彼を信じないのと同じ
である。彼が再臨を説くや、決して論理的でない。信仰のイメージで、いわば詩
人の如く語る。それでいて、こちらが信ずる信じないにかかわらず、分る気がする
から妙である。」(河上徹太郎(1965)「內村鑑三」『日本のアウトサイダー』新潮文庫)

14) 그는 이에 대해 다음과 같이 말하고 있다. 「而してこのキリストの再来こそ新約聖書の到る所に高唱する最大真理である、馬太伝より黙示録に到る迄試に此真理を教ふる辞句に附印せん乎、毎葉其の数行を見ざるはない、聖書の中心的真理は即ち之れである、是を知つて聖書は極めて首尾貫徹せる書なり」(「聖書研究者の立場より見たる基督の再来」)

15) 제1차 세계대전 중인 1917년 11월에 영국의 외상(外相)이 한 선언으로 유대인의 팔레스타인 복귀지지를 약속하였다(『広辞苑』岩波書店、第5版 参考)

16) 富岡幸一朗씨는 그의 저서 『非戦論』에서 발포아 선언을 소개하면서 우치무라의 재림사상의 직접적 계기가 된 사건으로 연관시키고 있다. 이는 미국의 참전이후 그의 재림사상이 실제화 되었다는 기존의 연구경향보다 더욱 세밀화, 구체화된 것이라고 할 수 있다. 필자는 富岡씨의 이러한 연구 성과를 인정하고 받아들이고 있다. 하지만 기본적으로 그가 이해하는 우치무라의 재림사상의 의미와는 다른 견해를 가지고 있다. 그는 이러한 우치무라의 재림사상을 이야기하면서도 결국 비전론을 이야기할 때는 박애주의적 성향의 결론을 도출시키고 있다. 이에 대해서는 서론에서 언급한 바 있다.

17) 内村鑑三(1918)、「聖書予言とパレスチナの恢復」『聖書の研究』(富岡幸一朗、前掲書、p.70에서 재인용)

18) 内村鑑三(1919)、「地理学的中心としてのエルサレム」『聖書の研究』(富岡幸一朗、前掲書、p.78, 재인용)

19) 土肥昭夫(1962)『内村鑑三』日本基督教団出版局、pp.153-163참조

20) 内村鑑三(1918)、「聖書研究者の立場より見たる基督の再来」『聖書之研究』(富岡幸一朗、前掲書、p.54에서 재인용)

21) 内村鑑三(1917.7)、「戦争廃止に関する聖書の明示」『聖書之研究』(『内村鑑三著作集2 非戦論』岩波書店 1990年、所収)

22) 山本泰次郎(1968)、『内村鑑三の根本問題』教文舘、p.43

23) 우치무라의 비전론을 둘러싼 지식인들(에비나 단죠, 마루야마 마사오, 마사무네 하쿠쵸, 야나이하라 타다오 등)의 언설에 대해서는 다음 기회를 얻어 상세히 논술하고자 한다.

24) 「相対的平和論と絶対的平和論」『矢内原忠雄全集』第19巻、岩波書店、1964年、p.512

25) 「世の終りまで神の国と世の国と二つの勢力が並行して発展し、ついに神の定め給うた時におよんでキリストが再臨して、悪魔は最終的に滅ぼされ、義しき者の国は栄光をもって現れる。神の国は必ず来るけれども、それは審きを経て来る」(「聖書から見た日本の将来」『矢内原忠雄全集』第20巻、岩波書店、1964年、p.197)

초출일람

1. 「芥川龍之介における〈悪魔〉」

『東北亞文化研究』 제16집, 東北아시아文化学会, 2008. 9.

2. 아쿠타가와 류노스케의 『희작삼매』 고찰

『일어일문학연구』 제71집 2권, 한국일어일문학회 2009. 11

3. 芥川龍之介의 『龍』의 구상에 관한 고찰

『일본연구』, 한국외국어대학교 일본연구소 20010. 12

4. 「金東仁と芥川龍之介の文学」

『韓国日語日文学研究』 제70집 2권, 韓国日語日文学会, 2009. 8

5. 「太宰治『走れメロス』論—明るさに胚胎する謙り—」

『文学・語学』193, (일본)全国大学国語国文学会, 2009. 3

6. 遠藤周作『死海のほとり』論

ー「十三番目の弟子」と「ねずみ」の同伴者ー

『日本文化研究』 제35집, 동아시아일본학회, 2010. 7.

7. 엔도슈사쿠(遠藤周作)의 『내가 버린 여자(わたしが・棄てた・女)』연구

『일본문화연구』 권31, 동아시아일본학회.

8. 内村鑑三의 再臨思想에 관한 고찰

ー비전론(非戦論)과의 관계와 본질적 의미 조명ー

『日語日文学研究≫제70집 2권, 韓国日語日文学会, 2009. 8

필자일람

- 김정희(金靜姫)

  1941년생 / 니가타대학 대학원 / 박사과정수료 / 숭실대학교 일어일본학과 겸임
  교수

- 임훈식(林薰植)

  1952년생 / 九州大学大学院 卒 / 문학박사 / 경남대학교 일어교육과 교수

- 하태후(河泰厚)

  1959년생 / 바이코가쿠인대학 대학원졸 / 문학박사 / 경일대학교 실무외국어학
  부 교수

- 이시준(李市埈)

  1967년생 / 도쿄대학 대학원 졸 / 문학박사 / 숭실대학교 일어일본학과 교수

- 조사옥(曺紗玉)

  1955년생 / 二松学舎大学(니쇼우가쿠샤 다이가쿠) 졸 / 문학박사 / 인천대학교
  일어일문학과 교수

- 홍명희(洪明嬉)

  1972년생 / 간세이가쿠인(関西学院) 대학원 졸 / 문학박사 / 울산대학교 일본어
  일본학과 강사

- 이평춘(李平春)

  1958년생 / 도쿄 시라유리여자대학 대학원 졸 / 문학박사 / 명지대학교 일어일문
  학과 외래교수

- 김은영(金恩暎)

  1972년생 / 나고야대학 대학원 졸 / 문학박사 / 충남대학교 일어일본학과 강사

- 박상도(朴相度)

  1970년생 / 오사카외국어대학 대학원 졸 / 언어문화학박사 / 서울여자대학교
  일어일문학과 전임강사

한국일본기독교문학연구총서【No.8】
한국일본기독교문학회 편

일본문학 속의 기독교 Ⅷ

2011년 2월 28일 발행

편　자　한국일본기독교문학회
발행처　제이앤씨

등록번호 / 제7-220호
130-040 서울특별시 도봉구 창동 624-1 북한산 현대홈시티 102-1206
전화 (02)992-3253 팩시밀리 (02)991-1285
e-mail: jncbook@hanmail.net
URL http://www.jncbms.co.kr

ISBN 978-89-5668-848-0 93830
정가 15,000원